1945,
철원

1945, 철원

초판 1쇄 발행 | 2023년 7월 28일

지은이 | 이현
펴낸이 | 강일우
책임편집 | 김도연 김효근
조판 | 박지현
펴낸곳 | (주)창비
등록 | 1986년 8월 5일 제85호
주소 | 10881 경기도 파주시 회동길 184
전화 | 031-955-3333
팩스 | 영업 031-955-3399 편집 031-955-3400
홈페이지 | www.changbi.com
전자우편 | ya@changbi.com

ⓒ 이현 2023
ISBN 978-89-364-3925-5 03810

1945,
철원

이현 장편소설

차례

1945

1

경애는 새삼스럽게 이상한 생각이 들었다.

홍 서방이 배롱나무 집을 드나드는 것이야 예사로운 일이었다. 때로 나뭇짐이나 쌀가마니를 지고 오기도 했고, 변소를 푸거나 수도를 고치러 오기도 했다. 장마철을 앞두고 지붕을 손보는 일도, 겨울에 대비하여 문풍지를 다시 바르는 일도 홍 서방 차지였다. 그는 일손이 빠르고 야무진 사람이지만 벙어리인 데다 표정까지 늘 무뚝뚝했다. 이따금 홍 서방이 종일 배롱나무 집에서 일할 때에도 경애는 그가 와 있다는 사실 자체를 잊곤 했다. 벌써 삼 년째, 홍 서방은 그렇게 밤그림자처럼 배롱나무 집을 드나들었다.

그런데 오늘 밤의 방문은 아무래도 예사롭지 않은 것이었다. 한밤중에 홀로 불쑥, 홍 서방은 마치 손님이나 되는 듯 대문간에 나타났다. 뭔가를 지고 온 것도 아니고, 이쪽에서 일이 있어 부른 것도 아니었다. 그래 놓고도 별일 아니라는 듯 턱짓으로 안채를 가리켰다.

경애는 어리둥절한 채로 안채에 다가갔다.

"아씨, 홍 서방이 찾아왔는데요."

잠시 뒤 푸른 줄무늬 원피스를 입은 서화영이 대청마루로 나왔다. 서화영은 홍 서방을 물끄러미 쳐다보며 희미한 한숨을 내쉬었다.

"이만 들어가서 쉬어라."

서화영은 경애에게 그렇게 말하고 건넌방으로 향했다. 따로 뭐라 이른 것도 아닌데, 홍 서방도 제집에 온 듯 당당한 걸음으로 건넌방에 들어갔다.

건넌방에는 다다미 두 장 크기의 큰 책상이 있고, 그 맞은편 책장에는 일본어와 조선어 심지어 영어와 불란서어로 쓰인 책들이 빼곡했다. 유성기도 있었다. 그 번듯한 서재의 주인은 이 집의 주인이라 할 황인보가 아니라 서화영이었다.

뚜우우우우 ─

멀리서 기적 소리가 아득하게 들려왔다. 경원선을 타고 경성에서 달려온 기차는 철원역에 이르러 객차 몇 량을 남겨 두고 다시 원산으로 떠났다. 남겨진 객차들은 금강산으로 가는 전철을 따라 동해의 아침으로 달렸다. 경성에서 온 기차가 도착하며 기적 소리를 울었으니 자정이 머지않은 시간이었다.

경애는 발소리를 죽여 가며 행랑채로 돌아갔다. 방문을 열자마자 연천댁의 코 고는 소리가 천둥처럼 덮쳐 왔다. 여느 사람이라면 귀부터 틀어막겠지만, 경애는 아무렇지 않은 얼굴로 자리에 누웠다. 작은 창문 창호지에 백일홍이 소복한 나뭇가지 그림자가 어른거렸다.

담장 곁에 배롱나무가 있다 하여 '배롱나무 집'이라고들 불렀다. 북쪽에서는 흔치 않은 나무인데 어찌 된 사연인지는 아무도 몰랐다. 서화영이 이 집 안주인이 되었을 때, 배롱나무는 이미 담장 너머까지 흐드러진 꽃가지를 늘어뜨리고 있었다.

배롱나무 집은 규모가 그리 크지 않으나 기와를 인 담장을 둘러 번듯했고, 읍내 한가운데에 있어 철원역에서도 멀지 않았다. 집에서 나와 골목 끝에 이르면 철원 극장이고, 극장을 끼고 오른편으로 돌면 철원 군청을 지나 종연 방적공장과 전기회사, 남국민학교 그리고 얼음 창고와 금융조합을 지나 철원역이었다. 도립 병원 모퉁이를 돌아 왼편으로 가면 철원 경찰서와 우시장, 우편국과 신사 그리고 감리교회와 목욕탕이 있었다. 그렇게 굵직굵직한 건물들 사이로 요릿집이며 여관이며 이발소며 면옥집이며……. 경성에 있는 화신 백화점이나 미쓰코시 백화점만은 못하지만 온갖 물건을 갖춘 철원 백화점도 있었다. 대부분의 건물은 단층 혹은 2층짜리 일본식 목조 건물이었고, 웅장한 외관을 과시하는 서양식 석조 건물도 꽤 많았다. 그 번화한 거리의 심장부에 자리 잡은 철원역은 남북을 오가는 철로를 양 날개처럼 펼치고 있었다. 러시아로 혹은 중국으로, 이름을 잃어버린 조선을 떠나는 많은 사람들이 철원역을 거쳐 갔다. 무언가에 쫓겨 떠나는 사람들 혹은 무언가를 꿈꾸며 떠나는 사람들이었다.

경애는 그 거리를 하루에도 몇 번씩 오갔다. 부엌일을 맡아보는 연천댁은 건망증이 심했고 서화영은 매사에 급할 게 없는 사람이었다. 고베 제과점에서 카스텔라를 사서 돌아가면, 다시 오방 상회에 가서 우유를 사 오라고 내보내는 식이었다.

그럴 때마다 경애는 신이 나서 거리로 달려 나갔다. 급한 심부름만 아니라면 해찰을 부리기 일쑤였다. 그러다 연천댁에게 혼쭐이 나면 저녁을 굶거나 한밤중까지 수돗가에 앉아 빨래를 해야 했지만, 읍내를 쏘다니는 황홀경을 위해서라면 그 정도 고생쯤 기꺼웠다.

철원 극장에서 큰 공연이라도 있는 날에는 극장 앞에 쪼그리고 앉아 안에서 벌어지고 있을 일을 상상했고, 읍내에 장이 서는 날이면 빈 손가락을 빨면서 장거리를 헤매고 다녔다. 가끔은 심부름 돈을 조금 꿍쳐서 주전부리를 사 먹기도 했다. 책 심부름을 갈 때면 유토피아 서점 주인 쓰카다와 한참 수다를 떨고서야 돌아오곤 했다. 특히 코오피(커피) 심부름이 좋았다. 코오피가 든 종이봉투를 품에 안고 걷노라면 낯설고도 감미로운 이국의 냄새에 두 발이 두둥실 떠올랐다. 그런 날이면 사요역으로 가서 금강산 전철을 하염없이 바라보았다. 때로 열차는 수학여행을 다녀오는 학생들로 만원이었다. 서화영도 겨울이면 금강산 전철로 삼방협까지 스키를 타러 가곤 했지만, 경애를 철원 밖까지 데려간 적은 없었다.

경애가 그렇게 싸돌아다니는 걸 보고 빈정거리는 사람들도 있었다. 여자 혼자 살림에 무얼 찬모에다 별 소용도 없는 계집종까지 두고 사느냐는 것이었다. 듣기에 따라서는 경애의 게으름으로 상전이 욕을 먹는 것이나, 기실 사람들이 배롱나무 집을 고깝게 여기는 이유는 따로 있었다.

서화영은 황인보의 첩실이었다.

금학산과 한탄강 사이에 펼쳐진 대야잔평, 그 너른 들판의 주인이 바로 황인보였다. 대야잔평의 지주가 황인보 하나인 것은 아니지만, 다른 지주들이야 황인보에 대면 지주랄 것도 없었다. 읍내 가게 중에서도 알짜는 거지반 황인보 소유라 했다. 황인보가 처음부터 그런 재력을 가졌던 것은 아니었다. 그는 본시 영락한 양반가 후손이라 빈털터리였는데, 은광으로 철원 갑부가 된 상민 차 씨의 외동딸과 결혼한 것이었다. 어찌 말하자면 집안에다 재력까지 갖추게 된 셈이었고, 또 어찌 말하자면 돈에 팔려 양반의 체통을 내던진 셈이었다.

남들이야 뭐라건, 황인보는 그 정도로 만족하지 못했다. 중추원 벼슬자리를 노리고 총독부에 돈 가방을 갖다 바치느라 바빴고, 철원에 부임한 헌병대장이나 군수의 사저를 마련해 주는 것은 물론이고 기생첩까지 들어앉혀 주었다. 그의 본처 차 씨는 남편에게 그 뒷돈을 다 대 주면서도 나날이 재산을 불렸다. 흉년이 들어 소작인들이 굶어 죽어도 소작료는 물론이고 장리쌀의 이자 한 톨까지 받아 내었다. 쌀이 없으면 사람이라도 내어놓아야 했고, 산 사람이 없으면 그 시신이라도 내어놓아야 했다. 누구라도 그에 대해 시비를 걸면 당장 경찰이나 헌병대를 불러들였다.

어쨌거나 황인보는 남부럽지 않은 재력을 갖춘 데다 인물도 훤했다. 쉰을 넘겼으니 서화영과 스무 살이 넘게 차이가 났지만, 인물로는 처지지 않았다. 젊어 보이는 데다 귀태가 흘렀다. 중절모에 양복을 차려입고 나서면 읍내 길이 다 훤해진다고들 했다.

그에 비해 홍 서방은 천상 머슴 꼴이었다. 시커먼 얼굴은 퉁명스럽게 각졌고, 작은 눈과 주먹코 아래 자리 잡은 두터운 입술은 말 한마디 못했다. 키는 그리 크지 않은데 자라목에 어깨만 딱 벌어져서 영락없는 막일꾼이었다. 서른이라 하니 나이는 서화영과 엇비슷했지만, 젊다 한들 천골의 머슴인 데다 벙어리였다.

경애는 건넌방에서 남녀 간의 야릇한 일이 벌어지는 건 아니라고 확신했다. 그렇다고 일가붙이로 보이지도 않았다.

생각할수록 알 수 없는 일이었다. 그러고 보니 홍 서방을 철원으로 데려온 것도 서화영이었다. 삼 년 전 어느 날, 서화영은 경성에 다녀오는 길에 홍 서방을 데려왔다. 그리고 본가 청지기 하 서방을 불러들여 말했다.

내 친정에서 머슴으로 부리던 이의 아들일세. 아둔하고 벙어리지만 기운은 장사라 하니 부리기엔 좋을 걸세. 본댁 마님께는 내 소개라 이르지 말고.

정분 난 사이도 아니겠고, 일가붙이도 아니겠고……. 홍 서방은 왜 이 야밤에 아씨를 찾아왔을까. 아씨는 왜 이유도 묻지 않고 그를 건넌방으로 들인 걸까. 경애가 그렇게 한참을 궁리하고 있는데, 행랑채 방문 두드리는 소리가 났다. 방문을 열자 홍 서방이 웃음 띤 얼굴로 안채를 가리키고는 조용히 대문을 열고 나갔다.

"경애야."

건넌방에서 서화영의 목소리가 들려왔다. 경애는 대문을 잠그고 안채로 다가갔다.

"시원한 비루(맥주) 좀 내오너라."

아무래도 이상한 밤이었다. 비루야 황인보를 위해 준비해 두는 것이지, 서화영이 혼자 비루를 찾은 적은 없었다. 경애는 연방 고개를 갸웃거리며 부엌으로 가서 얼음에 담가 둔 삿포로 비루 한 병과 빈 잔 그리고 곶감을 접시에 담아 건넌방으로 들어갔다.

"좀 앉아라."

서화영이 말했다.

경애가 배롱나무 집에서 지낸 지도 오 년이 넘었다. 열 살 때 들어와 열다섯 살이 된 이날까지, 서화영은 단 한 번도 경애를 마주 앉힌 적이 없었다.

경애는 잔뜩 긴장한 채 쟁반을 탁자에 내려놓고 금빛 비단 방석을 덧댄 의자에 엉덩이 끝만 간신히 걸쳤다.

"술이란 누군가 따라 주는 맛이 있어야 한다더니, 오늘에야 그 뜻을 알겠구나. 자, 한잔 따라 보아라."

서화영이 경애에게 빈 잔을 내밀었다. 경애는 마른침을 꼴깍 삼키고 조심스럽게 비루를 따랐다. 술상을 치우다가 남은 비루를 몰래 홀짝여 본 적은 있지만, 차디찬 비루를 잔에 따르는 것은 처음이었다. 조심하노라고 했는데도 희고 고운 거품이 흘러넘쳤다.

"죄송해요, 아씨."

서화영은 아랑곳하지 않는 얼굴로 거품이 흘러넘치는 잔을 단숨에 들이켰다. 그리고 빈 잔을 탁자에 내려놓으며 이렇게 말했다.

"일본이 패망하였다는구나."

"네?"

"일본이 전쟁에서 졌다는 거야. 천황이 내일 라디오에서 항복 연설을 한다는구나. 쇼와 20년 8월 15일…… 아니지, 아니야. 조선의 달력으로는 을유년이 아니냐? 날짜는 어찌 되느냐?"

연천댁이라면 손가락을 몇 번 꼽아 보고서 '칠월 여드레'라고 쉬이 대답했을 테지만, 경애는 그저 눈만 끔벅거렸다. 날짜 계산보다 더욱 막막한 것은 서화영의 그 알 수 없는 이야기들이었다. 일본, 항복, 전쟁, 천황, 라디오, 연설. 낱낱이 떼어 놓고 보면 모르는 말이 하나도 없으나 그 말들을 조합하면 먼 기적 소리처럼 아득했다. 경애는 고개를 푹 수그리고 검은색 무명 치마만 만지작거렸다.

서화영은 남은 맥주를 스스로 빈 잔에 따라서 또 단숨에 들이켰다. 그러고는 몹시 고단한 얼굴로 손을 내저었다.

"그만 나가 보아라."

경애는 탁자 위의 것들을 치울 생각도 못 하고 허둥지둥 물러났다. 평소답지 않은 아씨를 대하는 일도, 믿기지 않는 이야기를 듣는 일도, 그저 버겁던 참이었다.

서화영이 유성기를 튼 모양이었다. 노랫소리가 마루까지 흘러나왔다.

이 풍진 세상을 만났으니 나의 희망이 무엇이냐

부귀와 영화를 누렸으면 희망이 족할까
푸른 하늘 밝은 달 아래 곰곰이 생각하니
세상만사가 춘몽 중에 다시 꿈같구나.

경애가 행랑채로 돌아와 보니 연천댁은 여전히 천둥같이 코를 골아 대고 있었다. 경애는 와락 무서운 생각이 들었다. 연천댁이 꿈을 꾸는 건지, 자신이 꿈을 꾸는 건지 모를 일이었다. 저도 모르게 털퍼덕 주저앉아 연천댁을 흔들어 깨웠다.

"아주머니, 아주머니, 일어나 보세요. 어서요."

연천댁이 졸린 눈을 떴다. 껌벅껌벅하다가 불현듯 놀란 표정을 지으며 벌떡 일어나 앉았다.

"아씨가 찾으시냐?"

경애는 말문이 막혔다. 일본이 패망했대요. 차마 이렇게 말할 수는 없었다. 입에 담기도 무서웠고 정말로 그런 이야기를 들었다는 게 믿기지도 않았다.

"아뇨. 그건 아니고…… 그냥 무서운 꿈을 꿔서……."

"이놈의 기집애가 실성을 했나!"

연천댁이 경애의 머리통을 되우 쥐어박고 해뜩 드러누워 이불을 뒤집어썼다. 금세 또 코 고는 소리가 행랑채를 뒤흔들었다.

경애는 비로소 안도의 한숨을 길게 내쉬었다. 연천댁의 매운 손맛을 보고 나니 가위눌리다 깨어난 것처럼 마음이 놓였다. 맥이 탁 풀려서 그대로 이부자리에 드러누웠다.

만약 오 년 전에 해방이 되었다면, 그랬다면 아버지 어머니가 아직 살아 계실까.

경애는 어둠 속에서 눈을 끔벅거렸다. 그래 봤자 다 지난 일이었다. 천애 고아나 진배없는 신세가 되어 배롱나무 집 계집종으로 살고 있는 것이었다. 해방이라는 게 나와 무슨 상관이람. 경애는 모로 돌아누우며 눈을 꼭 감았다. 하지만 저도 모르게 대청마루의 시계 소리에 귀를 세우고 있었다.

댕 댕 댕 댕 댕 댕 댕 댕 댕 댕 댕 댕.

분명 열두 번이었다. 정오까지 딱 열두 시간이 남아 있었다.

똑 똑 똑 똑.

천장에서 떨어지는 물방울이 규칙적인 울림으로 동굴의 아침을 깨웠다.

기수가 찌뿌듯한 몸을 억지로 일으켜 앉았다. 병호는 아직 고른 숨을 내쉬며 깊이 잠들어 있었다. 처음에는 둘 다 불편한 잠자리에 뒤척였지만 이제는 제법 깊은 잠을 잘 수 있었다.

오늘이 며칠이더라. 기수는 돋을볕이 비쳐 드는 입구 쪽으로 걸어 나오며 벽을 쳐다보았다. 병호가 날짜를 헤아리겠다고 아침마다 날카로운 돌멩이로 자국을 내어 두었다. 하나, 둘,

셋, 넷…… 보름이 지났다. 그렇다면 오늘은 8월 15일이었다.

울창한 숲이 시야를 가리고 있지만 그 사이로 산 아래 드넓은 벌판이 보였다. 해가 지면 또 해가 떠오르듯, 늘 그렇게 풍요로운 땅이었다. 토질이 비옥한 데다, 마르지도 범람하지도 않는 한탄강이 물길이 되어 주었다. 때로 하늘은 무언가에 노여움을 타기라도 한 양 변덕을 부리기도 하지만, 그 땅을 일구는 이들은 결코 한눈파는 일이 없었다.

"어이, 부르조아지(부르주아지, 자본가 계급). 뭘 그리 넋 놓고 있나?"

병호의 목소리가 동굴에 긴 메아리를 울렸다. 병호가 그 메아리보다 더 늘어지게 하품을 하며 동굴 바깥으로 걸어 나왔다.

"할 일도 없는데 잠이나 더 잘 것이지, 왜 벌써 일어나 형님께 건방을 떠는 거냐?"

"하긴, 천세택 막내 도련님께 건방을 떨어서는 안 되지. 왜놈들 총알받이가 되지 않고 끼니마다 포식하는 게 다 뉘 덕인데. 어이, 부르조아지 동생. 이 형님이 잘못했네."

병호는 두 손을 비비는 시늉까지 하며 너스레를 떨었다.

"진작 그럴 것이지. 형님의 은혜를 모르고서야 네가 어찌 사람이겠냐?"

기수도 그렇게 농으로 받아쳤다.

기수와 병호는 국민학교 때부터 단짝이었고, 철원 중학교 적색독서회에서 공산주의를 함께 공부하다가 일본 경찰에 체포되었다. 그리고 징집을 피해 어두닛골의 깊은 동굴에 몸을 숨긴 이날까지 늘 함께였다. 부르조아지니 은혜니 하는 소리는 그저 농담이고, 그 정도 농담쯤 허물없을 사이였다.

그러나 기수의 마음 깊은 곳까지 그런 것은 아니었다. 천세택 막내 도련님 소리는 등에 난 종기 같았다. 때때로 무지근한 통증이 느껴지지만 손이 닿지 않으니 어쩔 도리가 없었다.

우거진 수풀 사이로 내려다보이는 산 아래 작은 마을. 서른 채 남짓한 초가들이 옹기종기 모여 있는 마을의 이름은 '만가대'로 후고구려의 궁예로부터 유래한 이름이었다. 만가를 이룰 명당이라는 도선 국사의 진언에 따라 궁예가 도읍으로 삼았던 곳이라 하였다. 궁예는 비록 무참한 종말을 맞았지만 그 땅은 과연 명당이었다. 만가대는 그 이름에 걸맞게 금학산을 병풍 삼아 대야잔평의 너른 옥답을 거느리고 있었다.

그 옥답의 주인이 사는 아흔아홉 칸 기와집을 천세택이라고들 불렀다. 천세택은 조선 기와집을 새로 지으려는 자들이 전국에서 구경하러 온다고 할 만큼 잘 지은 집이었다. 흥선 대원군 시절 경복궁 증축을 책임졌던 장인의 수제자 솜씨라 했다. 큰 사랑채에는 '천세당'이라는 현판이 걸려 있는데, 전임 조선 총독 하세가와가 아끼는 일본인 서예가의 필체로 그

글귀는 기미가요의 두 번째 소절에서 따온 것이었다. '기미가요와 지요니', 그러니까 '천황의 세상이 천세에 이르도록'이라는 구절의 '천세'를 의미했다.

그러나 만약 해방이 된다면.

기수는 요즘 들어 종종 그런 생각을 했다. 일본이 태평양전쟁에서 고전을 면치 못하고 있다는 것은 이제 비밀이랄 것도 없었다. 미군의 공습에 일본 열도는 벌집이 되었고, 소련의 참전도 머지않았다 했다. 추축 동맹으로 일본과 함께 전쟁을 주도했던 독일과 이태리도 이미 항복한 상황이었다.

천세택은 일본과 그 운명을 같이할 수밖에 없을 터였다. 기수의 아버지인 황인보의 친일도 친일이려니와, 형 황기택 역시 고등 문관 시험에 합격하여 판사 노릇을 하고 있었다. 공산주의자는 재판도 없이 처형하여 장거리에 효시해야 한다고 믿는 자였으며, 그 믿음대로 수많은 독립투사들을 감옥에 처넣고 형장으로 내몰았다. 동경에서 성악을 공부한 누이 황기옥은 일본인 장교와 결혼한 후 정신대를 독려하기 위해 조선의 여학교들을 순례하고 있었다.

"어이, 꼬뮤니스트(코뮤니스트, 공산주의자) 동생. 뭘 그리 심각해?"

병호가 팔꿈치로 기수의 옆구리를 툭 쳤다. 병 주고 약 준다더니, 천세택 막내 도령이라고 놀려 놓고 꼬뮤니스트라고

22

추켜세우는 게 아주 버릇이었다.

기수는 싱겁게 웃어 보이고서 먼 하늘을 우러렀다.

"해방이 되면, 세상이 어찌 될까?"

병호도 하늘로 시선을 들었다. 일본의 패망이 머지않았다지만, 해방이라는 말은 저 하늘만큼 푸르고도 아득했다.

"해방된 세상이라, 그런 걸 언제 본 적이나 있어야 말이지. 글쎄…… 일단 왜놈들 몽땅 쫓아내고, 친일파들 몽땅 때려잡고, 악질 지주 자본가들 홀라당 껍데기를 벗기고……."

병호가 문득 말을 멈추고 기수의 눈치를 살폈다.

"난 말이다, 병호야."

기수는 산 아래 마을로 눈길을 보내며 말을 이었다.

"우리 부모님을 믿는다. 넌 웃기다고 생각하겠지만, 정말 그래. 내가 잘 말씀드릴 거야. 설득할 거야. 우리 아버지 어머니도 몰라서 저러시는 거야. 일본의 위세가 천년만년 갈 줄 알고 저러시는 거라고. 그러니까 해방이 되면, 내가 온 마음을 다해 설득하면 달라지실 거야. 저 땅을 모두 인민들에게 내어놓고 용서를 빌어야지. 암, 그렇게 해야지. 할 수 있고말고."

"그, 그럼, 그렇고말고. 너희 어머니, 너를 위해서는 못할 게 없는 분이잖냐. 이번에도 유치장에서 너 빼내느라 얼마나 큰돈을 쓰셨겠냐? 네놈 고집에 나까지 덩달아 빼 주시고. 그래, 네 말이라면 들으실 거야."

기수가 병호를 장난스레 흘겨보았다.

"거짓말."

병호는 으흠 하고 헛기침을 하고서 딴청을 부리며 중얼거렸다.

"솔직히 뭐, 그게 말이 쉽지⋯⋯. 내 손에 쥔 콩 한 쪽도 내놓기 어려운 법인데, 그 만석 재산을 인민에게 내어놓는다고? 그것도 천세택에서? 야, 진짜 미안한데, 난 솔직히⋯⋯."

"쉿!"

기수가 병호의 입을 손으로 틀어막았다. 병호도 놀란 눈을 뜨고 입을 다물었다.

뭔가, 다가오고 있었다. 바람이 풀잎을 흔드는 소리와 산짐승이 수풀을 헤치는 소리와 사람이 걸어오는 소리는 분명히 달랐다. 동굴 생활 보름 만에 기수도 병호도 그 소리를 구별할 수 있게 되었다. 지금 서걱거리며 다가오는 저 소리는 분명, 사람의 그것이었다. 사람의 발소리가 빠르게 다가오고 있었다.

기수와 병호는 재빨리 동굴 입구로 몸을 숨겼다. 숲 그림자에서 사람의 형상이 툭 튀어나왔다. 벙어리 머슴 홍 서방이었다.

"형님, 놀랐잖아요!"

병호가 호들갑을 떨며 먼저 앞으로 나섰다. 기수도 가슴을 쓸어내리며 동굴 바깥으로 따라 나왔다.

기수와 병호가 동굴에 몸을 숨긴 뒤, 홍 서방이 밤마다 먹을 걸 가져다주었다. 그런데 어젯밤에는 오지 않더니 이렇게 아침 일찍 불쑥 나타난 것이었다. 그렇다고 먹을 걸 챙겨 온 것도 아니었다.

홍 서방은 빈손인 채로 두 사람을 물끄러미 바라보았다. 그러더니 크고 두툼한 손으로 두 사람의 어깨를 감싸 잡았다. 기수와 병호가 의아한 눈빛을 주고받았다. 기수의 사상이 어떻든, 머슴이 상전을 이리 대할 수는 없었다. 그러나 홍 서방은 여유로운 웃음마저 머금은 채 두 사람을 바라보다가 이윽고 입을 열었다.

"황기수 군, 이병호 군. 난 홍정두라고 하네."

부드러우면서도 힘이 느껴지는 목소리였다. 벙어리 홍 서방이 그렇게 말을 하고 있었다.

"이제 다 끝났네. 동굴 생활 따위는 걷어치우고 어서 내려가세. 일본이 패망했네. 해방이 되었어."

기수와 병호는 망부석처럼 굳어 버렸다. 해방이라니, 벙어리 머슴 홍 서방이 해방의 소식을 가져오다니, 이것이 현실일 리 없었다.

"오늘 정오에 일왕 히로히토가 항복 연설을 할 걸세. 자, 서둘러 내려가야지. 그자의 처량한 목소리를 직접 들어 주어야 할 것 아닌가!"

홍정두가 호탕한 웃음을 터뜨렸다. 그 웃음의 메아리가 어두닛골을 울리며 들판으로 퍼져 나갔다.

은혜는 또각또각 구둣발 소리를 내며 계단을 내려갔다. 막 예배가 끝난 시간이지만 예배당 앞은 한산했다. 하긴, 이런 예배에 사람이 모일 리 없었다. 예배를 시작하기 전에 황국신민서사를 외워야 했고 고등계 형사가 떡하니 지키고 앉아 예배를 감시했다. 오래도록 담임을 맡아 온 박진서 목사가 적극신앙단에 가입하여 일본에 협조하면서 교회 꼴이 우스워졌다. 그럴 수 없다고 목청을 높이던 부목사는 상해인지 어딘지로 떠나 버렸다. 은혜도 그런 분위기가 못마땅했지만 어머니 배 속에서부터 다니던 교회였다.

은혜가 계단 아래로 내려서자 인력거가 다가왔다. 으레 예배가 끝나는 시간까지 기다렸다가 다시 집까지 태워 가곤 하는 것이었다.

"댁으로 뫼실깝쇼?"

인력거꾼이 물었다.

"철원역으로."

은혜는 짤막하게 대꾸하고 인력거에 탔다.

인력거가 읍내 길을 따라 나아가자 오가는 사람들이 은혜를 흘금거렸다. 워낙 눈길을 끄는 인물인 데다 차림새까지 화려했다. 짙은 초록색 서양 정장에 하얀 레이스가 이마를 가리는 모자까지 썼고, 교복을 입을 때처럼 갈래머리가 아니라 윤나는 긴 머리를 늘어뜨리고 있으니 열다섯 여중생으로는 보이지 않았다. 할아버지 곽치영은 남의눈에 띄는 차림이라고 질색하지만, 은혜는 그런 시선쯤 아랑곳하지 않았다. 인력거 차양을 아예 뒤로 젖히고 거리를 내다보았다.

여름 방학을 철원에서 보내고 경성으로 돌아가는 날이었다. 돌아간대 봤자 경성에서 철원은 기차로 세 시간도 걸리지 않았고 한 달에도 두 번쯤은 철원에 돌아왔다. 그런데도 방학이 끝나고 떠나는 날이면 늘 새삼스러운 기분이 들었다.

그러나 읍내는 예전 같지 않았다. 천덕꾸러기처럼 주눅 든 분위기였다. 군수품이 모자라 온갖 물건을 징발하는 바람에 장거리는 한산했다. 군대로 징용으로 감옥으로, 젊은이들이 빠져나간 자리는 황량했고 철원 극장에 걸린 간판에도 전장의 긴장감이 감돌고 있었다. '神風の御召', 즉 '신풍의 부르심'이라는 영화 간판에는 황군 복장의 청년이 전투기에 타고 미 군함으로 돌진하는 그림이 그려져 있었다. 청년의 핏발 선 눈동자는 물론 붉은 노을마저 핏빛을 연상시켰다.

은혜는 미간을 찌푸리며 눈길을 돌렸다. 전쟁은 천박하고 더럽고 불쾌한 그 무엇이었다. 무엇을 위한 전쟁인지는 중요하지 않았다. 조선이라는 이름도 은혜에게는 그다지 큰 울림이 없었다. 그 이름이 사라져 버린 뒤에 태어났고, 그 이름 없이도 여태 잘 살아왔다. 같잖지도 않은 일본인들이 거들먹거리는 건 눈꼴사나웠지만, 무시하면 그뿐이었다. 곽씨 문중이야 철원에서도 으뜸가는 지주인 데다 유서 깊은 양반가였다. 일본인들도 함부로 굴지 못했다.

이윽고 인력거가 철원역 앞에 도착했다. 은혜는 인력거꾼의 손바닥에 돈을 떨어뜨려 주고 인력거에서 내렸다.

철원역 광장에는 새벽안개처럼 짙은 악취가 깔려 있었다. 선로 저편에 다닥다닥 무리 지어 있는 토막집의 찌든 가난과 경원선을 오가는 온갖 인생들의 짙은 피로가 뒤엉켜 지독한 냄새를 피워 올리는 것이었다. 은혜는 집게손가락을 구부려 코끝에 대고 가시 돋친 얼굴로 주위를 살폈다.

꺽지네는 역사 출입문 근처에서 웅성대는 사람들 틈에 끼어 있었다. 출입문 바로 옆에 붙은 벽보를 에워싼 사람들 사이에서 소문 하나라도 놓칠세라 정신이 팔려 있는 것이었다. 그래도 은혜가 지그시 쏘아보자 그 서슬에 번뜩 정신이 들었는지 뒤를 돌아보더니 질겁을 하고 달려왔다.

"아, 아가씨! 오신 줄도 모르고…… 송구합니다요."

"가방은?"

은혜가 꺽지네 뒤편을 쏘아보았다. 짐 가방 두 개가 사람들

발에 차여 자빠져 있었다.

"에구머니, 이를 어째!"

꺽지네가 허둥지둥 달려가 가방을 들고 돌아왔다.

"죄, 죄송합니다요."

은혜는 입술을 깨물며 화를 삭였다. 다른 하인이라면 몰라도 꺽지네에게는 아무래도 너그러워졌다. 태어나면서부터 함께 지낸 젖어미였다.

"어서 가자."

은혜가 별말 없이 넘어가려 하자 꺽지네는 또 능장을 부렸다.

"아가씨, 저게 대체 뭘까요? 사람들이 그러는데 저 벽보에 쓰여 있기를 중대 발표라나 뭐라나……."

은혜는 눈길 한번 돌리지 않고 쌀쌀맞게 말했다.

"그렇게 궁금하면 실컷 구경하고 경성까지 걸어오려무나."

은혜가 그대로 역사에 들어가 버리자 꺽지네는 식겁한 얼굴로 얼른 따라 들어갔다.

그런데 역사 안이 어쩐지 한산했다. 개찰구에도, 매표소에도 아무도 없었다. 매표소 안쪽의 사무실 문이 조금 열려 있었는데, 직원들은 모두 그곳에 모여 있는 것 같았다.

오오오오오오오오 ──

요란한 사이렌 소리가 울렸다. 역사 지붕 귀퉁이에 매달린 스피커에서 나는 소리였다. 대합실에 있던 사람들이 우르르 바깥으로 몰려 나갔다. 꺽지네도 은혜의 눈치를 살피며 슬금슬금 출입문 쪽으로 게걸음을 했다. 은혜도 결국 다시 광장으로 나갔다. 뭔가 심각한 일이 있긴 있는 모양이었다.

스피커에서 지지직거리는 잡음과 함께 라디오 방송이 흘러나오기 시작했다. 후카쿠 세카이노 다이세이토 니혼고쿠노 겐조오 후리카에리 히조노 소치오 못테 지쿄쿠오 슈슈시요토 오모이, 고코니 주지쓰 가쓰 젠료나 아나타가타 고쿠민니 모시 쓰타에루……(深く世界の大勢と日本國の現狀を振返り, 非常の措置をもって時局を收拾しようと思い, ここに忠實かつ善良なあなたがた國民に申し傳える……). 노인네처럼 힘없는 그 목소리의 주인공은 바로 천황이었다. 그러나 발음은 뚜렷하지 않은 데다 잡음이 심했으며 스피커 소리는 왕왕 울렸다. 전쟁에 대한 심각한 소식이라는 것을 짐작할 수 있을 뿐, 무슨 말인지 잘 알아들을 수 없었다.

이어서 아나운서가 낭랑한 음성으로 천황의 연설문을 대독했다. 그다음에 조선인 아나운서가 조선어로 번역한 연설문을 읽기 시작했다.

"짐은 일본 정부에 미, 영, 중, 소, 4개국의 공동 선언을 수락한다고 통고하도록 하명했다. 본래 일본 국민의 평온무사를 기도하고 세계 번영의 기쁨을 국민들과 공유하는 것은 대대 황실에 이어져 내려온 이념이자, 짐도 늘 중요하게 생각한 것이다. 일찍이 미국과 영국에 선전 포고를 한 이유도 일본의 자존과 동아시아의 안정을 바라는 마음에서 비롯된 것이며, 타국의 주권을 배격하고 영토를 침략하는 행위는 본디 짐의 뜻이 아니다⋯⋯."

미국, 영국, 소련, 중국. 연합국의 공동 선언을 일본이 수락한다는 것은 곧, 항복을 의미했다. 천황이 연합국에 항복한다고 선언한 것이었다.

"아가씨, 이게 다 무슨 소리래요?"

꺽지네가 공연히 목소리를 낮추며 물었다.

"일본이 항복을 했다."

은혜가 허공을 쏘아보며 중얼거리듯 말했다.

"일본이 누구에게⋯⋯. 에구머니! 조선에 항복한 것인가요?"

꺽지네는 들고 있던 가방을 툭 떨어뜨리고 두 손으로 함지박만 한 입을 가렸다.

"조선에 항복할 이유가 무에 있겠어? 연합국에 항복한다는 것이지. 어쨌거나 일본이 패망했으니 조선에서 주인 노릇 하는 것도 끝이겠지."

은혜가 평소답지 않게 찬찬히 설명했다. 어쩌면 자기 자신에게 말하는 것인지도 몰랐다.

경성은 그 도시의 규모만큼이나 많은 소문이 떠도는 곳이었다. 미국이 어쩌느니 소련이 어쩌느니, 만주가 어쩌느니 사이판이 어쩌느니…… 그러나 은혜는 그저 흘려듣곤 했다. 세상이 어찌 돌아가든 자신과는 상관없는 일이라고 생각했다. 조선이 독립을 한다. 그런 생각은 해 본 적이 없었다. 독립할 수 없을 거라는 게 아니었다. 독립이라는 말 자체에 대해 생각해 본 적이 없었다.

광장에 모인 사람들도 잔뜩 긴장한 표정으로 눈치만 살폈다. 기대에 찬 얼굴로 수군거리는 사람들도 있었고 털썩 주저앉아 울음을 터뜨리는 일본인도 있었지만, 아직 해방은 그저 먼 발자국 소리였다.

어쨌거나 지금은, 집을 비울 때가 아니었다. 은혜는 빠른 걸음으로 광장을 가로질러 아까의 인력거에 다시 탔다.

"집으로 가자."

바퀴에 등을 기댄 채 퍼져 앉아 졸고 있던 인력거꾼이 화들짝 놀라 일어났다. 광장 저편의 소식은 조금도 모르고 있었다.

"아니다. 읍내를 둘러봐야겠다. 군청 쪽으로 가자. 서둘러."

은혜가 재촉했다. 인력거꾼은 몽롱한 눈을 한 채 손잡이를 번쩍 들고 달리기 시작했다. 꺽지네가 뒤미처 달려와 울상을 했다.

"아이고, 이 짐을 들고 다시 집으로 가야 한다는 거네!"

뚜우우우우 ──

원산에서 달려온 기차가 유난히도 긴 기적 소리로 정오를
넘긴 때를 힘차게 알렸다.

2

지난밤의 일은 꿈이 아니었다.

경애는 연천댁과 대청마루 아래에 나란히 서서 건넌방에서 흘러나오는 라디오 방송을 들었다. 황인보가 욕지거리를 하며 뭔가를 집어 던져 깨뜨리는 소리도 들었다. 그러고서는 황인보도 서화영도 점심마저 거른 채 방 안에서 꼼짝도 하지 않았다. 상전들이 그러고 있으니 연천댁과 경애도 하릴없이 부엌에 웅크리고 앉아 있는 수밖에 없었다.

경애는 좀이 쑤셔 견딜 수가 없었다. 결국 연천댁이 뒷간에 간 사이에 살그머니 집에서 빠져나왔다.

읍내는 유난히 후텁지근했다. 날씨 탓만이 아니었다. 낯설고도 은밀한 열기가 아지랑이처럼 피어오르고 있었다. "해방"이라는 소리가 불쑥 튀어 올랐다가 자취를 감추기도 했고, 서러움과 기쁨이 뒤범벅된 울음소리가 도둑의 발걸음처럼 새어 나오기도 했다. 일본인 가게들이 일찌감치 문을 닫은 것도 평소 같지 않은 모습이었다.

그래도 유토피아 서점은 여느 때처럼 열려 있었다. 서점 주인 쓰카다도 변함없는 모습으로 계산대에 앉아 있었다. 하지만 넋이 나간 듯 멍해 보였다. 경애는 책 심부름을 다니면서 쓰카다와 꽤 친하게 지냈다. 나이로는 아버지뻘이고 일본인이지만, 좋은 사람이라고 생각해 왔다. 그냥 지나쳐 버릴 수가 없었다.

"쓰카다 상."

경애가 미닫이 유리문을 드르륵 열고 들어갔다.

"아, 경애 상."

쓰카다의 표정은 집 잃은 아이처럼 막막했다. 경애는 무슨 말을 해야 할지 몰라 머뭇대다가 밑도 끝도 없이 물었다.

"저기…… 괜찮으세요?"

쓰카다의 안경에 부옇게 김이 서렸다. 쓰카다는 손가락을 안경 밑으로 넣어 얼른 눈물을 닦았다.

"고멘나사이(미안해요). 울어 버렸네요. 못나게 굴었어요."

쓰카다는 눈물이 그렁그렁한 채 애써 웃음 지어 보였다.

"전쟁이 끝났다는 소리를 들으니 우리 간타 생각이 나서요. 조금만 더…… 일 년만 더 빨리 전쟁이 끝났다면 우리 간타는 아직 살아 있을 텐데……."

쓰카다의 아들 간타는 아버지와 무척 달랐다. 철원 중학교 유도부 주장으로 일본 소년들의 대장 노릇을 하다가 자원병

으로 출전했다. 그리고 주검으로 돌아온 게 딱 일 년 전의 일
이었다.

"경애야."

덕구가 유리문을 왈칵 열고 들어왔다. 덕구는 유토피아 서
점 2층에 있는 이치반 옥돌장(당구장) 점원이었다. 말이 좋아
옥돌장 점원이지 읍내 건달패 똘마니인데, 한마을 출신이라
고 경애에게는 꽤 살갑게 굴었다. 경애는 그런 친절이 부담스
럽거나 때로는 창피했다.

"오라버니, 문 좀 살살 열고 다녀요. 간 떨어지겠네."

"우리가 간 떨어질 일이 뭐가 있냐? 왜놈들이나 친일파 놈
들이야 지금쯤 간이 달랑달랑하겠지만."

경애가 얼른 쓰카다의 눈치를 살폈다. 쓰카다는 못 들은 척
공연히 계산대 위를 정리했다. 경애가 눈치를 주자 덕구도 찔
끔했다.

"아저씨, 나중에 또 올게요."

덕구가 쓰카다에게 인사하고서 경애를 밖으로 잡아끌었다.

"아, 왜 이래요?"

경애가 손목을 팩 뿌리치며 눈을 흘겼다. 덕구는 무안한 기
색도 없이 두 손을 허리에 척 걸치고서 눈알까지 부라리며
물었다.

"황가 놈은 어디 있냐? 배롱나무 집에 있는 게냐?"

"그게 오라버니랑 무슨 상관이라고?"

"왜 상관이 없어?"

덕구는 그렇게 말하고 목을 양쪽으로 꺾었다. 뚜두두둑 하고 목뼈가 부러지는 듯 요란한 소리가 났다.

"너희 아버지는 그래도 집에서 돌아가셨지? 우리 아버지는 감옥소에서 돌아가셨다. 황가 놈의 집구석, 사람들이 가만두지 않겠다고 잔뜩 벼르고 있다. 해방이라! 아직은 왜놈들이 시퍼렇게 칼을 차고 있으니 눈치 보고 있지만, 흥! 두고 보라지. 황가 놈은 내 손으로 때려죽이고 말 거다!"

건달패라고 인상 쓰고 다녀도 사람 좋은 얼굴은 어쩔 수 없는데, 지금 덕구의 얼굴에는 살기가 가득했다.

경애는 와락 한기를 느끼며 도망치듯 그 자리를 빠져나왔다. 덕구가 무서워서가 아니었다. 덕구의 살기 띤 그 얼굴이 마치 제 마음 같아서였다. 경애도 알고 있었다. 몰라서 묻어둔 것이 아니었다. 잊혀져서 잊은 것도 아니었다. 죽음이 흔한 시절이라지만, 제 부모의 죽음을 흔한 일로 여길 수는 없었다.

경애가 아홉 살이 되던 그해, 가뭄과 태풍이 잇따르는 악재로 흉년이 들었다. 여태 들도 보도 못한 흉년이라고 다들 몸서리쳤다. 그렇다 하여 천세댁에서 소작료를 깎아 줄 리 없었다. 그렇다고 가만히 앉아 식구들을 굶겨 죽일 수는 없는 노룻이었다. 소작인들은 한꺼번에 천세댁으로 몰려가 통사정을 하였고 그러다 분위기가 험악해졌다. 그때는 이미 차 씨가 헌병대에 전화를 걸어 둔 다음이었다. 곳간에서 쌀 한 톨 꺼내기도 전에 헌병들이 들이닥쳤다. 그 자리에 있던 소작인들은 헌병대로 끌려가 개처럼 맞았다. 결국 반송장이 되고서야 매질이 끝났고, 앞장섰던 사람들은 구속되었다. 경애 아버지는 훈방 조처로 풀려났지만, 장독을 이기지 못해 그만 세상을 떠나고 말았다.

이듬해 봄부터 소작까지 떼이자 경애 어머니는 일본인이 경영하는 삼정 농장에 날품을 팔러 다녔다. 그러나 한 달도 채 못 되어 조선인 감독관 구마다의 트럭에 치여 즉사하고 말았다. 구마다는 경애 어머니의 시신을 거적에 싸서 초가삼간 쪽마루에 던지듯 내려놓으며 이렇게 말했다.

정신 똑바로 차리고 다녀야 할 거 아니야!

부모가 죽은 뒤, 열다섯 살이던 큰딸 미애는 종연 방적에 취직해서 기숙사에 들어갔고, 열세 살이던 작은딸 승애는 그 자리조차 구하지 못해 원산으로 떠났다. 한동네 언니가 원산에 있는 고무 공장에 다녔는데, 취직자리를 알아봐 줄 수 있다 해서였다.

그리고 경애는 열 살 나이에 배롱나무 집 계집종으로 들어왔다. 천세댁 청지기의 아내 김화댁은 읍내까지 걸어오며 이렇게 말했다.

너희 어머니와의 정리를 봐서 너를 그 댁으로 들인다만……. 경애야, 네가 만가대 강 씨 딸이라는 사실을 절대로 발설해서는 안 된다. 너도 다 잊어라. 지난 일을 생각하는 건 배부른 양반님네들이나 하는 호사다. 없이 사는 인생이 생각이라는 걸 하게 되면 제명에 못 죽는 법이다. 알겠니? 누가 묻거든 김화에서 왔다고 해라. 나도 그리 아뢰어 둘 테니.

그런데 해방이 기억의 물꼬를 텄다. 폭풍 끝에 드러난 살인의 흔적처럼 참혹했던 시간이 되살아나고 있었다.

경애는 골목 입구에서 더 들어가지 못하고 철원 극장 건물에 등을 기대고 쪼그려 앉았다. 언니들이 짐 꾸리는 소리를 들으며 흙벽 아래에 웅크리고 앉아 있던 열 살 때의 그 봄처럼. 언제부터인지 모르게 찔끔찔끔 눈물이 났다. 경애는 이마를 무릎에 대고 소리 죽여 울었다. 철원 극장이 드리운 그림자가 서서히 동편으로 물러나며 석양이 따스하게 비쳐 들었다. 그렇게 시간이 흐르는 줄도 모르고 오도카니 앉아 있었다.

그런데 누군가의 그림자가 다가왔다.

"경애야."

서화영이었다.

"아씨."

경애가 손바닥으로 얼굴을 훔치며 일어났다. 눈물은 어느

새 그쳐 있었고 바싹 마른 뺨이 버석거렸다.

"왜 여기서 이러고 있는 거야?"

"아무것도 아니에요, 아씨. 한데 어디…… 가세요?"

보랏빛 서양 정장을 곱게 차려입은 품새가 멀리 외출이라도 나서는 길인 듯했다. 그리고 보니 황인보의 검은 자가용이 철원 극장 뒷길을 향해 서 있었다. 뒷문 차창으로 보이는 중절모를 쓴 남자는 황인보인 듯했다. 도망치는구나. 경애는 저도 모르게 몸서리가 쳐졌다. 사람들이 황가 놈을 그냥 두지 않겠다고 벼르고 있어. 덕구의 살기 띤 얼굴이 떠올랐다.

"널 보지 못하고 가나 했는데, 다행이구나."

서화영이 경애의 손을 가만히 잡았다. 경애가 생각했던 것보다 작고 따스한 손이었다. 경애는 서화영에게 눈길을 돌렸다.

서화영은 살가운 말 한마디 건네는 법이 없는 사람이었다. 하지만 때때로 느닷없는 선심을 쓸 때가 있었다.

경애가 배롱나무 집으로 오고 얼마 되지 않았을 때였다.

까막눈이어서야 어디 심부름인들 시키겠느냐? 조선글이라도 배워 두어라.

서화영은 그렇게 말하고서 하 서방의 딸 옥분이를 불러다 경애에게 글자를 가르치게 했다. 그리고 열흘이 지나자 경애를 건넌방으로 불러들이더니 책 한 권을 내밀었다. 심훈의

『상록수』라는 소설이었는데, 경애는 더듬거렸지만 크게 틀리는 데 없이 읽어 냈다.

명민한 구석이 있는 아이로구나.

서화영은 그렇게 말하고서 짬이 나면 건넌방의 책들을 읽어도 좋다고 했다. 유토피아 서점으로 책 심부름도 보냈다. 계집종 처지에 책 읽을 짬을 내기는 쉽지 않았지만, 이따금 경애는 건넌방의 책이며 잡지를 뒤적거리곤 했다. 서점을 오가며 쓰카다에게 묻기도 해서 일본어도 얼추 읽고 쓰게 되었다.

연천댁이 징용으로 끌려간 아들의 생사를 몰라 애태울 때, 그 소식을 알아봐 준 것도 서화영이었다.

"이제 안 돌아오시는 건가요?"

경애는 목이 메었다. 서화영과 이별한다는 사실 때문인지, 황인보의 번듯한 뒷모습 때문인지 알 수 없었다. 어쩌면 둘 다인지도 몰랐다.

"그렇겠지. 그래야지. 그게 모두에게 좋은 일이야. 경애야, 그동안 고생 많았다. 고마웠어."

"서두르셔야 합니다."

하 서방이 운전석 차창 밖으로 고개를 내밀었다. 서화영은 하 서방에게 고갯짓해 보이고서 다시 경애에게 눈길을 돌렸다.

"앞으로 좋은 날이 올 테지만, 당분간은 힘들 거야. 연천댁에게 맡겨 둔 것이 있으니 적으나마 도움이 될 게다. 그럼…… 그래, 건강하고 행복해야 한다. 알았지? 참, 그리고."

서화영은 잠시 말을 멎었다가 다시 입을 열었다.

"홍정두 씨에게 내 말을 전해 주겠니?"

홍정두. 경애는 낯선 이름 앞에 의아한 표정을 지었다. 서화영이 알 수 없는 미소를 지으며 이어 말했다.

"그분이 꿈꾸는 세상을 축하하노라고, 그리고 때로 그 마음에 설레었노라고."

서화영은 경애의 손을 다시 꼭 쥐었다가 놓고서는 자동차에 올라탔다. 황인보의 검은 자가용이 철원 극장 뒷길을 따라 서서히 멀어져 갔다.

저녁상을 물리자마자 은혜는 서재로 가서 다시 라디오를 틀었다. 은봉도 슬그머니 따라 들어와 구석 자리에 앉았다. 경성 중앙방송국 제1라디오에서 버젓이 조선어가 흘러나오고 있었다.

해방 당일인 오늘, 여운형이 조선 총독부 정무총감 엔도로부터 행정권을 이양받았다는 소식이었다. 엔도는 일본인의 신변과 재산 보호를 요청했고, 여운형은 먼저 수탈해 간 쌀을 내놓고 정치범들을 즉각 석방하며 또한 조선인들의 자치 조직 결성과 그 활동을 방해하지 말라고 요구했다. 이에 오늘 정오부터 감옥이 열려 독립투사들이 석방되고 있으며 여운형은 비밀리에 결성해 둔 조선건국동맹을 기반으로 조선건국준비위원회를 발족했다는 것이었다.

여운형이라……. 은혜도 그 이름을 여러 차례 들어 알고 있었다. 그는 드물게 변절하지 않은 독립운동가였으며 또한 공산주의자라고도 했다. 오래전 마르크스의 『공산당 선언』을 조선어로 번역했고, 사람은 모두 평등하다며 제 집안의 노비들을 해방했다고 했다.

"이양이 무슨 말이야?"

은봉이 물었다.

"총독부가 모든 권한을 여운형에게 넘겼고 여운형은 조선건국준비위원회를 만들었다. 그러니까 결국 조선건국준비위원회가 총독부를 대신한다는 거잖아."

은혜가 쌀쌀맞게 대꾸했다. 할아버지 곽치영의 앞이 아니라면 은봉에게 말을 놓았다. 오라버니라고 부르지 않는 건 물론이었다. 나이를 따져 봐도 겨우 육 개월 차이인 데다 천출인 이복 오라비에게 말을 높일 마음은 조금도 없었다.

"그거야 나도 알아들었지. 그냥 이양이 무슨 뜻인가 궁금해서 물은 거야."

은봉이 변명하듯 말하고는 또 눈치를 살피며 물었다.

"여운형이라는 자는 또 누구냐? 아주 세도가 대단한가 보다. 일본이 망하자마자 주인 자리를 꿰찼으니."

은봉은 여운형이라는 이름 석 자도 처음 듣는 눈치였다. 불학무식한 촌로도 아니고 명색이 철원 중학생이잖아. 천출인데다 아둔하기까지……. 은혜는 은봉에게 대놓고 경멸하는 눈길을 던졌다.

"메구미, 서재에 있니?"

모시 한복을 곱게 차려입은 윤 씨가 서재로 들어왔다. 은혜와 은봉이 자리에서 일어나 인사했다. 윤 씨는 은봉을 싹 무시하고 은혜의 손을 덥석 잡았다.

"다행이구나. 세상이 이렇게 어수선한데 네가 경성에 간 줄 알고 얼마나 걱정했는지 모른단다. 역에서 그냥 돌아왔다니 이제 한시름 놓겠구나. 이 모두가 주님의 은총이다."

그건 주님이 아니라 자신의 판단이라고 생각했지만, 은혜는 아무 말도 하지 않았다. 어머니의 병적인 신앙 앞에서 그런 지적 따위는 무의미했다.

평양 명문가의 고명딸인 윤 씨는 결혼하고 일주일 만에 소박데기나 다름없는 신세가 되었다. 은혜의 아버지 곽태성은 경성으로 돌아가 버렸고, 그로부터 육 개월 뒤 다른 여자의 아이를 안고 돌아왔다. 아이의 어머니는 무당의 딸이자 무용가라 하였으며, 아이는 아들이었다. 그로부터 석 달 뒤, 윤 씨도 아이를 낳았지만 딸이었다. 윤 씨가 아닌 천첩의 몸에서

44

난 그 아이, 은봉이 손 귀한 곽씨 문중 종손이 된 것이었다.

"소련군이 벌써 청진항까지 들어왔다지 뭐겠니? 목사님의 그 말씀을 듣고는 어찌나 몸이 떨리던지……."

윤 씨는 두 손으로 자신의 얼굴을 감싸며 눈까지 질끈 감았다.

은혜도 소련에서 들려오는 흉악한 소문을 진작 들었다. 공산주의자들이 귀족의 땅을 빼앗고 심지어 귀족들을 죽이기까지 했다는 것이었다.

윤 씨가 부르르 몸서리치며 말을 이었다.

"왜인들이 도망친 자리에 공산주의자라니, 여우를 피하려다 호랑이에 물린다는 옛말이 생각나더구나. 하지만 목사님이 마음 놓으라 하셨어. 주님께서 이 땅을 보살피고 계시니 무도한 공산주의자들의 뜻대로 되지는 않을 거라고. 여태 일본과 전쟁을 하느라 미국이 얼마나 피를 흘렸는데, 이 땅을 공산주의자들에게 넘기지는 않을 거라 하시더구나. 그 뭐라더라, 미국이 일본에 무시무시한 폭탄을 떨어뜨렸다고 하셨는데……."

"원자 폭탄이요?"

은혜가 물었다. 수십 만의 목숨을 단숨에 앗아 갔다는 그 폭탄에 대해 라디오 방송에서 들었다.

"그래, 그거다. 미국은 그토록 무시무시한 폭탄을 갖고 있단다. 그러니 소련이 제아무리 설쳐 봤자 미국을 당해 내지는 못한다는 거야. 아무튼 메구미, 세상이 어수선하다."

"어머니, 메구미라고 부르지 마세요."

이제 창씨한 이름은 삼가는 게 좋았다. 그리고 또 뭐가 있더라……. 천세택처럼 대놓고 친일을 하지는 않았지만, 곽씨 집안도 이런저런 성금을 내 가며 일본에 협조해 왔다. 그런 게 문제가 될까. 은혜는 빠르게 머리를 굴렸다. 윤 씨도 은혜의 뜻을 알아들었다.

"그래. 은혜야, 당분간 바깥출입일랑 삼가는 게 좋겠다. 우리 모두 월정리 본가로 들어가서 지내는 게 어떻겠니? 아버님께 여쭤 봐야겠다."

윤 씨는 당장에라도 곽치영에게 가려는 듯 몸을 움직였다. 은혜가 어머니의 팔을 잡았다.

"일단 며칠 두고 봐요, 어머니."

철새들이 지천인 월정리 본가는 지은 지 이백 년이 되어 가는 기품 어린 고택이었다. 그런데 곽치영이 뇌졸중으로 쓰러진 뒤 도립 병원 근처로 오느라 본가를 비워 두고 읍내의 일본식 저택에서 지내고 있었다. 은혜는 이 집이 더 좋았다. 세상이 어수선하다고 몸 사릴 생각도 없었다. 지금 집안에서 세상 돌아가는 상황을 제대로 파악할 수 있는 사람은 자신밖에 없다고 생각했다. 할아버지에게 그 사실을 똑똑히 보여 주고 싶었다. 이런 때야말로 좋은 기회인지도 몰랐다.

은혜가 은봉에게 물었다.

"황기수 소식 알아? 적색독서회로 잡혔다고 들었는데."

"제 어머니가 돈을 써서 풀려났다던데, 그 뒤로는 모르겠어. 학병에 자원한다는 말도 있었는데, 가진 않은 것 같고……. 어딘가에 숨어 있는 거 아닐까?"

은혜와 은봉과 기수는 유치원과 국민학교를 함께 다녔다. 그 뒤 은혜는 경성의 여중으로 갔고 은봉과 기수는 철원 중학교에 함께 다니고 있었다.

"기수는 왜?"

은봉이 물었다.

은혜는 말없이 생각에 잠겼다. 기수라면 지금 철원 땅이 어찌 돌아가는지 알고 있을 터였다. 학병으로 나간 게 아니라면, 내일 군민 대회에서 기수를 만날 수 있을 게 분명했다.

천세택은 과연 소문답게 멋들어진 저택이었다.

솟을대문으로 들어서면 오른쪽에는 행랑채가, 왼쪽에는 곳간이 회랑처럼 길게 늘어서 있었다. 맞은편의 중문으로 들어서면 연못에 누각까지 딸려 있는 큰 사랑채가 있고, 그 뒤로는 대숲에 둘러싸인 작은 사랑채가 있었다. 중문 왼편에 있는 문을 지나면 안채인데, 그 규모가 어지간히 먹고살 만한 살림집보다 컸다. 안채 뒤로는 별채와 사당도 있었다.

기수는 큰 사랑채 누각에 섰다. 천세당이라는 현판 아래에
서 바라보는 풍경은 어제와 다를 게 없었다. 막막하게 뻗어
나가는 너른 들판 저편까지 평온한 어둠에 휩싸인 채 밤이
깊어 가고 있었다.

따르르르릉—

큰 사랑채 방 안에서 전화벨 소리가 터져 나왔다. 이 밤은
결코 여느 밤과 같지 않다는 것을 경고하는 듯 단호한 울림
이었다.

기수가 후다닥 달려가 전화를 받았다.

"야, 인마. 뭐 해? 어서 나와!"

병호의 흥분한 목소리가 수화기를 뚫고 치솟았다.

"어찌 돌아가고 있어?"

기수도 수화기 저편의 세계로 단숨에 날아갈 듯 다급한 목
소리였다.

"난리 났어! 다들 눈치만 보고 있더니만 해가 지니 슬슬 불
이 붙는구나. 사람들이 왜놈들 사는 고부서리에 불 지른다고
몰려갔는데 왜놈 헌병들이 총구로 위협하는 바람에 그냥 쫓
겨 왔다는 거야. 그렇다고 그대로 물러설 수야 없지 않겠냐?
사람들이 친일파 놈들부터 때려잡는다고 난리가 났어. 이 판
국에 왜놈들이 친일파 놈들까지 챙길 리 없잖아? 이제는 쓸

모없는 사냥개들이니! 좀 전에 무슨 일이 있었는지 아냐? 구마다 그놈이 신사 앞으로 끌려가서 사람들한테 맞아 죽었다!"

구마다. 기수도 그 이름을 잘 알았다. 경애 어머니를 트럭으로 치어 죽인 그 조선인 감독관. 그는 삼정 농장에서 일하는 조선인 처녀들을 숱하게 겁간한 자라고 했다. 올 것이 오고야 말았다.

그래서 이렇게 집에서 꼼짝도 못하고 있었다. 해방의 날, 그건 어머니 아버지가 죄인이 되는 날이기도 했다. 어머니를 놔두고 나가 버릴 수가 없었다.

"저기…… 내가 너무 흥분했나 보다."

병호가 기수의 마음을 읽었는지 말투를 누그러뜨렸다. 기수는 잠자코 병호의 말을 들었다.

"내일부터는 이렇게 막무가내로 일이 돌아가지는 않을 거야. 홍정두 선생님이 그러셨어. 빨리 상황을 진정시켜야 한다고 말이야. 친일파고 악질 지주 자본가고 죗값을 물어야겠지만 법대로 해야 한다는 말씀이야. 차분하게 죄를 따져 묻고 용서할 건 용서해야 한다고, 그래서 서둘러 자치위원회부터 꾸리는 중이란다. 그러니까…… 야, 꼬뮤니스트 동생! 기운 내라! 너 오늘 아침 산에서 자신 있게 말한 거 다 잊었냐? 해방이 되면……. 기수야, 정말 그런 날이 돼 버렸다. 그것도 바로 오늘…… 정말 꿈만 같지 않냐?"

병호가 울먹거렸다.

기수도 눈시울이 뜨거워졌다. 구마다는 죽었지만 아버지는 아직 무사하시다. 그 사실에 조금쯤 마음이 놓였다. 죄를 따져 묻고 용서할 건 용서한다. 기수는 사랑채 담장 너머의 행랑채를 바라보았다. 노란 불빛이 새어 나오는 맨 끝 방이 바로 홍정두가 다른 머슴들과 함께 기거하는 방이었다. 그 홍정두가 해방의 날을 이끌고 있었다. 그가 바로 기수가 꿈꾸던 해방이었다. 그래, 해방의 날이다. 걱정만 하고 있기에는 가슴이 너무 뜨거웠다. 역사가 요동치는 밤, 누구보다 앞장서서 그 물길을 여는 사람이고 싶었다.

"어디냐?"

기수의 말투가 다급해졌다.

"일단 우리 어머니 국밥집으로 와라. 지금 농업학교 학생들 중심으로 치안대가 꾸려지기 시작했다. 이런 일에 우리 철원 중학교도 빠질 수 없는 노릇 아니냐? 다들 국밥집으로 오기로 했어. 홍 선생님도 오실 거야."

기수는 전화를 끊고 곧장 누각에서 내려왔다. 어머니의 눈을 피하느라 대문으로 가지 않고 사랑채 뒷담을 훌쩍 넘었다. 그렇게 마을을 빠져나와 큰길로 들어서자 마침 저만치서 버스가 달려오고 있었다. 기수가 손을 번쩍 들자 버스가 멈춰섰다.

"어, 운전대 잡았네요?"

기수가 버스에 타며 놀라 물었다.

"네, 도련님. 왜놈들이 모두 집 안에 꼭꼭 숨어 있는지라 급한 김에……."

운전석에 앉은 박진삼은 만가대 사람으로 군내 버스 회사 정비원이었다.

버스는 캄캄한 길을 달려 철원 경찰서 앞에 이르렀다. 병호 어머니 가게는 역 근처에 있지만 기수는 경찰서 앞에서 내렸다. 읍내 길을 좀 걷고 싶었다.

철원 경찰서는 불을 훤히 밝힌 채 문을 굳게 닫고 있었다. 평소보다 더 많은 보초들이 서 있지만, 마치 조각상처럼 움직임이 없었다. 그들은 이제 경찰서 바깥이 아니라 경찰서 안을 지키는 존재에 불과했다. 경찰서를 지나 철원 극장 앞에 이르자 '神風の御召'라고 쓰인 간판이 반 토막 난 채 바닥에 떨어져 있었다. 기수는 발밑에서 간판 조각이 부서지는 소리를 들으며 극장 앞에 멈춰 섰다.

오늘 같은 날, 아버지는 어찌 어머니를 홀로 두시는 걸까. 기수는 배롱나무 집으로 향하는 어두운 골목을 원망스레 쏘아보았다.

적색독서회 사건으로 헌병대에 잡혔다가 풀려나던 그날, 기수는 아버지의 첩이라는 그 여자와 마주쳤다. 그렇게 가까이 마주 선 건 처음이었다. 그녀는 생각보다 아름다웠고, 지혜로운 눈매를 가지고 있었다.

열다섯 까까머리 중학생을 공산주의자라고 하는 것은 과하겠으나, 나리의 품에서 공산주의자가 자라고 있다니 참으로 재미난 세상입니다.

서화영은 눈빛을 장난스럽게 반짝였다. 황인보가 질겁하고 주위를 살피며 호통쳤다.

어허, 공산주의자라니! 철없는 아이가 호기심에 책 좀 읽은 걸 가지고, 무얼!

나리, 하늘이 땅이 되고 땅이 하늘이 되는 시절입니다. 후일 공산주의자 자식 덕에 목숨 건지게 될 날이 올는지 누가 알겠습니까?

서화영은 개구쟁이 같은 웃음을 띤 채 그 자리를 떴다. 경애가 짐 가방을 들고 그 여자의 뒤를 따랐다. 그날도 경애와 기수는 모르는 사이처럼 굴었다.

그러나 경애가 만가대 아이였던 시절, 기수는 경애 자매들과 어울려 놀곤 했다. 천세택 귀한 막내 도련님은 어찌 된 셈인지 대궐 같은 제집보다 마을 길을 더 좋아했다. 동경에서 사 온 귀한 장난감보다 마을 아이들의 놀이를 더 즐겼다. 어머니에게 매번 혼쭐이 나면서도 틈만 나면 집을 빠져나갔고 그때마다 제일 먼저 경애를 찾았다. 그 무렵 경애는 사내 녀

52

석들도 꼼짝 못하는 왈가닥이라 담장을 넘어온 도련님의 우상이 되기에 충분했다. 그렇게 같이 어울리다 걸리면, 동네 아이들은 천세택 머슴들에게 불이 나도록 엉덩이를 얻어맞았다. 아이들은 두 번 다시 도련님과 어울리지 않겠다고 약속했지만, 기수가 들고 나오는 주전부리를 마다할 도리가 없었다. 기수가 믿는 공산주의란 어쩌면 그 시절에 대한 그리움인지도 몰랐다.

그런 날이, 그런 새날이 다가오고 있었다. 지금까지와는 전혀 다른 세상, 금학산의 그 어린 날을 닮은 세상. 기수는 읍내 길을 따라 전속력으로 달리기 시작했다.

3

경애는 부스럭대는 소리에 문득 잠에서 깨어났다. 새벽 어스름 속에 연천댁이 등을 보이고 앉아 뭔가를 하고 있었다. 경애가 눈을 비비며 일어나 앉았다.

"일어났구나."

연천댁이 경애를 돌아보며 반색했다. 전에 없이 다정한 말투였다.

"그게 뭐예요?"

경애가 연천댁 앞에 놓인 보퉁이를 가리켰다.

"저기, 경애야."

연천댁이 경애 가까이로 바싹 다가앉았다.

"안 그래도 너 일어나기만 기다리고 있었다. 난 밤새 한숨도 못 잤지 뭐냐."

연천댁이 밤잠을 설쳤다는 소리에 경애는 그만 웃음이 났다. 하지만 연천댁의 표정은 더없이 진지했다.

"경애야, 넌 이제 어쩔 셈이냐?"

"뭘요?"

경애도 어쩐지 잠이 싹 달아났다.

"아이고, 똘똘하다 싶어도 애는 애구나. 얘, 경애야. 주인이 떠났으니 우리도 이 집에서 더 살 순 없는 거다. 나리는 본댁 마님 놔두고 우리 아씨랑 떠나 버리신 모양인데, 본댁 마님이 이 집을 그냥 두시겠냐? 까딱하다가는 우리한테 엉뚱한 불똥이 떨어질지도 모른다. 그 양반 성정으로 봐서는 멍석말이라도 당할지 뉘 알겠니? 해방이니 어쩌니 하지만, 그래 봤자 우리네 목숨은 상전 손에 달린 거다. 그러니 어서 이 집에서 떠나는 게 상책이야. 난 이 길로 연천에 돌아가련다. 해방되었다고 우리 똘이가 하루 이틀 새에 돌아오진 않겠지만, 그래도 마음이 이리 바쁘구나. 벌써 어제부터 철원역 앞에 자리 깔고 드러누운 사람들이 부지기수란다. 군대 나간 아들, 정신대 끌려간 딸, 징용 간 남편, 감옥에 갇힌 자식들…… 누군들 목 빠지게 기다리는 이가 없겠냐."

경애는 연천댁의 말을 들으며 언니들을 생각했다.

종연 방적에 다니던 큰언니 미애는 춘천으로 시집갔다. 중학교까지 졸업한 남자니 치혼사라 할 수 있었다. 하지만 미애의 남편은 가난한 처가까지 보살필 만큼 아량이 넓지 않았다. 미애는 경애를 혼자 두고 가는 게 마음 아파 울며불며 춘천으로 떠났다. 그리고 이 년 전, 철원에 다니러 왔던 미애는 기모노 차림에 조리를 신고 마루마게(결혼한 일본 여성의 머리 모양)까지 얹고 있었다. 미애 남편 남일수는 춘천 경찰서 고등계에 근무하는 조선인 형사였는데, 결혼식도 신사에서 올렸고 집에서도 조선어를 쓰지 않는다고 했다.

이치로 상은 천황 폐하를 위해 큰 공을 세워 반드시 귀족이 되고 말 거라 했어.

미애는 기대에 찬 얼굴로 그렇게 말했다. 그날이 올 때까지 조금만 기다려 달라며 경애를 안고 한참을 울었다.

원산으로 떠난 작은언니 승애는 삼 년 전부터 아예 소식이 끊겼다. 죽었는지 살았는지, 정신대에라도 끌려간 건지, 아무런 소식을 몰랐다.

"경애야, 너 나랑 같이 연천으로 가련?"

고등계 형사라 했으니 형부는 무사하기 어려울 것 같았다. 삼 년째 소식 한 자 없는 작은언니 역시 이 세상 사람이 아닌지도 몰랐다. 그런데도 경애는 고개를 가로저었다.

"그럴 것 같더라만……. 그래도 경애야, 혹시라도 마음이 바뀌면 언제든 연천으로 와. 연천이야 엎어지면 코 닿을 데 아니냐? 아씨께서 주신 돈이 있으니 당분간 그걸로 버티면서 지낼 데를 알아봐. 그러다 안 되면 언제든 나한테 오고, 알았지?"

연천댁은 작은 보퉁이 하나를 품에 안고 배롱나무 집을 나섰다. 경애가 우시장 앞까지 배웅을 나갔다. 연천댁은 경애를 꼭 끌어안아 주고서 보퉁이를 머리에 이고 남쪽으로 걷기 시작했다.

해가 높아질수록 읍내로 몰려드는 인파는 점점 늘어났다. 금학산 자락을 밟으며 달려온 사람들, 금강산 철길을 따라온 사람들, 한탄강을 끼고 몰려온 사람들, 산명호 너머에서 달려온 사람들……. 경애도 인파에 휩쓸려 떠밀리듯 걸었다. 큰길이 비좁아 골목까지 사람들이 들어찼고, 식산은행 옥상이며 종연 방적 담벼락이며 농산물 검사소에 세워 둔 트럭 위에도 사람들이 한여름 포도송이처럼 주렁주렁 열렸다.

군청과 재판소와 경찰서는 보초병을 앞에 세워 둔 채 문을 굳게 닫아걸고 몸을 사렸다. 출입문이 부서진 얼음 창고에서 얼음 녹은 물이 흘러나와 황톳길이 질척거렸다. 읍내 가게들은 거지반 철시했고 문을 연 가게들도 장사에는 뜻이 없었다. 주인이고 일꾼이고 거리에만 눈이 팔려 손 빠른 이가 물건을 훔쳐 가는 것도 알아채지 못했다. 유난히 인심을 잃은 일본인의 가게는 엉망으로 망가졌다. 특히 고베 제과점은 아예 폐허가 되었는데, 언젠가 빵을 훔치다가 걸린 조선인 소녀의 손목을 부러뜨릴 만치 그악을 떨어 왔기 때문이었다. 오방떡이며 장국밥이며, 먹거리를 파는 가게들만 때아닌 장날을 만나 문전성시를 이루었다. 사람들은 일장기의 빨간 동그라미를 절반만 파랗게 칠해서 태극기라고 흔들어 댔다. 광목 조각을 잇대어 만든 현수막에 '조선 독립 만세'라고 써서 들고 나온 사람들도 있었다. 군청 옆의 중국 만두집 주인 내외도 치파오(중국의 전통 의상)를 차려입고 양철 간판을 나무 주걱으로 두드리며 신바람을 냈다.

남국민학교에서 마이크를 시험하는 소리가 흘러나왔다. 그 소리에 이끌린 사람들이 남국민학교로 몰려들었다. 운동장에 들어가지 못한 사람들은 담장 바깥에서 잔뜩 발돋움을 했다.

경애도 인파에 이리저리 떠밀리다 남국민학교 정문 건너편 가베점(커피숍) 앞까지 왔다. 그래 봤자 우두망찰 서 있을 뿐이었다. 갈 데도 없고, 오라는 데도 없었다. 경애가 기다리는 사람도, 경애를 기다리는 사람도 없었다. 그러나 아버지 어머니가 묻혀 있는 땅이었다. 언니들과 자신의 태를 묻은 땅이었다. 철원이 아닌 다른 세상은 알지 못했다. 이곳이 경애가 아는 유일한 세상이었다.

바로 그 세상이 무섭도록 요동치고 있었다. 경애가 알지 못하는 어딘가를 향해 거침없이 내달리고 있었다.

"철원 군민 여러분!"

철원 농업학교 교복을 입은 학생이 운동장 단상 위에 올라 마이크에 대고 소리쳤다. 운동장에 모인 사람들은 차츰 조용해졌지만 거리는 여전히 소란스러웠다.

"지금부터 철원군 자치위원회 발족식이 있겠습니다. 우선 다 함께 애국가를 부릅시다."

동해물과 백두산이 마르고 닳도록. 대개의 사람들에게는 그 서양 곡조가 익숙하지 않았고 가사도 낯설었다. 그런데도 마치 그 노래를 알기라도 하는 양 입술을 달싹였다. 경애도 나지막이 노래를 따라 했다. 가사는 달랐지만 서화영도 같은 곡조의 서양 노래를 유성기로 가끔 듣곤 했다.

"바로 어제."

노래가 끝나자 사회를 보는 청년이 다시 입을 열었다.

"일왕 히로히토가 라디오 연설로 항복을 선언했습니다. 우리 조선은 감격적인 해방을 맞았습니다. 여운형 선생이 이끄는 조선건국준비위원회가 발족했으며, 평양에서도 조만식 선생이 조선건국준비위원회 평남위원회를 발족했습니다. 민족의 해방을 위해 싸우던 투사들이 돌아오고 있습니다. 김구 선생을 위시한 임시 정부 요인들이 귀국을 준비하고 있으며, 박헌영 선생을 비롯한 혁명가들도 해방의 전면에 나섰습니다. 동북항일연군의 김일성 장군, 그리고 중국 혁명군과 함께 일제에 맞서 싸워 온 무정 장군 등 무장 투쟁의 영웅들이 돌아오고 있습니다. 감옥에서 석방된 동지들은 이미 이 자리에 함께하고 있습니다.

철원 군민 여러분! 지금 바로 이 자리에서 독립운동가 이봉하 선생을 위원장으로 모시고 철원군 자치위원회를 발족할 것임을 선언합니다!"

마이크의 성능은 좋지 않았고 군중의 소음이 청년의 목소리를 집어삼켰다. 단상 바로 근처에 있는 사람들을 제외하고는 무슨 말인지 제대로 알아들을 수가 없었다. 거리의 사람들은 더욱 그랬다. 멀리서 소리가 왕왕 울리기만 할 뿐이었다. 그래도 모두 느낄 수 있었다. 불가능하던 일이 이루어지고 있었다. 위에서 아래로만 흐른다던 강물이 거꾸로 솟구치고 있었다.

이어서 철원군 자치위원회 이봉하 위원장과 또 다른 자치위원들이 차례로 마이크를 잡았다. 그중 두 사람은 바로 어제 서대문 형무소에서 석방되었다 했다.

그리고 끝으로 임시 치안 대장이 단상에 올랐다.

"이제 민족 반역자를 심판할 시간입니다. 철원 군민의 이름으로 그들을 인민재판에 세워야 합니다. 자치위원회 산하 치안대가 민족 반역자를 추적하고 체포하여 단죄할 것입니다. 그러니 개인적인 보복은 자제해 주시기 바랍니다. 인민재판을 기다려 주십시오. 또한 그들의 재산 역시 자치위원회가 몰수할 것입니다. 그것은 곧 그 모든 재산이 철원 군민의 것이라는 뜻입니다.

우선 내일, 곡물 창고를 개방하여 쌀을 나누어 드릴 것입니다. 일제와 지주 자본가에게 수탈당했던 우리의 것을 되찾는 첫걸음입니다!"

박수 소리가 더욱 크게 울려 퍼졌다. 배고픔을 면하게 되었다는 소식은 조선이라는 이름을 되찾은 감격을 압도하고도 남았다. 운동장 바깥으로는 스피커 소리만 웅웅 울려 퍼졌지만 곧 징검다리처럼 소식이 바깥까지 전해졌다.

쌀을 나눠 준다는구먼!

경애는 거리 저편까지 퍼져 나가는 환호성을 들으며 인파에서 빠져나왔다. 아씨가 준 돈에다 배급 쌀까지 생긴다니 굶어 죽을 걱정은 없겠다 싶었다. 당장 갈 데가 없어 걱정이지만, 오늘은 차 씨가 아니라 저승 차사가 온대도 한 발자국도 움직일 수 없었다. 지독한 몸살이 난 듯 온몸이 쑤시고 기운이 없었다. 일단 죽은 듯 엎드려 한잠 자야 할 것 같았다.

그런데 경애가 지친 걸음으로 돌아와 보니, 뜻밖의 손님이 대문가를 서성이고 있었다.

기수였다.

나리를 찾아오신 거로구나. 그런 생각이 들자 경애는 기수를 똑바로 바라볼 엄두가 나지 않았다. 몇 발자국 떨어져 서서 눈치만 살폈다. 그러고 있는데 옆집 개가 눈치 없이 짖어 대기 시작했다. 기수가 경애 쪽을 돌아보았다.

"도련님."

경애가 꾸벅 인사하고 가까이 다가갔다.

기수는 얼굴을 붉히며 고개를 돌렸다. 하얀 학생복 셔츠 팔뚝 위에 찬 붉은 완장만큼 달아오른 얼굴이었다. 경애는 민망해져서 눈을 내리깔고 간신히 입을 뗐다.

"저기, 도련님. 실은 나리께서……."

"알아, 알고 있어. 아는데…… 그런데 왔어."

둘은 어색하게 시선을 비껴 둔 채 잠시 말이 없었다. 경애가 쭈뼛거리며 기수를 지나쳐 대문을 열었다. 삐걱하는 소리가 유난히 크게 들렸다. 주인이 떠난 지 얼마나 되었다고 집 안에는 벌써 괴괴한 침묵이 고여 있었다.

경애가 옆으로 비켜서자 기수가 집 안으로 들어갔다. 마당 한가운데에 우두커니 서서 집 안을 천천히 둘러보았다. 소중한 뭔가를 영영 잃어버린 얼굴이었다. 이윽고 기수가 무겁게 입을 열었다.

"미안하다. 그만 갈게."

기수는 힘없이 돌아섰다. 그러더니 대문 앞에 멈춰 서서 다시 경애를 돌아보았다.

"경애야."

경애가 슬그머니 눈을 들었다.

"이제 도련님이라고 부르지 마. 안 그래도 돼."

기수는 어려서도 종종 그런 말을 했다. 그 꼬임에 넘어가 기수야, 기수야 하고 놀던 날도 있었다. 그러다 어느 날인가, 경애와 승애는 제 어머니에게 걸려서 피가 나도록 종아리를 맞았다. 모질게도 매질을 하며 어머니는 말했다.

도련님을 도련님이라 여기지 않다가는 필경 맞아 죽게 될 게야!

경애는 문득 치밀어 오르는 뜨거운 뭔가를 꿀꺽 삼켰다.

"도련님께는 그게 그렇게 중요해요?"

기수가 망설임 없이 고개를 끄덕였다.

"응. 나한테는 중요해. 그러니 도련님이라고 부르지 마. 이제 세상이 달라질 거야."

경애는 그만 피식 웃음이 나왔다.

"왜 웃어?"

"아니에요."

"……그리고 도련님 대하듯이 말을 높이지도 않았으면 좋겠어. 우리, 동갑이잖아. 어렸을 적부터 동무 사이인걸."

경애는 고개만 끄덕였다. 도련님이거나 기수거나, 마음 편치 않기는 마찬가지였다. 아무려나 좋았다. 예전이나 지금이나, 경애에게 중요한 건 살아남는 일이었다.

"저기, 도…… 이 집은 이제 어찌 되는 것인지…….'

"자치위원회에서 몰수하겠지. 친일파의 재산이니."

기수가 쓰게 웃다 말고 경애에게 물었다.

"그건 왜?"

"아, 아니에요."

경애가 얼른 고개 저었다.

"그럼 나중에 보자."

경애는 가만히 서서 기수의 뒷모습을 배웅했다. 어려서는 땅꼬마처럼 작더니 키가 많이 크셨네. 해방이라는 말 때문인지 기수를 만난 탓인지, 잊었던 날들이 자꾸만 새록새록 떠올랐다.

경애는 공연한 생각들을 털어 내려 애쓰며 행랑채로 돌아왔다. 도련님이거나 기수이거나, 지금 중요한 것은 따로 있었다. 자치위원회에서 몰수한다. 그게 무슨 뜻인지는 정확히 몰랐지만, 어쨌든 차 씨가 들이닥칠 일은 없을 것 같았다. 그렇다고 이 집에서 두 다리 뻗고 있을 수는 없지만, 지금 당장은 정말이지 꼼짝할 기운도 없었다. 경애는 이부자리도 펴지 못하고 보통이를 안은 채 웅크리고 누워 잠들었다.

은혜는 집으로 돌아가자마자 할아버지 곽치영에게 갔다. 어머니와 은봉도 함께 불러들였다.

"경성으로 가야 합니다."

은혜가 말했다.

곽치영이 마지못한 얼굴로 일어나 앉았다. 짧게 친 백발에 모시로 지은 자리옷을 입은 곽치영은 하루가 다르게 노쇠해 가고 있었다. 뇌졸중의 후유증으로 희미하게 체머리를 앓고 있어서 더욱 그래 보였다.

은혜는 초조했다.

"천세택 황인보 어르신도 오늘 철원에서 종적을 감췄습니다. 경성으로 간 게 분명해요. 삼팔선을 경계로 남쪽에는 미군이, 북쪽에는 소련군이 들어온다고 합니다. 소련군이 웅기, 나진, 청진항을 통해 상륙해서 일본군을 무장 해제시키고 있답니다. 철원에도 곧 소련군이 들이닥칠 거예요."

"삼팔선은 무슨 말이야? 소련군이 들어오면 어찌 되는 거야? 우리를 다 죽이는 거야?"

은봉은 겁에 질려 울음이라도 터뜨릴 듯했다. 곽치영이 못마땅한 눈초리로 은봉을 노려보았다. 넘치게 똑똑한 손녀도, 한참이 모자라는 손자도, 마음에 들지 않기는 마찬가지였다. 곽치영은 은봉에게서 눈길을 거두며 은혜에게 호통쳤다.

"시끄럽다! 계집아이가 좀 영특하다 하여 두고 보았더니, 갈수록 방자하구나! 양반집 규수가 어찌하여 바깥일에 마음을 쓴단 말이냐? 계집아이가 어찌하여 집안을 쥐락펴락하려든단 말이냐? 네가 정녕 집안을 결딴낼 아이로구나!"

"할아버지, 제 말씀을 들으셔야 합니다. 어서 경성으로 가야 합니다. 오늘 군민 대회에서 벌써 토지개혁 이야기가 나왔습니다. 지주의 땅을 빼앗아 소작인들에게 나눠 준다는 거예요. 여기 있다간 어떤 고초를 겪게 되실지 모를 일입니다. 하지만 남쪽은 상황이 다를 거예요. 여운형이니 박헌영이니 설쳐 봤자, 미국은 공산주의라면 치를 떠는 나라니까요. 일단 경성으로 가서…….”

“자중하라 했거늘!”

“아버님도 경성으로 오실 게 분명합니다. 미국에 머무르고 계신다 했으니, 이제 미군과 함께 당당하게 경성으로 돌아오실 겁니다. 그러니 저희도…….”

“어허!”

곽치영이 서안을 세게 내리쳤다.

“네가 지금 나를 어찌 보고 이러는 게냐? 자리보전하고 있다 하여 나를 뒷방 늙은이로 여기는 게냐? 공산주의자들이 설친다? 그런 일이 어디 처음인 줄 아느냐? 세상이 하 수상하면 아랫것들이 분수없이 날뛰게 마련! 윗전이 체통 없이 겁을 먹어서야 어찌 위엄이 서겠느냐? 저들이 날뛴다 하여 하늘이 땅이 되고 땅이 하늘이 될 성싶으냐? 반상의 구분이 엄연하고 남녀의 법도가 다른 것은 하늘의 이치이거늘!”

“할아버지, 세상이 달라졌어요. 반상의 구분 같은 건 우습게 아는 사람들이 많아요. 남녀의 법도가 다르다는 것도 옛말이에요. 경성에는 사내보다 잘난 여자, 사내보다 큰일을 하는 여자들이 많습니다. 저 또한 비록 여자지만……."

"그만하라 했거늘!"

곽치영이 핏대를 세워 소리치다 얼른 자신의 목덜미를 움켜쥐었다.

"할아버지!"

은봉이 울상을 하고 와락 다가앉았다. 곽치영은 짜증스럽게 손을 내저었다.

"에미는 잘 듣거라. 앞으로 은혜가 함부로 바깥출입을 하지 못하도록 단단히 단속하여라."

"할아버지!"

"또한!"

곽치영의 엄한 눈길이 은혜를 쏘아보았다.

"다시 한 번 너희 모녀에게 다짐해 두어야겠구나. 은봉이는 곽씨 문중의 종손이다, 알겠느냐?"

종손? 은혜는 할아버지의 눈길을 똑바로 받으며 입술을 깨물었다. 천첩의 몸에서 난 어리석은 아이. 단지 아들이라는 이유만으로 은봉이 집안의 주인이 된다는 건 너무도 불공평한 일이었다.

네가 아들로 태어났다면 얼마나 좋았을꼬. 입신양명하여 문중을 빛냈을 것을……. 할아버지는 어린 은혜를 무릎에 앉혀 놓고 그렇게 한탄하곤 했다. 어느 날부터인가 그런 말을 하지 않았지만, 은혜는 잘 알았다. 할아버지의 눈빛은 그때와 다르지 않았다. 할아버지에게 그 판단이 그르지 않다는 걸 보여 주고 말리라. 아들로 태어나진 않았으나 입신양명하여 문중의 자랑이 되고 말리라.

그러나 곽치영의 입에서는 은혜의 바람과는 다른 이야기가 이어져 나왔다.

"삼종지도라 하였다. 내가 병중에 있고 애비가 객지에 있는 지금, 은봉이 곽씨 집안의 당주이니라! 은혜는 물론 에미도 은봉에게 예를 다하고 그 뜻을 따르도록 하여라. 앞으로는 도리에 어긋난 행실을 그냥 보아 넘기지 않을 터이니 그리 알거라!"

"네, 아버님."

윤 씨가 얼른 고개를 조아렸다.

은혜는 끝내 대답하지 않고 할아버지를 빤히 마주 보았다.

기수가 집에 돌아오니 솟을대문이 활짝 열려 있었다. 곳간이며 행랑채며, 집 안은 함부로 파헤쳐진 무덤처럼 텅 비어 있었다. 안채도 어둡고 고요했다. 불빛 한 점 없었다. 사람의 온기라고는 조금도 느껴지지 않았다.

설마 어머니도 떠나신 걸까. 기수는 심장이 오그라드는 걸 느끼며 안방으로 다가갔다. 캄캄한 방문 저편은 깊은 고요에 잠겨 있지만, 팽팽한 긴장감이 풍겨 나왔다. 떠나지 않으셨구나. 기수는 가슴을 쓸어내리며 안방 문을 열었다.

차 씨는 두 눈을 감고 보료 위에 동상처럼 반듯이 앉아 있었다. 어둠 속에 완고히 도사리고 앉은 그 작은 몸집에 기수는 그만 눈시울이 뜨거워졌다. 어머니가 가여웠다. 어머니는 만석 살림을 손에 틀어쥐고 있었지만, 아버지는 상민 출신인 어머니를 무시했으며 늘 밖에서 다른 여인을 보았다. 그러다 결국 해방의 와중에도 어머니가 아닌 첩실을 데리고 도망쳐 버렸다.

차 씨가 가만히 눈을 떴다.

"그래. 황인보는 대체 어디로 갔다 하더냐?"

쩌렁쩌렁한 목소리는 여전히 천세택 안주인다웠다.

"일단 경성으로 가신 게 아닐까 싶습니다."

"그자는 식산은행과 조선은행의 예금까지 모두 찾아서 도망쳤더구나."

문갑 위에 놓인 액자 속의 아버지는 여전히 기수에게 환한 웃음을 지어 보였다. 중절모를 쓴 반백의 멋쟁이 신사. 여느 아버지들과는 달리 장난기 많고 자상한 내 아버지. 그런 아버지가 어머니와 기수를 남겨 둔 채 떠나 버렸다. 재물만을 넘치게 싸 들고 첩실을 옆에 낀 채 뒤돌아보는 법도 없이 단숨에. 기수는 울지 않기 위해 아프도록 힘주어 눈을 떴다.

"하 서방을 시켜 땅문서도 죄 빼돌렸더구나. 그래, 황인보…… 그자가 기어이 내 아버지의 모든 것을 훔쳐 가고 말았구나. 이 껍데기 같은 집만 덩그러니 남겨 놓고……."

차 씨의 말끝이 희미하게 잦아들었다.

"어머니."

기수가 차 씨 앞에 무릎 꿇고 앉았다. 지금은 어머니만을 생각해야 했다. 내 앞에 남아 준 어머니. 내가 지켜야 할 내 어머니.

"그분은…… 그분은 이제 제 아버지가 아닙니다. 그러니 어머니도 그분을 잊으세요."

차 씨의 멍한 눈길이 비로소 기수를 바라보았다.

"내 착한 막내아들이 정말로 화가 난 게로구나. 모진 소리도 할 줄 알고."

차 씨의 입가에 쓸쓸한 미소가 어렸다.

"빈말이 아닙니다. 이제 그분은 제 아버지가 아닙니다. 그러니 어머니께도 아무것도 아닌 사람입니다."

"경성이라…… 기택이도, 기옥이도 경성에서 돌아오지 않겠지. 내 배 앓아 낳은 내 새끼들까지 모두 황인보 차지가 되었어. 우리 은국이…… 그 착한 녀석은 할미 걱정을 오죽이나 할까……."

은국의 이름을 말하는 차 씨의 음성이 젖어 들었다.

올해 경기 중학교에 입학한 은국은 천세택의 첫 손주로 유난히 다감한 아이였다. 고작 두 살 차이지만 조카라서 그런지 기수는 은국이 한참 어리게 느껴졌다. 은국도 기수를 꼬박꼬박 삼촌 대우하며 곧잘 따랐다. 은국을 떠올리자 기수도 가슴이 저려 왔다.

그러나 차 씨는 어느새 냉랭한 표정으로 돌아와 있었다.

"그렇다면 나도 도망쳐야 마땅한 것이냐?"

손자를 그리던 할머니의 얼굴은 오간 데 없었다. 다시 그 얼굴은 철원 사람들이 모두 학을 떼고 고개를 돌린다는 천세택 안주인 차 씨였다.

기수는 가슴이 꽉 막혀 왔지만 힘을 내어 말을 이어 갔다.

"도망친다고, 경성으로 간다고 달라질 건 없습니다. 조선 땅 어디로 간들 마찬가집니다. 해방된 조선 땅에서……."

"말해 보아라."

차 씨가 기수의 말을 잘랐다. 기수는 잠자코 어머니의 말을 기다렸다.

"대체 내 죄가 무엇이냐? 무슨 죽을죄를 지었기에 네 아비는 그리도 황망하게 도망쳤단 말이더냐? 어찌하여 아랫것들이 제멋대로 내 곳간을 털고 감히 내게 저주의 말을 퍼붓는단 말이더냐? 이토록 무도한 세상이 해방이란 말이냐?"

"어머니."

기수가 무릎걸음으로 다가앉으며 말을 이었다.

"어머니는, 아니 우리는 그동안 너무 많이 가졌습니다. 이제 다 내놓아야 합니다. 지난 시간을 사죄해야 합니다. 그리고 다시 시작하면 됩니다. 그럴 수 있습니다. 어머니, 이제 저만 바라봐 주세요. 제가 잘할게요. 제가 잘 모실게요. 중학교를 졸업하는 대로 일자리를 찾을 겁니다. 열심히 일해서 어머니를 잘 모실게요. 자랑스러운 아들이 될게요. 우리 두 모자, 그렇게 살면 되잖아요. 그 이상 뭐가 더 필요한가요?"

"넌 내 아버지를 닮았다. 아느냐?"

기수가 고개를 끄덕였다. 외할아버지는 천세택의 실질적인 주인이었지만 하루 종일 손에서 일을 놓는 법이 없었다. 전깃불도 마다하고 호롱불 밝힌 별채에서 새끼를 꼬며 기수가 책 읽는 소리를 듣는 것이 가장 큰 낙이라던 분이었다.

"내 아버지는 두더쥐처럼 광산을 파서 재물을 모으셨다. 하지만 은구데이(은광)에 굴러다니는 돌덩이보다 천하던 광부의 아들은 거부가 되어도 어쩔 수 없었지. 돈을 쓸 줄도 몰랐고, 돈으로 위세를 떨 줄도 몰랐어. 그래서 양반 사위를 욕심내셨던 거겠지. 그렇게 양반 사위를 얻어 놓고도 그 앞에서 큰기침 한번 제대로 못 하셨다. 당신은 십 전 한 장 허투루 쓰지 않으면서, 황인보 그자가 원하는 대로 이렇게 호사스러운 집을 지으셨어. 그리고 별채에서 눈을 감으시던 그날까지, 내 아버지는 늘 이 집을 어려워하셨지. 댓돌 한번 밟는 것도 송구스러워 조심조심⋯⋯. 그런데 황인보 그자가 이 집을 헌신짝처럼 버렸구나. 나를 양반네 발길에 차이는 종년처럼 버렸어."

"어머니, 그래요. 재물을 그렇게 모았어도 할아버지는 행복하지 않으셨잖아요. 철원 땅을 호령하는 부자지만 어머니도 행복하지 않으셨잖아요. 재물이 우리를 행복하게 해 주지는 않아요. 그러니 이제 저를 믿어 주세요. 제가 꿈꾸는 세상을 믿어 주세요. 지난날은 다 잊으시고⋯⋯."

"그리고 이제 늦둥이로 보아 애지중지 키운 내 아들이 공산주의자들과 한패가 되어 나를 이 집에서 내쫓고 내 땅을 빼앗겠다는 것이로구나."

대체 어디서부터 어떻게 설명드리면 좋을까. 너무도 막막했다. 하지만 진심을 다해 한마디 한마디, 그렇게 기필코 어머니에게 가닿고 싶었다. 이제 시작이었다. 기수가 다시 차분한 목소리로 입을 열었다.

"어머니, 빼앗는 게 아니에요. 내쫓는 것도 아니에요. 본디 땅은 그런 것입니다. 누구의 것도 아니에요. 그 누구도 땅의 주인이 될 수 없어요. 그 땅을 일구는 사람들, 그 땅에서 목숨 부지하는 사람들이 있을 뿐이에요. 그게 옳아요. 할아버지는 운 좋게 재물을 모으셨지만, 증조할아버지는 어떠셨나요? 고

조할아버지는 어떠셨나요? 할아버지가 광맥을 찾아내지 못하셨다면 어머니는 또 어찌 사셨을까요? 그런 일들을 끝내려는 겁니다. 양반들에게, 한 줌의 가진 자들에게 모두가 착취당하는 세상, 그런 세상을 끝내려는 거예요. 어머니, 저는요, 믿고 있어요. 외할아버지가 살아 계셨다면 분명 제 뜻이 옳다고 해 주셨을 거예요."

"그래. 그럴지도 모르겠구나."

차 씨는 선선히 고개를 끄덕였다.

"너희 공산주의 세상이 되기를 바라 주마. 그렇게 되면, 황인보는 너희들의 손에 죽지 않겠느냐?"

차 씨의 비웃음 띤 입꼬리가 파르르 떨렸다. 기수는 어머니를 와락 끌어안고 싶었다. 그렇게 밤새 울어 버리고 싶었다. 그러나 어머니의 차가운 눈빛이 기수를 가로막고 있었다. 기수는 치미는 설움을 삼키며 다시 차분히 입을 열었다.

"어머니, 공산주의는 학살을 하려는 게 아니에요. 복수를 하려는 게 아니에요. 그래서 제가 어머니께 이렇게 말씀드릴 수 있는 겁니다. 다시 시작할 수 있어요. 어머니와 저, 새로운 세상에서 다시 시작할 수 있다고요."

"그렇다면, 너희 공산주의는 대체 무얼 하려는 거냐? 황인보를 죽이지 않고, 나를 죽이지 않고, 너희들이 뭘 할 수 있다고 생각하느냐? 죽여야 할 것이다. 그렇지 않고서는 너희 모두가 죽게 될 것이니."

"어머니!"

차 씨는 시선을 돌렸다.

"잊지 마라. 나를 위해, 너희 공산주의를 위해, 황인보의 목숨을 거둬야 할 것이다. ……이만 물러가거라. 몹시 고단하구나."

이제 처음으로 마주 앉았다. 이 밤을 지새운다 한들 당장에 두 사람이 서로의 마음을 이해하기 어려운 게 당연했다. 시간이 더 필요했다.

"그럼 안녕히 주무세요."

기수는 작은 사랑채로 가서 잠자리에 들었다. 이제 어떻게 해야 하나. 어두운 방에 누웠지만 오히려 정신은 점점 또렷해졌다. 부리던 사람들이 모두 떠나 버렸으니 일찍 일어나 어머니를 위해 아침상을 차려야겠다는 생각이 들었다. 밥 한번 지어 본 적 없는데 어쩌나……. 곳간을 열어 쌀부터 나누려고 했는데, 그건 이미 사람들이 알아서 가져갔다. 그렇다면 땅을 인민에게 돌려줄 차례였다. 그것이 어머니를 살릴 길이었다. 날이 밝는 대로 홍정두를 만나야겠다는 생각이 들었다. 기수는 그렇게 오래도록 뒤척이다가 장지문이 어슴푸레 밝아질 무렵에야 겨우 잠이 들었다.

바로 그 새벽에, 차 씨는 별채 뒤에 있는 황씨네 사당에서 목을 매었다.

　창호지 너머 세상은 이미 훤했다. 초저녁에 잠이 들었는데, 아침까지 내처 자 버렸다. 저녁을 굶고 그렇게 잤으니, 배가 고파서 허리가 꺾일 지경이었다. 경애는 버선발로 마당에 내려가 수도꼭지에 입을 대고 한 손으로 펌프질을 해 가며 물을 들이켰다. 비로소 조금씩 머리가 개었다. 그대로 털썩 주저앉아 고개를 젖히자 가을을 꿈꾸는 하늘이 보였다.

　이제 어디로 가나. 경애는 무거운 몸을 일으켜 부엌으로 갔다. 찬밥이 조금 있기에 한 덩이는 주먹밥으로 싸고, 한 덩이는 김치와 함께 상을 차려 행랑채 쪽마루에 앉았다. 종연 방적에 가 볼까. 기숙사가 있으니 여공으로 취직하면 먹고 자고 다 해결될 텐데. 하지만 종연 방적 일자리 구하기가 하늘의 별 따기랬는데, 뒷배도 없이 당장에 무슨 수로. 장거리에 나가면 국밥집 허드렛일이라도 있지 않을까. 일단 주막거리로 가서 하룻밤 잠자리라도 구해 보아야 하는 걸까……. 생각할수록 서럽고 막막해졌다. 자꾸만 목이 메어 밥을 삼키기도 쉽지 않았다.

　그러고 있는데 누군가 대문을 세차게 두드렸다. 경애는 지레 놀라 숟가락을 떨어뜨리고서 대문가로 달려갔다.

　"누구세요?"

대답은 돌아오지 않았지만 누군가의 기척이 느껴졌다. 경애는 잔뜩 긴장한 채 빗장을 옆으로 밀었다. 매도 먼저 맞는 게 낫다 하였으니. 마음을 단단히 먹고 대문을 열었다.

홍 서방이었다.

"아저씨!"

경애가 반색하며 소리쳤다. 저승 차사라도 들이닥칠까 겁이 나던 차에 홍 서방이라니, 그렇게 반가울 수가 없었다.

홍 서방은 늘 그렇듯 말없이 조용히 웃었다. 그러고는 대문 안으로 성큼 들어와 경애의 어깨에 한 손을 척 얹으며 이렇게 말을 했다.

"다행이구나."

경애의 웃음 띤 얼굴이 그대로 얼어붙었다.

"놀랐지? 미안하다. 자, 우리 정식으로 인사하자. 난 홍정두라고 한다."

홍정두.

홍정두 씨에게 전해 주겠니? 그분이 꿈꾸는 세상을 축하하노라고, 그리고 때로 그 마음에 설레었노라고.

"아씨가……."

경애는 저도 모르게 입을 열었지만 말을 잇지 못했다. 홍정두는 경애가 하려던 말을 묻지도 않고 쓸쓸한 눈길로 집 안을 둘러보았다.

"그래, 서화영 씨는 이미 떠났다고 들었다. 판단이 빠른 사람이니…… 서화영 씨와는 동경에서 동문수학한 사이야. 내가 조선공산당 사건으로 일경에 쫓겨 다니던 무렵에 우연히 다시 만났지. 그때 서화영 씨가 날 여기다 숨겨 주었단다. 나에게는 고마운 사람이다. 덕분에 어려운 시절을 잘 넘겼어. 그런데…… 내가 거짓말에는 영 젬병이라서 말이다. 입을 열면 들통이 날 것 같아 본의 아니게 말 못하는 행세를 했지 뭐냐. 미안하다, 경애야. 아, 참. 연천댁 아주머니는 어디 가셨니? 감쪽같이 속였다고 빗자루로 두들겨 맞을 것 같은데."

홍정두가 장난스럽게 웃었다. 경애는 겨우 말문이 뚫려 더듬거리며 말했다.

"연천으로…… 아들…… 기다리신다고……."

홍정두가 알겠다는 듯 고개를 끄덕이더니 경애에게 말했다.

"그래. 너도 이제 집으로 가야지."

집.

경애는 그 낯선 말 앞에 또 그만 말문이 막혔다.

"집 말이다. 너희 집. 이평리 만가대에 있는."

경애의 눈앞에 그 작은 초가가 떠올랐다. 아버지가 직접 지었고 어머니가 쓸고 닦아 간수하던 집. 언니들과 자신이 태어난 집. 저물녘이면 금학산 산그늘이 울타리에 딱 걸쳐져서 참으로 신기하던 우리 집.

"네 언니가 강승애 맞지?"

홍정두의 입에서 수수께끼 같은 소리가 이어졌다.

"강승애 동지와는 원산에서 함께 활동했어. 강승애 동지가 철원 출신이라는 건 알고 있었지만, 만가대가 고향이라는 건 얼마 전에야 알았다. 네가 동생이라는 것도 그렇고. 너에게 언니 소식을 알려 줘야 하나 말아야 하나 고민하던 차에, 소련이 참전할 거라는 소식이 들리더구나. 곧 해방이 되겠다 싶어서 너에게 아무 말도 하지 않았다. 강승애 동지는 노동 운동을 하다가 삼 년 전에 붙잡혀 수감되어 있었다. 어제 평양 교도소에서 정치범들을 석방했으니 강승애 동지도 풀려났을 게다. 고생을 많이 했겠지만 건강하다고 들었어. 며칠만 기다리면 언니가 돌아올 거야."

경애는 쪽마루에 털썩 주저앉았다. 작은언니 얼굴은 이미 흐릿했다. 그러나 언니의 그 쨍쨍한 목소리만은 여전히 또렷했다.

막둥아, 꼭 살아 있어! 언니가 돈 많이 벌어서 돌아올 테니!

"비워 둔 지 오래라 지붕도 꺼지고 벽도 허물어지고 집이 말이 아니더라. 그래도 내가 남의눈 피해 가며 손을 좀 봐 두긴 했어. 불편하겠지만 당분간 지낼 순 있을 게다. 차차 더 손보기로 하자."

경애가 고개를 들었다. 거짓말 같은 홍정두의 얼굴이 흐릿하게 멀어졌다. 경애는 얼른 눈물을 닦았다.

"그리고 구마다가 사람들에게 맞아 죽었다. 인민재판에 세워 정식으로 사형을 선고했어야 하는데……. 절차에는 좀 문제가 있었지만, 죗값을 치른 셈이지. 경애야, 이제 다 끝났다. 아니, 모든 걸 다시 시작하는 거다. 가자, 집으로 돌아가자."

댕 댕 댕 댕 댕 댕 댕 댕 댕 댕 댕 댕.

해방의 첫 순간을 울리던 그 열두 번의 괘종 소리. 이제야 비로소 모든 게 믿겼다. 경애는 소리 내어 울음을 터뜨렸다.

1946

1

토지는 농민의 것!

경애는 몇 걸음 뒤로 물러나서 유리문을 바라보았다. 흐뭇한 미소가 새어 나왔다. 어림짐작으로 붙인 것인데도 제대로 붙었다. 비뚤어지지도 않고 위치도 맞춤했다.

선전물의 배경은 추수가 한창인 들녘이고 그 왼편에 주름진 얼굴의 농부가 당당하게 서 있었다. 그리고 오른쪽 윗부분, 그러니까 가을 하늘에 '토지는 농민의 것'이라는 글귀가 적혀 있었다.

지난날 유토피아 서점이었던 이곳은 철원군 임시인민위원회에서 관리하는 '인민서점'이 되었다. 유리문은 늘 선전물로 빈 자리가 없을 지경이었다.

토지는 밭갈이하는 농민에게
무상 몰수 무상 분배 토지개혁 완수!

김일성 위원장과 스탈린 대원수 만세

서점이라지만 책은 많지 않았다. 출판사들이 대부분 경성에 있다 보니 북조선에는 아직 책이 부족했다. 소련 책이 점점 늘어났지만 아직 찾는 사람이 별로 없었고, 권수도 얼마 되지 않았다. 그래도 책장마다 빈 자리가 없었다. 이런저런 선전물이 가로세로 잔뜩 쌓여 있었다. 북조선 여성동맹, 북조선 직업동맹, 북조선 민주청년동맹, 북조선 농민동맹 그리고 지역별 인민위원회를 총괄하는 북조선 임시인민위원회의 선전물도 있었다. 조선공산당, 조선민주당, 청우당과 같은 정당의 선전물에다 신문도 여러 가지였다. 철원군 각 마을의 민주 선전실에서 함께 보게 될 선전물과 신문들은 인민서점을 통해 배포되고 있었다.

경애는 유리문을 열어 둔 채 안으로 들어갔다. 아직 3월이라 철원의 날씨는 겨울이나 다름없었다. 해토머리라지만 엊그제 내린 눈이 길 가장자리에 작은 둔덕을 이루고 있었다. 하얀 고무신도 눈석임물에 누렜지만, 경애는 벌써부터 봄을 기다리느라 조바심이 났다.

"안 추워?"

승애가 서점으로 들어오며 물었다. 바삐 걸어온 것인지 이마에 땀이 송골송골했다.

"어머, 이게 누구신가요?"

경애가 눈까지 동그랗게 뜨며 짐짓 놀란 시늉을 했다. 언니 얼굴을 보는 게 사흘 만이었다. 일이 늦게 끝나면 읍내 여관에 마련된 조선공산당 간부 숙소에서 자곤 하는데, 요즘은 집보다 읍내에서 자는 날이 더 많았다.

승애는 철원으로 돌아와 조선공산당 철원군당 선전조직원으로 일하고 있었다. 감옥살이로 꼬챙이처럼 마른 몸을 하고도 밤낮을 잊은 채 철원 곳곳을 누비고 다녔다.

경애도 사정을 모르는 건 아니었다. 장난삼아 서운한 척하는 것도 미안할 지경이었다.

"밥은 잘 먹고 다녀?"

경애가 걱정스레 물었다. 승애는 어린애처럼 으쓱한 표정을 하고 말했다.

"그럼. 가는 데마다 삶은 고구마 하나라도 손에 쥐어 주려고 어찌나 성화들이신지……. 아주 몸이 나게 생겼다니까."

경애는 피식 웃음이 났다. 이럴 때 보면 언니가 아니라 막내 동생 같았다. 시베리아라느니 동장군이라느니, 사람들은 승애에게 그런 별명을 붙였다. 일할 때면 엄격한 표정으로 원칙을 앞세워서였다. 경애도 그런 언니는 좀 낯설었다. 그러나 이렇게 둘이 있을 때면 막내인 자신보다 더 어리광 많던 바로 그 언니가 맞았다.

승애가 유리문에 붙은 선전물을 흐뭇하게 바라보며 중얼거렸다.

"거의 다 왔다."

이제 곧 토지개혁이었다. 봄바람처럼 불어오는 소식에 온 들판이 술렁이고 있었다.

지난해 가을부터 소작료를 소출량의 3할로 정했다. 적어도 6할 심하면 7할, 8할까지 내던 예전과 비교하면 기적 같은 선물이었다. 북조선 임시인민위원회와 조선공산당은 농민들의 큰 환호를 받았다. 그리고 올봄에는 드디어 토지개혁, 그러니까 지주들의 토지를 몰수해서 농민들에게 무상으로 분배할 예정이었다. 그 소식을 알리는 선전조직원은 단연 인기 있는 존재일 수밖에 없었다. 알고 있지만 경애는 언니가 늘 걱정이었다.

"암튼 쉬엄쉬엄해. 보약이라도 해 먹어야 하는 거 아닌지 몰라."

"무슨 소리야? 아직도 굶주리는 인민들이 많은데 보약이라니? 당의 일꾼이라면 응당 제 몫이라도 인민에게 돌려야 하는 법이야. 당치 않은 소리 마."

경애는 그만 헛웃음을 쳤다. 암튼 못 말린다니까.

"왜 웃어?"

승애가 영문을 모르는 얼굴로 물었다.

"아무것도 아니야. 어쨌거나 밥 잘 챙겨 먹고 다녀."

"걱정 마. 잘 먹고 다닌다니까. 그리고 요즘 같아선 정말이지 안 먹어도 배불러. 아, 늦었다. 이만 갈게. 이따 민청 모임에서 보자."

승애는 그렇게 말하고 서점에서 나갔다.

아닌 게 아니라 경애의 마음도 그랬다. 이만하면 더 바랄게 없었다. 경애도 맞춤한 일자리를 구했다. 인민서점 점원노릇은 배롱나무 집 계집종살이에 비하면 일도 아니었다. 두자매의 월급을 합치면 넉넉하진 않아도 부족할 것도 없었다.

그럴수록 부모님 생각이 자주 났다. 평생 밭 한 뙈기 가져보지 못했던 아버지 어머니. 만약 살아 계셨다면 얼마나 기뻐하실까. 언니를 보고는 또 얼마나 자랑스러워하실까. 동네어른들이 땅을 갖게 되었다고 덩실거리는 모습을 볼 때면 제일처럼 기쁘기도 하고 또 한없이 슬퍼지기도 했다.

큰언니 미애를 생각하는 날도 많았다. 승애가 소식을 알아봤지만, 춘천에서 종적이 끊겼다. 해방이 되던 그날, 미애 남편 남일수는 사람들에게 쫓겨 도망치다가 소양강에 빠져 죽었다 했다. 그런 뒤 미애의 행방은 알 수 없었다. 남쪽으로 내려갔을 거라고 짐작할 따름이었다. 승애도 경애와 나란히 잠자리에 드는 밤이면 이렇게 중얼거리곤 했다.

그냥 춘천에 있었다면 좋았을걸.

그랬다면, 세 자매가 모두 함께할 수 있을 터였다. 남일수
는 이미 세상을 떠났고, 친일 순사 노릇을 한 건 그 남편이지
미애가 아니었다. 극악한 경우를 제외하면, 생계를 위해 일제
에 협조한 경우는 대개 용서받았다.

"미안해. 늦었지?"

은혜가 교복 차림으로 바삐 들어왔다. 은혜는 철원 여중에
편입해 다니면서 오후에는 인민서점에서 일했다.

"미안하긴. 바쁜 일도 없는데. 아, 이제부터 바빠지긴 하
겠다."

경애가 그렇게 말하며 계산대 옆에 쌓여 있는 소련어 교재
뭉치를 가리켰다. 철원 중학교와 철원 여중에서 교재로 쓴다
하여 미리 주문해 두었는데 소련어 수업을 시작한 지 한 달이
되어서야 도착한 교재였다. 다들 앞다투어 몰려들 게 뻔했다.

은혜가 앞치마를 두르자마자 교복 차림의 남학생들이 몰
려들었다.

"소련어 교재 있어요?"

"소련어 교재 얼마예요?"

까까머리 중학생들이 쉰내를 풍기며 앞다투어 굵은 목청
을 높였다. 좁은 가게에서 북새통을 이루면서도 다들 한사코
은혜에게만 질문을 했고, 은혜에게만 돈을 내밀었다. 멀리서
쳐다만 봐도 황홀하던 곽씨네 딸 은혜와 임의롭게 말을 섞을

수 있는 인민서점은 철원 남학생들의 새로운 명소가 되었다.

경애는 모르는 척 옆에서 은혜를 도왔다. 이제는 말도 편히 놓고 지내지만, 이렇게 되기까지 두어 달이 걸렸다. 아직도 은혜와 동무로 지내는 게 문득문득 신기했다. 그래도 이제는 제법 동무로 느껴져서인지 남학생들이 은혜를 선녀처럼 떠받들 때면, 왠지 저까지 우쭐해지기도 했다.

그렇게 한바탕 난리 법석이 끝나자 소련어 교재는 반도 남지 않았다. 그리고 뒤늦은 손님이 드문드문 찾아들었다.

"소련어 교재 있지?"

교복 상의 단추를 두 개나 풀고 건들거리며 들어온 남학생은 대뜸 반말이었다. 경애는 불쾌했지만 곧 표정을 감추었다. 점원 노릇이라는 게 이럴 땐 좀 고달팠다. 게다가 상대는 원석이었다. 소문을 듣자니 본디 선배도, 선생도 아랑곳없이 안하무인이라 했다.

경애가 말없이 교재를 건넸다. 원석은 계산대 위에 책값을 툭 던져 놓고 나가 버렸다.

"진짜 고약해."

경애가 뒤늦게 눈을 흘겼다.

"신경 쓰지 마. 아무한테나 시비라잖아."

은혜가 말했다. 경애도 사정을 모르는 건 아니었다.

원석은 해방 전부터 유도부에서 일본 애들과 어울려 다니며 학교를 호령했다. 유도부 주장이던 선배 간타가 전사하자 사나이의 의리를 들먹이며 학도병에 자원하려 했는데, 그 아버지가 대로하여 쓰러지는 바람에 겨우 고집을 꺾었다고 했다. 그리고 곧 해방이 되었다.

해방이 되자 그의 고모 나석경이 돌아왔다. 김일성 위원장과 함께 무장 투쟁을 했으며, 그 후 모스크바에서 유학하던 중에 해방을 맞아 귀국한 것이었다. 원석의 아버지와 다른 형제들 역시 이런저런 사상 사건에 연루되어 이미 여러 차례 감옥을 드나들었다. 지주 집안이라지만 재산도 이미 거덜 난 상태였다. 그렇게 해방을 맞이한 원석의 집안 어른들은 대개 조선공산당의 열성 간부들이었다. 돌아가는 상황이야 이렇든 저렇든 원석은 변함없이 '정의로운 주먹'을 자처하며 거들먹거리고 다녔다.

그런데 뜻밖의 사건이 벌어지고 말았다. 해방되고 얼마 되지 않아 원석의 누이가 소련군에게 강간을 당한 것이었다. 그 소련군은 즉결 처분을 당했고, 원석의 누이는 함흥의 외가로 떠났다. 소련군의 기강이 엄해지고 여군이 늘어나면서 흉한 일은 거의 사라졌고 모두가 그 사건을 잊어 가고 있었다.

그러나 원석의 분노는 조금도 사그라지지 않았다. 그렇다고 맘껏 풀 수도 없으니, 여기저기 공연한 화풀이인 것이었다.

"얼른 청소나 하자. 번잡한 시간은 얼추 지났으니."

은혜의 말에 경애도 고개를 끄덕였다. 은혜는 비질을 하고 경애는 걸레로 책장을 닦기 시작했다.

그러고 보니 오늘도 기수는 오지 않았다. 아무래도 학생들이 몰려다니는 자리를 피하는 것 같았다. 교재가 급하다 했는데……. 경애는 은혜의 눈치를 살피며 기회를 엿봤다. 그러다 은혜가 걸레를 빨러 나간 사이에 소련어 교재 한 권을 가방에 챙겨 넣었다. 그리고 가방 밑바닥에 두었던 비상금을 꺼내 책값을 돈 통에 집어넣었다. 맞은편 장거리 포장 너머로 해가 뉘엿뉘엿 기울고 있었다. 민청 모임이 얼마 남지 않았다. 토지개혁 투쟁 보고 모임이니 기수가 빠질 리 없었다.

배롱나무 집은 노상 북적였다. 민청 사무실로 쓰이다 보니 저녁마다 모임 없는 날이 드물었다. 특히 오늘은 토지개혁 투쟁 보고 모임이라 어느 때보다 많은 청년들이 모였다. 좁지 않은 마당인데도 깔아 놓은 멍석에 빈자리가 없었다. 쌀쌀한 날씨지만 사람들의 온기로 꽤 훈훈했다.

우선 철원군 민주청년동맹 위원장 기영박이 상기된 얼굴로 대청마루 한가운데에 나섰다.

"다들 저녁은 먹고 왔습니까?"

기영박은 언제나처럼 낫낫한 말투로 입을 열었다. 사람들이 한 마디씩 대거리를 하고 나자 기영박이 말을 이었다.

"좋습니다, 동무들. 그럼 이제 정식으로 시작해 볼까요? 저는 조선공산당 당원이자 철원군 민청 위원장이자 이평리 임시인민위원회 부위원장 기영박이라고 합니다. 반갑습니다, 동무들!"

기영박은 늘 그렇게 자신의 직함을 강조해서 말했다. 십수 년 만에 고향에 돌아와 한몫 제대로 하고 있는 스스로가 못내 자랑스러운 모양이었다.

굶어 죽다시피 한 어머니를 거적에 싸서 묻고 열두 살 나이에 고향 만가대를 떠났던 기영박이었다. 그렇게 중국 땅으로 흘러들어 살아남았고, 조선 광복군의 일원으로 영국군에 합류하여 버마 전투에서 일본군에 맞서 싸웠다고 했다. 수류탄 파편에 손가락 두 개가 날아가고 말라리아까지 걸리는 바람에 제대로 싸워 보지도 못하고 후송되었다지만, 엄연히 조국 해방 투쟁의 전선에서 싸운 전사였다. 지금의 철원에서는 그런 경력이 곧 금의환향이었다.

"자, 동무들. 다들 아시겠지만 마침내 토지개혁 법안이 확정되었습니다. 이미 알려진 대로, 우리 북조선의 토지개혁은 무상 몰수 무상 분배를 원칙으로 합니다. 지주의 토지를 무상으로 몰수해서 가난한 농민에게 무상으로 나눠 주는 것입니다. 토지 몰수의 기준은 5정보(땅 넓이의 단위. 1정보는 3,000평에 해당)입니다. 개인이나 종교 단체가 소유한 5정보 이상의 토지는 인민위원회가 몰수하여 농민에게 무상으로 분배합니다. 전혀 농사를 짓지 않고 소작만 주던 불로 지주의 경우에는 땅은 물론이고 가옥과 가축과 농기구 일체를 몰수합니다. 북조선 임시인민위원회는 인민의 염원에 따라 1946년 3월, 그러니까 이달 안으로 토지에 대한 무상 몰수 무상 분배를 완료할 것입니다."

기영박의 말이 끝나자 기운찬 환호성이 터졌다. 민청 모임이니 열여섯 살에서 스물다섯 살까지 젊은 축들이었다. 그들은 그 부모들이 꿈도 꾸어 보지 못한 새로운 세상을 살게 될 것이었다.

기영박은 환호성이 그치기를 기다렸다가 옆으로 물러섰다. 승애가 그 말을 이어받아 좀 더 구체적으로 설명했다.

이틀 뒤 토지개혁 승리 보고대회를 겸하여 지주에 대한 인민재판이 있을 예정이었다. 하지만 토지개혁을 선포하려는 데 뜻이 있을 뿐, 친일파를 처단했을 때처럼 단죄하려는 것은 아니었다. 사실 이미 많은 지주들이 월남했고, 남아 있는 지주들은 대개 인민위원회에 협조적이었다. 인민재판의 분위기는 우호적일 수밖에 없었다. 그런 뒤 가옥을 몰수당한 불로 지주는 인민위원회가 지정한 마을로 이주해야 했다. 그에 따라 곽씨 일가도 만가대로 이주하기로 결정되었다.

그러나 기수는 만가대에서 계속 살 수 있었다. 이미 모든 재산을 인민위원회에 바치고 천세택을 떠난 상태이기 때문이었다. 지금은 덕구네 문간방에 하숙 들어 지내고 있었다.

밥은 잘 먹고 다니나. 입이 짧다 했는데. 경애가 기수를 곁눈질하는 사이에 승애의 설명이 이어졌다.

"토지 분배는 노동력을 기준으로 합니다. 농지위원회에서 자세한 사항을 다시 발표할 것인데요, 쉽게 말해서 일하는 사람이 많으면 더 많은 땅을 분배받는다는 이야기입니다. 그렇다고 땅을 사고팔 수 있는 것은 아닙니다. 땅은 우리 모두의 공동 소유이고, 각자 나누어서 농사를 지을 뿐입니다. 그리고 세금으로는 현물세 2할 5푼, 다시 말해 수확의 2할 5푼만 내시면 됩니다."

승애의 말이 끝나자 기영박이 힘차게 구호를 외쳤다.

"토지는 밭갈이하는 농민에게!"

모두가 그 구호를 따라 외쳤다. 토지는 밭갈이하는 농민에게! 농민에게! 농민에게! 따로 이르는 사람이 없는데도 한 번, 두 번, 세 번……. 메아리처럼 몇 번이고 이어지다가 겨우 외침이 잦아들었다.

그렇게 모임이 끝나고 다들 어깨를 부르르 떨며 일어났다. 경애도 오싹 한기가 들었다. 솜을 둔 저고리를 입고 치마 속에 두툼한 속바지까지 껴입었는데도 몸이 얼었다. 어깨를 잔뜩 웅크리고 얼른 주위를 살폈다. 기수가 병호와 함께 대문을 나서고 있었다. 경애는 소련어 교재가 든 가방을 단단히 쥐고 얼른 대문 쪽으로 걸음을 뗐다.

그런데 승애가 경애를 붙잡았다.

"애, 경애야."

경애는 마지못해 멈춰 섰다.

"난 일이 더 남아서 못 가. 미안한데 너 먼저 들어가야겠다."

"어? 괜찮아, 괜찮아. 그럼 나 갈게."

경애가 얼른 돌아서려는데 승애가 다시 붙잡았다

"위원장 동무가 찾으시더라. 당사로 가 봐."

"지금?"

"응. 모임 끝나는 대로 꼭 와 달라고."

경애는 언니에게 대답을 하는 둥 마는 둥 서둘러 밖으로 나왔다. 이미 기수도 병호도 보이지 않았다.

어째서 기수에게 이렇게 마음이 쓰이는지 모를 일이었다. 하긴, 어려서도 그랬다. 약해 빠진 도련님을 돌보는 건 언제나 경애 몫이었다. 그땐 진짜 성가셨는데……. 경애는 혼자 빙긋이 웃으며 밤길을 걸었다.

조선공산당 철원군 당사 임시 사무실은 인민서점 근처의 2층 목조 건물이었다. 읍내 가게들도 대부분 문을 닫은 시간인데, 당 사무실은 불을 훤히 밝히고 있었다.

경애는 삐걱거리는 나무 계단을 올라가서 2층 사무실 문을 열었다.

"경애 왔구나!"

홍정두가 반갑게 문가로 달려왔다. 홍정두는 만가대가 속한 동송면 임시인민위원회 위원장이자 조선공산당 철원군당 부위원장을 맡고 있었다.

"위원장 동무."

"그래, 고맙다. 피곤할 텐데 이리 들러 주니 정말로 고맙구나."

경애는 좀 어리둥절했다. 홍정두는 언제나 경애를 반기지만 오늘은 유난스러웠다.

"무슨 일이세요?"

"저기, 말이다……."

홍정두가 난감한 얼굴로 사무실 저편을 쳐다보았다. 사무실 안쪽에 놓인 소파에 처음 보는 여자아이 하나가 낙장거리를 하고 잠들어 있었다.

"오늘 하루만 저 애를 좀 맡아 줄 수 없겠니? 난 아무래도 사무실에서 밤을 새워야 할 것 같고……. 여기다 재우려니 날씨가 차서 말이다……."

경애가 궁금한 얼굴로 홍정두와 아이를 번갈아 쳐다보았다. 홍정두는 아이가 반쯤 걷어찬 담요를 다시 덮어 주고 와서 사연을 들려주었다.

아이는 보기보다 나이가 많아 열 살이었고, 이름은 고봉아라 했다. 봉아 아버지 고석주는 중국 혁명군과 함께 일본에 맞서 싸우다 세상을 떠났다. 함께 싸우던 어머니 양은자는 봉아를 임신한 채 남편을 중국 땅에 묻고 조선으로 돌아왔지만 곧장 일경에 체포되었다. 봉아는 감옥에서 태어나 어머니를 옥중에 남겨 둔 채 바깥세상으로 나왔고 할머니와 함께 친척 집을 전전하며 천덕꾸러기로 자랐다. 그러다 해방이 되었다. 양은자는 비로소 석방되어 딸과 다시 만났다.

"그런데요?"

"양은자 동무는 조선공산당 남조선 분국 당원이자 조선인민보 기자로 활동하고 있어. 너도 인민서점에서 신문을 봐서 알 게다. 얼마 전에 우익 깡패들이 조선인민보를 습격하지 않았니? 그날 양은자 동무도 크게 다쳤단다. 각목으로 뒤통수를 맞아서 하마터면 목숨을 잃을 뻔했다는 거야. 우익의 테러가 심각한 수준이다. 여운형 선생도 이미 몇 차례 테러를 당했다고 하고, 학병동맹도 언론사도…… 우익들이 닥치는 대로 테러를 자행하는데도 경찰은 오히려 그들을 비호하고 있어. 하긴 거개가 친일 순사 출신이니 항일 투쟁을 하던 사람들이 힘을 가지는 게 두렵겠지. 남조선의 앞날이 참으로 걱정스럽기 그지없구나."

홍정두는 남조선의 앞날을 개탄했지만, 경애가 지금 궁금한 것은 고집스러운 얼굴을 한 저 아이의 정체였다.

"그래서요?"

"어? 아, 그래. 양은자 동무 이야기를 하고 있었지? 그런 데다 올 초에 할머니까지 돌아가셨다는 거야. 그래서 양은자 동무가 몹시 불안해진 모양이야. 혹시라도 자신이 변을 당하면 봉아는 천지간에 의지가지없는 처지가 될 테고 또 혹여라도 봉아까지 해코지를 당하면 어쩌나 하는 걱정도 있는 모양이고……. 그래서 봉아를 북조선으로 보낸 거야. 남조선 상황이 좀 안정될 때까지."

"위원장 동무가 무슨 수로 저 아이를 돌보신다는 거예요?"

홍정두는 홀몸으로 여전히 천세택 행랑채에서 지내고 있었다. 아이를 돌보다니, 제 한 몸 건사할 여유도 없었다. 홍정두가 한숨을 푹 내쉬었다.

"그래서 고아원으로 보내려고 했지. 한데 봉아가 울며불며 떼를 쓰는구나. 고아원에 보낼 거면 이대로 엄마한테 돌려보내 달라고……. 봉아 아버지와 나는 둘도 없는 동무이자 동지였다. 그런데 봉아를 억지로 고아원에 보내는 건 나도 마음 편치 않구나. 대체 어떻게 해야 할지 모르겠다."

경애는 봉아를 물끄러미 바라보았다. 자그마한 얼굴에 눈물 자국이 얼룩덜룩했다. 유난히 작은 몸집도 참으로 안쓰러워 보였다. 저 어린 나이에 부모 손을 떠나 짐짝처럼 이리저리 보내지며 자랐다니, 그 처지가 남 일 같지 않았다.

"제가 데려갈게요."

"정말이냐? 그래 줄 수 있겠어? 고맙다. 정말 고맙다, 경애야."

"언니도 만날 늦는데 저도 적적하지 않아 좋지요. 바쁘실 땐 저한테 맡기세요."

홍정두는 경애의 손을 덥석 잡고 흔들며 허허 소리 내어 웃었다.

경애는 그 웃는 얼굴에 가슴이 따스해졌다. 홍정두는 경애에게 아버지 같고 오라버니 같았다. 해방의 다른 이름이기도 했다. 집 말이다. 너희 집. 홍정두의 그 말로부터 경애는 살아본 적 없는 세상을 살고 있었다.

경애가 봉아에게 다가갔다.

"깊이 잠들었는데 어찌 데려가지요?"

"응. 걱정 마라. 제영이가 업고 간다 했으니."

홍정두는 그렇게 말하고서 반대편 책상 앞에 앉아 있는 소년에게 손짓했다.

제영이 의자에서 일어났다. 비단처럼 번들거리는 초록빛 셔츠에 같은 색깔의 띠를 두른 맥고모자, 하얀 바지는 잔뜩 구겨지고 진창에 엉망이 되었지만 가운데에 각을 세워 잡은 주름의 흔적이 뚜렷했다. 경성에서 모던 보이 행세깨나 하고 다니는 차림새였다.

"제영아, 조금 더 수고해야겠다. 얻어 타고 갈 차편이라도 구해 보려 했는데 마땅치가 않구나."

"괜찮아요. 쟤 업고 삼팔선도 넘었는걸요, 뭐."

깍쟁이 같은 차림새와는 달리 제영은 서글서글하게 웃었다.

경애는 제영과 함께 당 사무실에서 나왔다. 만가대까지는 잠든 아이를 업고 가기에 꽤 멀었다. 제영은 키가 크지만 비썩 말라서 그리 강단 있어 보이지도 않았다.

경애는 말동무 노릇이라도 해야겠다는 생각으로 입을 뗐다.

"그래, 북조선에는 어찌 올라왔어요?"

"나? 돈 주니까 왔지."

스스럼없다 못해 뻔뻔한 말투였다. 경애는 어이가 없었다. 고생을 무릅쓰고 어린애를 여기까지 데려왔다는 말에 좋게 보려 했는데, 첫마디에 그만 정이 떨어지려고 했다.

"월경꾼이라니, 남쪽이든 북쪽이든 걸리면 처벌받는다는 거 몰라요?"

경애는 부러 깍듯하게 말을 높여 가며 가시 박힌 소리를 했다. 그래도 제영은 자발없이 굴었다.

"그깟 처벌이 두려워서야 뭘 하겠어? 삼팔선 경계가 삼엄해질수록 월경꾼 수입은 짭짤해지는 거 아니겠어? 세상이 어지럽다고들 하지만, 그럴수록 한탕 하기는 좋은 법이거든. 사나이 한평생, 여봐란듯이 살아 봐야지. 요즘 경성에서는 말이야, 돈만 있으면 양반도 없고 상놈도 없어. 원래도 그랬지만 요샌 더하지. 미국 물이라는 게 참 달달하단 말이야. 미군이 들어온 다음부터 경성 거리가 얼마나 휘황해졌는지 몰라. 시베리안 클럽 같은 데 가면 세련된 미국 노래에다…… 아, 현인 선생님도 가끔 거기서 노래하시거든. 두마안가앙 푸른 물에에에 노 젓는 배앳사고오오옹……."

"그건 현인이 아니라 김정구 노래거든요."

경애도 노래라면 일가견이 있었다. 서화영의 서재에서는 유성기 소리가 끊이지 않곤 했다.

"아, 그런가?"

제영은 무안한 기색도 없이 고개를 갸우뚱거렸다.

"그리고 왜 자꾸 반말이에요?"

"위원장 동무가 그러시던걸. 우리 둘이 동갑이라고. 근데 뭐 어때? 우리 조선말은 그게 문제야. 높임말이라는 거, 번거롭기 짝이 없잖아? 영어를 봐. 얼마나 편리해? 나는 아이, 너는 유. 할머니도 유, 손주도 유."

천하의 불상놈같이. 하는 소리마다 영락없는 간상 모리배잖아. 경애는 못마땅한 표정을 감추지 않은 채 걸음을 재촉했다. 제영이 부리나케 따라붙으며 또 말했다.

"그리고 위아래 없이 맞먹는 거야 공산당이 더하잖아? 동무, 동무, 다들 서로 그러고."

"그건 맞먹는 게 아니라……."

경애는 말을 하려다 말고 한숨만 토해 냈다. 제영이 또 말
했다.

"그게 맞먹는 거지. 지위 고하를 막론하고 다 똑같다, 그거
아니야? 그래서 호칭도 서로 동무, 동무 하는 거고. 땅도 집도
다 똑같이 나눠 갖는 거고. 공산당이라……. 거참, 신기하단
말이야. 말해 봐. 공산당 세상이라는 게 대체 어떠냐?"

제영은 꽤나 궁금한 얼굴이었다. 하지만 경애는 친절하게
설명해 줄 기분이 나지 않았다.

"경성으로 곧 돌아갈 사람이 그건 알아 뭣하게?"

경애도 말이 짧아졌다. 혼자만 말을 높이기가 억울했다.

"거야 모르지! 공산당 세상이 진짜 그렇게 좋으면 눌러살
수도 있고. 그래도 공산당은 좀 무시무시한 구석이 있더라.
아까 들은 그 집만 해도 그래. 천세택이던가……. 황기수라고
했나? 그 집 아들이 독종 공산주의자라며? 악질 지주인 제 어
머니더러 자살하라고 그랬다며?"

경애가 우뚝 멈춰 서서 제영을 노려보았다. 제영은 슬그머
니 입을 다물었다.

"누가 그런 소리를 해?"

"아까 장거리 국밥집에서 사람들이……."

경애는 분기 어린 한숨을 토해 냈다.

"왜, 왜…… 그래?"

"네 말이 맞아. 너는 무시무시한 공산당하고는 잘 안 맞을 것 같네. 그러니까 곧장 경성으로 돌아가. 길은 알지?"

경애는 그렇게 말하고 제영의 등에서 봉아를 와락 떼어 내어 제가 업었다. 그러고는 놀란 제영을 놔두고 성큼성큼 걷기 시작했다.

"야! 봉아 걔, 보기보다 무거워! 내가 업을게!"

제영이 큰 소리로 말하며 급히 따라왔다.

"아, 뭐야……."

봉아가 짜증을 내며 깨어나 주변을 둘러보았다. 달빛을 받은 황톳길이 고즈넉이 뻗어 가는 들녘 한가운데였다.

2

옥 서방이 월경꾼의 전갈을 가지고 온 것은 사흘 전이었다. 삼팔선의 경계가 삼엄해졌다 해서 웃돈을 얹어 주어야 했고, 그러고도 가슴 졸이며 기다려야 했다.

그렇게 드디어, 오늘 밤이었다.

"마을 뒤 작은 언덕 아시죠? 언덕을 넘어가면 신작로가 나옵니다. 월경꾼이 그리 차를 가져오기로 했습니다. 1시라 약조했으니 절대 늦으시면 안 됩니다. 저는 곧 출발할 테니 연천에서 뵙지요."

아직은 자가용이 곽씨 집안 수중에 있지만 그 차를 타고 가는 건 아무래도 남의눈에 띌까 걱정이었다. 자리도 모자랐다. 그래서 곽씨 일가는 월경꾼의 차를 타기로 했다. 그리고 옥 서방이 꺽지네와 함께 자가용을 몰고 삼팔선에 먼저 가서 기다리기로 한 것이었다. 자가용에는 현금과 패물 그리고 곽치영이 목숨처럼 아끼는 족보를 실었다.

"요즘 할아버지 건강이 부쩍 안 좋으셔. 며칠째 머리가 아프다 하시고…… 걱정이야."

은혜가 근심스레 말했다.

"삼팔선을 넘자면 꽤 걸어야 하지만 걱정 마십시오. 나리를 모시기 위해 덩치 좋은 일꾼을 구해 두었습니다. 더구나 나리께서는 강인한 분이 아니십니까? 연로하시다고는 해도 이겨 내실 겁니다."

옥 서방의 눈빛이 강한 믿음을 드러냈다. 삼대째 곽씨 집안을 모시고 있는 자였다. 공산주의 세상이 되고서 아랫것들이 모두 떠나 버린 뒤에도 옥 서방과 꺽지네는 여전히 충성스러웠다.

옥 서방이 알아 온 소식에 따르면, 아버지 곽태성은 이미 경성에 도착해서 이승만 박사를 지근이 모시고 있었다. 삼팔선을 넘기까지 마음 놓아서는 안 되겠지만, 은혜는 벌써부터 긴장이 풀어져 노곤했다. 지난 반년 동안 쌓인 피로가 한꺼번에 몰려들었다. 할아버지가 고집을 부려 때를 놓쳤고, 할아버지 건강 때문에 쉬이 나설 수 없었다. 그래서 기회를 잡기 위해 할아버지를 설득해 땅을 인민에게 바친다는 거짓말을 했고, 할아버지를 대신해 지난 시절을 속죄하는 참회의 글도 썼다. 민청 모임에 나가고 인민서점에서 허드렛일까지 하며 저들이 경계를 풀게 했다. 그러는 동안 옥 서방을 시켜 남몰래 월남을 준비했다. 이 모두가 은혜가 준비한 일이었다. 할아버지는 더 이상 은혜를 어린 계집아이 취급하지 않았다. 은혜는 곽씨 일가의 어엿한 기둥이었다.

"그만 나가 보게."

은혜는 옥 서방을 내보내고 의자에 등을 깊이 묻었다. 출발하기 전에 잠시라도 뜨거운 물에 몸을 좀 담그고 싶었다. 경성으로 가면 북촌 집에도 서양식 욕조를 들여놓아야겠다는 생각이 들었다.

"아가씨."

마침 꺽지네가 서재로 들어왔다. 은혜는 만족스러운 미소를 지었다. 입 속의 혀라더니, 꺽지네가 은혜에게는 딱 그런 존재였다. 말하지 않아도 언제나 은혜가 원하는 때에 원하는 자리에 있었다.

"욕조에 물 좀 받아."

"저기, 아가씨……."

꺽지네는 물러나지 않고 뭉개고 섰다. 입 속의 혀 같기는 한데, 굼뜬 게 늘 문제였다. 은혜가 미간을 찌푸리며 꺽지네를 쏘아보았다.

"아가씨, 쇤네가 드릴 말씀이……."

"나중에. 경성 가서 얘기해."

"하지만 아가씨, 쇤네는 사실……."

"경성 가서 이야기하자니까!"

꺽지네는 눈을 질끈 감고 어깨를 움츠렸다. 마음 약한 사람이라 조금만 야단을 쳐도 주눅이 들어 도망치듯 물러나곤 했다. 그런데 지금은 달랐다. 오히려 은혜에게 한 발 더 다가오더니 털썩 무릎을 꿇었다.

은혜가 놀란 얼굴로 등을 일으켜 앉았다.

"아가씨, 쉰네는 경성에 못 갑니다."

꺽지네는 눈물을 왈칵 쏟으며 말을 이었다.

"사람들이 하는 말을 듣자니 이제 땅을 나눠 준답니다요. 우리 꺽지, 꺽지 아버지…… 땅속에 묻어 놓고 그동안 제대로 한번 가 보지도 못했습니다. 이런 말씀, 턱없이 주제넘은 것이겠지만…… 어린 아가씨 품에 안고 키우면서 우리 꺽지 생각 더러 했습니다. 왜 내 새끼는 이렇게 고운 팔자를 타고나지 못했을까……. 송구합니다요. 감히 아가씨와 비교하다니. 그러나 어미 된 마음이 그랬습지요. 이제 와 그게 다 무슨 소용이겠습니까마는…… 우리 식구 같이 살던 그 집에서 살다 죽고 싶습니다요. 내 땅에서 농사지은 걸로 우리 꺽지, 우리 꺽지 아버지 제상이라도 차려 주면 그 한이 좀 가실 것만 같습니다요. 아가씨께는 도리가 아닌 줄 알지만……."

"너…… 네가 무슨 소리를 지껄이고 있는지 알긴 하는 거야?"

은혜는 어느새 일어서 있었다. 자줏빛 치마 아래로 드러난

두 다리가 와들와들 떨렸다. 한 손으로 의자 등받이를 잡고서
도 휘청거렸다. 그래도 꺽지네는 어깨를 들먹이며 눈물을 쏟
을 뿐, 은혜를 부축할 생각도 하지 않았다.

"네가 미쳤구나."

은혜가 중얼거렸다. 미치지 않고서야 꺽지네가 이럴 수는
없었다.

하지만 꺽지네는 눈물 젖은 얼굴로 분명한 고갯짓을 해 보
였다.

"아가씨, 압니다요. 쉰네가 지금 얼마나 몹쓸 말씀을 드리
는지 알고 있습니다요. 하지만……."

"그러니까, 네가 지금 곽씨 문중의 땅을 탐내고 있다는 것
이냐? 공산주의자들이 강도처럼 우리 선조의 땅을 빼앗겠다
는데, 네가 그것들과 한통속이 되겠다는 것이냐?"

꺽지네가 돌아가겠다는 그 고향 마을, 그곳은 곽씨네 본가
가 있는 월정리였다.

"아가씨, 쉰네는 그저…… 이 천한 목숨 연명하고 우리 꺽
지, 꺽지 아버지 젯밥이나 마련할 수 있는 땅이면 족합니다요."

은혜는 지금 눈앞에서 벌어지는 일이 믿기지 않았다. 해방
이 되고 일어난 그 모든 일들을 믿을 수 없었다. 절대로 일어
날 수 없는, 일어나서는 안 되는 일이었다. 곽은혜가 천한 것
들과 너나들이 말을 섞고, 곽씨 일가가 밤도망을 치고, 꺽지

네가 감히 곽씨 문중의 땅을 넘보는 이 미친 세상.

"그래, 공산당 세상이 얼마나 갈 것 같으냐?"

은혜가 어금니를 꽉 물고 겨우 소리 내어 물었다. 미친 세상은 결국 제자리로 돌아오게 마련이라고 믿었다. 꺽지네가 지금이라도 그 자명한 이치를 깨닫는다면 그래, 오늘 이 한 번은 눈감아 줄 용의가 충분히 있었다.

그러나 꺽지네는 완강했다.

"그래도…… 한 번만이라도 그렇게 살아 봤으면 여한이 없겠습니다요. 평생 엎드려 사는 게 팔자이려니 했는데 사람 마음이라는 게 참 요상합니다요. 천한 몸뚱이에도 사람의 마음이라는 게 있어서, 누구 눈치 보지 않고 내 땅 내 집에서 살아 보고 싶은 욕심은 도무지 어쩔 수 없네요. 아가씨, 쇤네도 압니다. 말씀은 차갑게 하셔도 쇤네에게는 각별히 정을 주신 거……."

"나가."

은혜는 얼굴이 온통 젖어 있었다. 언제부터 울고 있었는지 알 수 없었다. 그러나 울어서는 안 되었다. 배은망덕한 아랫것이 떠난다고 눈물을 보이는 건 곽은혜가 아니었다. 은혜는 손바닥으로 눈물을 닦았다. 그리고 꺽지네를 외면한 채 가차없는 말투로 얘기했다.

"당장 내 집에서 나가거라. 두 번 다시 내 눈에 띄었다가는 살아남지 못할 것이니."

은혜는 서재에서 나왔다. 경성으로 간다. 경성으로 간다. 오로지 그 생각만 하며 간신히 제 방으로 가서 침대에 털썩 주저앉았다. 걷잡을 수 없는 울음이 터져 나왔다.

마침내 곽씨 일가가 집을 나섰다. 온 동네가 잠든 시간이지만 행여 눈에 띌까 숨소리조차 조심했다. 인민위원회는 지주들의 월남을 그리 강력하게 단속하지 않았다. 토지개혁을 진행하고 있는 이때에, 지주들이 사라져 주는 건 오히려 잘된 일이었다. 그렇지만 알고도 모른 척하지는 않았다. 조심하는 게 좋았다.

은혜가 앞장서고 은봉이 곽치영을 부축하며 밤그림자를 밟았다. 그렇게 마을 뒤 언덕에 도착하자 검은 숲 사이로 황톳길이 희미하게 보였다. 언덕길이래야 경사가 완만한 데다 통행이 적지 않아 평평하게 잘 다져져 있었다. 수월하게 언덕을 넘고서 은봉이 시간을 확인했다. 1시 오 분 전이었다.

달빛 아래 길게 뻗어 나가는 신작로에 트럭 한 대가 서 있었다. 은혜는 트럭이 못마땅해서 눈살을 찌푸렸지만, 그런 걸 따질 계제가 아니었다. 은혜가 앞장서서 빠른 걸음으로 트럭에 다가가자 운전석에서 누군가 내렸다.

"곽은혜 동무, 이런 데서 만나다니 유감이네요."

기영박이었다.

철컥! 뒤편에서 권총의 안전장치를 푸는 소리와 함께 또 다른 목소리가 들렸다.

"철원 보안대원 장덕구입니다. 곽치영 동무, 허가 없이 삼팔선을 넘는 것은 인민위원회의 법을 어기는 일입니다. 모르진 않으실 텐데?"

덕구와 또 다른 보안대원이 곽씨 일가의 뒤편에 다가와 있었다.

"주여."

윤 씨가 털썩 바닥에 주저앉았다. 곽치영이 몸을 떨기 시작했다. 은봉이 할아버지의 팔을 꽉 붙잡았지만 제 몸 지탱하기도 버거워 보였다.

"이렇게 말없이 떠나면 곤란하지 않습니까?"

덕구가 은혜 앞으로 다가오며 능글능글하게 웃었다. 그것은 승자의 여유로운 비웃음이지만, 은혜는 그 웃음에라도 매달리고 싶었다.

"우릴 보내 줘요, 제발."

은혜가 애원했다. 그렇게 해서 될 일이라면, 무릎 꿇고 애원이라도 하고 싶었다. 경성으로 가야 한다. 그러기 위해서라면 무슨 짓이라도 할 수 있었다.

"쯧쯧쯧, 이 무슨 짓입니까? 그나마 이 정도로 끝내 주는 것도 기영박 동무와 내가, 이 장덕구가 크게 선심 쓰는 겁니다. 곧 만가대로 이주할 테니 한마을 사람 아닙니까? 그래서 위에 보고하지 않고 우리끼리 조용히 처리하려는 겁니다. 동무들 입장 생각해서 이렇게 해 주면 동무들도 반성이라는 걸 해야 할 거 아닙니까?"

"도와줘요. 제발 도와줘요."

은혜가 덕구의 팔을 와락 붙잡았다. 덕구는 순간 당황했지만 곧 의기양양한 표정이 되었다. 입을 함지박만 하게 벌리고 웃으며 은혜의 등을 투덕투덕 두드렸다.

"어허, 이러면 곤란한데. 이거, 예쁜 동무가 사정을 하니 내 가슴이 찢어지는구먼. 아이고……."

"네 이노오옴!"

곽치영이 노기 띤 음성으로 소리쳤다.

"천한 놈이 감히 뉘게다 손을 대는 게냐! 당장 그 더러운 손을 거두지 못할까!"

덕구의 얼굴에서 웃음기가 싹 가셨다. 은혜의 손을 뿌리치고 곽치영을 노려보았다.

"흥, 참 앞뒤 분간 못 하는 노인네일세. 아직도 양반 행세를 하겠다는 건가? 조용히 처리해 주려 했는데 아무래도 안 되겠어. 기영박 동무! 이거, 원칙대로 처리해야 하는 거 아닙니까!"

"장덕구 동무, 노인네가 흰소리한 걸로 무얼 그리 감정이 나서……."

기영박이 중재하듯 나섰지만 덕구는 단단히 부아가 난 것 같았다.

"감정이 아니라 이 동무 행태 좀 보십시오. 반동 지주가 반성하는 법도 없이 이게 뭡니까! 보안대로 갑시다. 자, 어서 타요!"

덕구가 은혜의 팔을 덥석 붙잡았다.

"네 이노오옴! 감히 네놈 따위가……."

곽치영이 다시 목소리를 높였다. 그러나 그의 몸은 분노를 감당하지 못했다. 분노에 찬 호령이 갑자기 뚝 그쳤다. 곽치영은 통나무처럼 그대로 쿵 쓰러지고 말았다.

"할아버지!"

은봉이 비명처럼 소리쳤다. 은혜는 그대로 주저앉았다. 기영박과 덕구도 놀라서 달려갔다. 은혜는 다리에 힘이 풀려 일어날 수가 없었다. 살갗이 흙바닥에 쓸리는 줄도 모르고 미친 듯이 기어갔다.

"너 때문이야!"

은봉이 은혜의 어깨를 와락 붙잡았다.

"가만있자고 했잖아. 아버지가 오실 때까지 기다리자고 했잖아! 그런데 네가 일을 벌였어. 네가 할아버지를 죽였다고!"

기영박이 곽치영의 심장에 귀를 갖다 대었다.

"심장이 뛴다!"

은혜가 기영박을 와락 붙잡았다.

"살려 줘요! 우리 할아버지를 살려 줘!"

곽치영의 입가에서 침이 거품처럼 보글거리며 흘러나왔다.

곽치영은 이틀 만에 깨어났다. 그는 더 이상 예전의 곽치영이 아니었다. 의식은 말짱히 돌아왔지만 온몸이 굳어 버렸다. 눈을 깜빡이고 눈동자를 굴리는 것 외에는 아무것도 할 수 없었다.

은혜는 도립 병원 응급실 앞 나무 의자에 멍하니 앉아 있었다. 믿을 수가 없었다. 이런 꼴을 하고 응급실 앞에 앉아 있는 사람이 곽은혜일 리가 없었다.

"곽은혜 동무."

기영박이 다가왔다. 은혜는 말없이 허공을 쏘아보기만 했다.

"의사를 만났어요. 곽치영 동무 일은 안됐구먼. 그래도 은혜 동무가 이렇게 넋을 놓고 있어서야 되겠소? 기운을 차려서 할아버지를 잘 모셔야지."

은혜의 입가에 노골적인 비웃음이 떠올랐다. 고양이가 쥐 생각한다더니, 내 할아버지를 저리 내몬 것이 대체 누구인데. 이런 감정을 더 이상 숨길 생각도 없었다. 이제 아무래도 좋았다.

"허 참, 일이 어쩌다 이렇게……. 그날 밤, 누군가 보안대에 전화로 제보했어요. 마침 장덕구 동무가 전화를 받고 의논하기에, 내가 조용히 처리하자고 했지요. 원칙대로라면 보안대에 정식으로 접수해야 하지만 그간 은혜 동무가 민청에서 열성적으로 활동했던 걸 생각하니, 거, 내 마음이 좋지 않더구먼. 더구나 이제 한마을 사람이기도 하고 말이요. 그래서 한번 더 기회를 줄 생각으로 조용히 갔던 거요. 결과적으로 곽치영 동무가 저리되어 안타깝긴 하지만, 아무튼 이번 일은 눈감아 줄 테니 그만 기운 내도록 해요."

"그거 참 눈물 나게 고맙군요."

"어허, 이러면 곤란하지. 과오가 있으니 더 열심히 조국과 인민을 위해 일할 생각을 해야지. 보아하니 곽은봉 동무는 영 배짱이 없고, 어머니도 교회 생각밖에 못하는 모양인데, 곽은혜 동무가 집안을 건사해야 할 게 아니오? 오늘이 이사 날이니 이만 집으로 돌아가 보도록 해요. 곽치영 동무는 구급차가 모셔 갈 거요. 자, 새로 시작하는 거요. 아, 마침 천세댁에서 한글 강습을 시작하기로 했으니 은혜 동무가 그 일을 도와주면 좋겠네요. 그럼 동무를 한 번만 더 믿어 봅시다."

기영박은 그렇게 말하고 자리를 떴다.

누군가 보안대로 전화를 걸었다. 누구인지 짐작이 갔다. 옥서방. 월경꾼에게 준다며 챙겨 간 목돈에다 자동차 그리고 거기에 실린 패물과 현금. 어지간한 사람은 평생 만져 보지 못

할 돈이었다.

그자는 삼팔선을 넘었겠구나. 경성으로 갔겠구나. 내 아버지가 계신 경성. 곽씨 문중이 합당한 자리를 되찾을 경성.

은혜는 홀린 듯 일어나 도립 병원에서 나왔다. 얇은 블라우스 안으로 꽃을 시새우는 찬 바람이 불어 드는 것도 느끼지 못한 채 허우적허우적 걸었다. 남쪽으로, 남쪽으로. 본능에 따라 길을 잡는 철새들처럼 그렇게 무의식중에 남을 향해 걸었다. 길을 가던 사람들이 궁금한 눈길로 자신을 힐금거리는 것도 몰랐다. 죽을힘을 다해 남쪽으로 걸었지만 고작 읍내 끝에 다다랐을 뿐이라는 사실도 몰랐다.

"은혜야."

누군가 은혜 앞을 가로막았다. 은혜의 멍한 눈빛은 여전히 저 먼 남쪽 땅을 바라보고 있었다.

"곽은혜."

은혜가 서서히 정신을 차렸다.

기수였다.

"괜찮아?"

괜찮을 리 없잖아. 공산주의자 황기수. 죽어 버려. 네 어머니의 무덤 앞에서 너도 죽어 버려. 은혜는 소리 내어 말하고 있다고 생각했지만, 그 소리조차 제 안에 갇혀 버렸다.

"곽은혜, 정신 차려."

기수가 걱정스러운 낯빛을 하고 말했다.

다정한 아이. 유치원과 국민학교 시절, 기수는 늘 그랬다. 여자애들에게 짓궂은 장난 한번 치지 않는 아이. 그러나 그 다정한 아이는 지금 얼마나 끔찍한 짓을 저지르고 있는가. 제 어머니를 죽음으로 내몬 자들과 한패가 되다니.

두려움이 은혜의 목을 죄어 왔다. 몸이 무섭게 떨리기 시작했다. 지금껏 한 번도 느껴 보지 못한, 뼛속까지 후벼 파는 두려움이었다. 공산주의라는 돌림병, 더 이상 버틸 수가 없었다. 두려웠다. 미칠 것 같았다. 이대로 경성까지 달려가고 싶었다. 가다 죽는 한이 있더라도 이 땅을 떠나고 싶었다.

그러나 할아버지가 있었다. 이제는 시신처럼 굳어 버린 할아버지. 할아버지를 두고 떠날 수는 없었다. 그렇다고 할아버지를 모시고 떠날 방법도 없었다. 은혜의 눈에서 눈물이 주룩 흘러내렸다.

"은혜야, 괜찮아?"

은혜는 흠칫 물러섰다. 기수의 걱정 어린 손길마저 몸서리 치게 두려웠다. 싫었다. 그러나 물러설 곳도, 나아갈 곳도 없었다. 육신의 무덤에 갇힌 할아버지의 옆자리, 이제 은혜가 머무를 수 있는 곳은 그곳밖에 없었다.

은혜는 그대로 돌아서 다시 걷기 시작했다. 기수가 제 이름을 부르는 소리가 들렸지만, 도망치듯 걸음을 재촉했다. 그제야 자신의 차림새를 깨달았고 추위도 느꼈다. 오가는 사람들의 흘금거리는 시선도 알아챘다. 곽은혜가 아니라 흡사 장거리의 미친 여인을 보는 듯한 눈길이었다. 은혜는 고개를 푹숙이고 빠른 걸음으로 걸었다. 어디로든 숨어 버리고 싶은데, 갈 곳이 없었다. 이삿짐을 꾸린다는 집은 싫었고, 만가대에 새로 배정받았다는 그 초가는 더욱 싫었다. 당장에는 할아버지를 볼 용기도 나지 않았다. 그러다 인민서점 앞에 이르렀다. 아직 이른 시간이라 경애도 출근하지 않았다.

은혜는 기둥 옆의 구멍에 손을 넣어 숨겨 둔 열쇠를 꺼냈다. 서점 문을 열자 밤새 갇혀 있던 먼지들이 포르르 날아올랐다. 이제 곧 경애가 나오겠지만 그때까지는 온전히 혼자일 수 있었다.

그런데 계산대 위에 놓인 두툼한 봉투가 은혜의 눈길을 끌었다. 우표도, 소인도 없는 그 봉투에는 딱 한마디가 적혀 있었다. 곽은혜 귀하. 은혜는 의아해하며 봉투를 열었다. 낡은 성경이 들어 있었다. 그 밖에는 아무것도 없었다. 은혜는 성경 표지를 잠시 바라보다가 팔락팔락 책장을 넘겼다.

툭.

반으로 접은 쪽지가 계산대에 떨어졌다. 은혜는 심장이 쿵하고 내려앉았다. 얼른 쪽지를 움켜쥐고 유리문 바깥을 내다보았다. 아침 장거리에 나선 사람들은 저마다의 일로 분주했다. 아무도 서점에 관심을 두지 않았다. 그런데도 은혜는 옆으로 돌아앉아 잔뜩 웅크린 채 쪽지를 펼쳐 보았다.

빼앗긴 것을 되찾고 싶은가?
― 철원애국청년단 ―

경애가 유리문을 열고 들어섰다. 봉아도 뒤따라 들어왔다. 은혜는 얼른 쪽지를 손안에 숨겨 쥐고 일어섰다.

"어머, 이 시간에 어쩐 일이야?"

경애가 놀라며 물었다.

"어, 나왔어?"

은혜가 억지웃음을 지어 보였다.

"할아버지 소식 들었어. 어떡하니? 서점에 나와 있어도 돼?"

경애가 은혜에게 딱한 눈길을 보냈다. 은혜는 그 거북스러운 눈길을 피해서 봉아를 바라보았다.

"이 꼬마 손님은 누구야?"

은혜가 봉아에게 미소 지었다. 한결 자연스러운 웃음이 나왔다. 다시 익숙해져야 했다. 철원애국청년단. 빼앗긴 것을 되찾고 싶은가? 아직 모든 게 끝나 버린 것은 아니었다. 그렇다면 얼마든지 더 웃어 줄 수 있었다.

3

"스바씨 — 바(스파시보, 러시아 인사말)."

예카테리나가 웃음 띤 얼굴로 인사했다. 변성기를 지난 굵
직한 목소리들이 똑같은 말로 화답했다.

소련군 장교 예카테리나는 금발을 양 갈래로 길게 땋은 데
다 주근깨가 가뭇가뭇한 코는 서양인답지 않게 자그마해서
어린애 같은 인상이었다. 군복을 입지 않았다면 군인이라고
는 짐작도 할 수 없었다. 철원 중학교에서 소련어 수업을 처
음 시작했을 때만 해도 예카테리나는 두 뺨을 붉히며 더듬거
리곤 했지만, 지금은 꽤 활기찼다. 그런 예카테리나를 흠모하
는 소년들도 제법 많았다. 소련어로 더듬더듬 쓴 연서를 남몰
래 전하는 소년들도 있다는 소문이었다.

그러나 원석은 예카테리나가 나가자마자 인사말을 비꼬아
욕지거리를 했다.

"씨 — 바. 이제야 숨 좀 쉬겠네. 저 로스케(러시아 사람)만 들
어오면 누린내가 나서 숨이 막힌다니까. 야, 곽은봉. 창문 좀

열어!"

은봉이 후다닥 일어나 창문을 열었다. 해방이 되든, 토지 개혁이 이루어지든, 은봉과 원석의 관계는 달라질 게 없었다. 다른 애들과의 관계도 마찬가지였다.

애먼 예카테리나가 험한 입길에 올라 원석의 분풀이 대상이 되어도 누구 하나 감히 불평하지 못했다. 그러고 나면 원석은 때로 기수에게 시비를 걸었다.

"황기수, 너 내가 이런 소리 하고 다닌다고 꼰지르지 마라, 응? 너무 무리한 부탁인가? 하긴, 부모 형제도 아랑곳 않는 열성 민청원이 동급생 따위 봐줄 리가 없긴 하네. 이거 큰일인걸?"

기수는 못 들은 척 가방을 들고 교실에서 나왔다. 아직 종례가 남아 있지만, 그냥 나오는 게 나았다. 원석이 저러기 시작하면 피하는 게 상책이었다. 원석에게만 그러는 건 아니었다. 못 들은 척, 못 본 척, 모르는 척. 기수는 그런 일에 점점 능숙해지고 있었다. 아니, 그런 것처럼 보였다. 그러나 기수도 다 알았다.

어머니를 죽인 아이.

소문은 대충 그랬다. 기수가 어머니에게 인연을 끊겠다고 하자 어머니가 충격으로 자결했다는 소문, 기수가 어머니에게 자결을 강요했다는 소문, 심지어 기수가 어머니를 죽였다는 소문도 있었다. 세상인심이라는 게 참 이상했다. 차 씨가 죽어 마땅하다고 생각하면서도, 그녀의 죽음이 아들로부터 비롯되었다는 소문에 대해서는 모두가 그 아들에게 유죄를 선고했다.

기수가 학교 현관을 나서는데 병호가 부리나케 따라와 벤또(도시락)를 불쑥 내밀었다.

"자, 니 벤또."

"뭐야."

"반공일이니 점심 안 싸 왔지? 같이 먹자. 우리 어머니가 모처럼 빈대떡 하셨다고 굳이 벤또까지 챙기시지 뭐냐? 우리 어머니는 왜 나보다 네 걱정을 더 하시냐? 아무튼 어디 가서 먹지? 아, 고석정 어때? 곧 군내 버스 올 시간인데."

"그냥 여기서 먹어."

기수는 심드렁하게 말하고 운동장 저편의 벤치로 다가갔다. 꽃망울이 요염하게 돋아 오르는 벚나무 아래로 한낮의 햇살이 따갑게 쏟아졌다. 그러나 기수는 그늘을 찾아갈 생각도 않고 벤또 뚜껑을 열었다. 차진 잡곡밥에다 빈대떡 그리고 짭조름한 젓갈에 김치였다. 병호도 입술을 비죽 내밀고 제 벤또를 열었다.

말없이 밥을 먹다가 병호가 먼저 말을 걸었다.

"맛있지?"

기수가 고개를 끄덕였다.

"너 이렇게 잘 먹는 거 보면 우리 어머니가 되게 좋아하실 텐데! 우리 어머니는 네가 꼭 아들 같단다. 내가 학병으로 끌려갈 뻔한 걸 네 덕에 목숨 건진 거라고, 아주 염불을 외신다. 당신 아들을 남의 집에 맡겨 놓은 거 같아서 영 편치 않다셔. 난 싫다는데도 자꾸만 네가 우리 집에 들어와 지내면 좋겠다고……."

"싫어."

기수의 말투는 낮지만 단호했다. 그래도 병호는 작정하고 왔는지 포기하지 않았다.

"나도 싫다니깐. 학교에서 만날 보는 것도 지겨워 죽겠는데, 집에서까지……. 어휴! 생각만 해도 숨이 탁 막힌다. 그렇지만 우리 어머니가 간곡히 말씀하시는데 일단 오늘 우리 집 가서 어머니 말씀이라도 좀 들어 볼래?"

기수가 벤또 뚜껑을 소리 나게 닫았다.

"잘 먹었다."

기수는 빈 통을 벤치에 내려놓고 먼저 일어났다.

"야, 이 나쁜 놈아!"

병호가 빽 소리쳤다. 기수가 교문까지 걸어가는 내내 병호의 고함 소리가 들려왔다. 이러고 나면 병호는 며칠 동안 꽁해서 기수 근처에 얼씬도 하지 않았다. 그래 봤자 오래가지 못했다. 병호는 그렇게 변함없는 자리에 있었다. 그런데도 기수는 늘 외톨이가 된 기분이었다. 차라리 혼자 있을 때가 더 편했다. 사람들 속에 있으면서 혼자라고 느끼는 건 비참한 일이었다.

한산한 황톳길을 걸어 하숙하는 덕구네 집에 이르자 기수는 비로소 긴장이 풀어졌다. 교모를 벗어 손에 들고 금학산에서 불어오는 봄바람을 맞으며 천천히 집으로 걸어 들어갔다.

마침 덕구 어머니가 들로 나가던 길이었다.

"어째 인제 왔어? 점심은?"

"먹었어요."

"그래? 부엌에 상 봐 놨는데. 그럼 좀 있다 감자 삶은 거 먹어. 가마솥에 넣어 놨으니 따뜻할 거야."

"네. 좀 있다 나갈게요."

"아이고, 공부하느라 바쁠 텐데!"

말은 그렇게 하면서도 덕구 어머니는 활짝 웃었다.

기수는 요즘 틈이 나면 덕구 어머니의 농사일을 거들었다. 돕고 싶어서라기보다, 제가 좋아서 하는 일이었다. 허리가 뻐근하도록 호미질을 하노라면 심장이 살아 펄떡이는 게 느껴졌다. 온몸이 젖은 솜처럼 늘어지는 밤에는 꿈도 꾸지 않고 편히 잘 수 있었다.

"걱정 마세요. 공부하는 데 지장 없게 하고 있어요."

"그래. 그럼 난 바람바위 쪽으로 가 있을 테니 그리로 와. 아 참, 아침에 너 학교 가자마자 경애가 왔더라. 네 방에 뭘 두고 갔어."

덕구 어머니가 나간 뒤 기수는 방으로 들어갔다. 방문 바로 안쪽에 소련어 교재가 놓여 있었다. 동급생들로 북새통인 서점에 가고 싶지 않아서 미적거리다 여태 사지 못했다. 그 바람에 교재가 없어서 결국 예카테리나에게 싫은 소리를 듣고 말았다. 오늘 하굣길에는 꼭 사야지 했는데 병호 때문에 또 깜빡하고 그냥 온 것이었다.

교재를 펼치자 경애가 쓴 쪽지가 끼워져 있었다.

늦었지만 배달까지 해 주었으니 책값은 곱으로 받아야겠다.

동글동글하고 야무진 글씨체. 경애의 얼굴을 닮았다. 기수는 저도 모르게 빙긋이 웃었다. 교재를 책상 위에 올려놓고 신기한 물건이나 되는 듯 물끄러미 바라보았다.

짙은 붉은색 표지 위쪽에 제목이 적혀 있고, 아래쪽에는 소련의 그 커다란 땅덩어리가 기묘한 무늬처럼 그려져 있었다.

소련. 그곳은 기수에게 꿈의 나라였다. 해방 전에는 중학교를 졸업하면 소련으로 가겠다는 꿈을 품었다. 동방노력자 대학이니 국제 레닌 대학이니, 혁명가의 산실이라는 모스크바에 대해 병호와 밤새워 이야기하곤 했다. 조선공산당 간부로 일경에 쫓기던 중 면도칼로 자기 목을 그었다는 약관의 혁명가 고광수도 동방노력자 대학 출신이었다. 그가 철원 출신이라는 소문에 병호와 기수는 얼마나 자부심을 느꼈는지 몰랐다. 그러다 철원이 아닌 화천 출신이라는 소문을 듣고 실망하기도 했다. 그런 혁명가의 길을 따라 소련으로 가고, 돌아와 조선의 혁명가로서 싸우고…… 불과 일 년 전, 아니 육 개월 전의 꿈이었다. 그러나 이제는 까마득히 먼 옛날의 전설 같았다.

학교에 가고 숙제를 하고 민청 모임에 나가고. 지금의 기수는 그렇게 하루하루를 살아갈 뿐이었다. 처까지 버리고 도망친 친일파의 아들, 어머니의 죽음을 지켜보기만 했던 아들. 대체 내가 뭘 할 수 있단 말인가. 지금 기수가 간절히 원하는 것은 오직 하나였다.

어머니가 목을 맨 바로 그 새벽으로 돌아가는 일. 그래서 어머니의 손을 꼭 붙잡고 놓지 않는 일. 어머니가 절대 혼자 사당에서 죽어 가지 않도록 하는 일.

기수는 맨바닥에 벌렁 드러누워 눈을 감았다. 창문으로 비쳐 드는 햇살이 집요하게 눈초리를 파고들었다. 팔로 눈가를 가리고 눈을 꼭 감아도 자꾸만 눈이 시렸다. 오늘은 밭일을 도우러 나갈 수 없을 것 같았다.

토지개혁은 단 삼 주 만에 끝났다. 토지의 몰수와 분배 그리고 지주들의 이주까지 모두 현실이 되었다. 무상 몰수 무상 분배. 토지는 정말로 밭갈이하는 농민들의 것이 되었다.

만가대에서 토지 분배가 완료된 날, 천세댁에서는 마을 잔치가 열렸다. 사람들은 손에 손에 먹거리를 들고 모여들었다. 지난해는 풍작이었고 소작료도 3할에 불과했기에 보릿고개 걱정할 일도 없이 다들 마음이 넉넉했다. 철원 땅에서 일 년 농사지은 걸로 철원 사람 사 년 먹고 산다는 말을 이제야 실감할 수 있었다. 음식도 푸짐했고 술도 넉넉했다. 인민위원회는 집에서 술 담그는 걸 금했지만, 굶어 죽는 사람이 부지기수이던 식민지 시절에도 술은 어디선가 흘러나왔다.

따라라라라 라라라라 따라라라 따라라.

천세댁의 안채와 별채에서 기거하는 소련군 중 하나가 아코디언을 느린 곡조로 연주하기 시작했다. 이스-자 오스트로바 나 스트레젠…… 소련군들이 어깨동무하고 「스텐카 라진」을 소리 내어 불렀다. 마당 한가운데 모닥불을 피워 놓고 둘러앉은 사람들이 콧노래를 흥얼거렸다. 아코디언은 점점 빠른 곡조로 내달렸다. 느린 콧노래를 부르던 사람들도 박수를 치며 어깨를 들썩였다. 그렇게 배부르게들 먹고 흥건하게들 취했다. 때로 아코디언의 반주에 따라, 때로 젓가락 장단에 따라 노래가 이어졌다. 그러다 제영이 못 이기는 척 일어나며 요란한 헛기침으로 입을 열었다.

"에헴! 언제 이렇게 또 소문이 났나? 맞습니다. 제가 경성에서 노래깨나 하던 놈이지요. 그럼 다들 하도 권하시니, 제가 한 자락 뽑아 보지요. 그 전에 잠시 광고 말씀 있겠습니다. 제가 오늘부로 제일 옥돌장에 취직하게 되었습니다."

박수가 터졌다. 제영은 으스대는 얼굴로 좌중을 둘러보고서 다시 말했다.

"경성 사람도 경성 사람 나름인데, 저로 말씀드릴 것 같으면 종로통이다, 본정통이다, 진고개다 경성의 심장부를 꽉 잡던 놈이다 이겁니다. 그러니 제일 옥돌장은 오늘부로 경성에 내놔도 뒤지지 않을 옥돌장으로 변신할 거다 이거지요. 특히, 옥돌장의 꽃은 뭐니 뭐니 해도 아리따운 빌리아드(빌리어드, 당구) 걸 아니겠습니까?"

나이 든 축들은 영문을 모르는 얼굴이었지만 청년들은 단박에 알아듣고 신이 나서 휘파람을 불어 댔다.

"어허, 설마 빌리아드 걸을 모르시는 겝니까? 좋습니다. 백문이 불여일견이라 했으니……."

제영이 천천히 주위를 둘러보다가 은혜에게서 눈길을 딱 멈추었다.

"저기, 곽은혜 동무가 인민서점에서 일하지 않습니까? 한데 만약 곽은혜 동무가 우리 제일 옥돌장에서 일한다고 생각해 보십시오. 저 정도 빌리아드 걸이라면 경성에서도 일류 옥돌장이지요."

청년들은 휘파람 소리를 마구 높였고 뒤늦게 알아들은 사람들도 웃음을 와자하게 터뜨렸다. 몇몇 아낙들은 희롱하는 소리가 거슬려 눈살을 찌푸렸지만, 정작 은혜는 빙긋이 웃고만 있었다.

"광고는 여기까지! 이제 노래 한 자락 불러 보겠습니다. 으흠!"

오늘도 걷는다마는 정처 없는 이 발길
지나온 자욱마다 눈물 고였다
선창가 고동 소리 옛 님이 그리워도
나그네 흐를 길은 한이 없어라
타관 땅 밟아서 돈 지 십 년 넘어
반평생 사나이 가슴속에 한이 서린다

기수는 담벼락에 기대서서 은혜를 물끄러미 바라보았다. 기수가 아는 곽은혜는 저런 농담을 들어 넘길 수 없었다. 이런 자리에 나와 있는 것 자체가 어울리지 않는 일이었다. 그런데 그 은혜가 그렇게 하고 있었다. 해방 후 딴사람이 되어 버린 것 같았다.

그날 아침, 읍내에서 마주쳤던 은혜는⋯⋯. 기수는 그 모습을 잊을 수가 없었다. 은혜를 은혜답게 하던 그 오만한 자긍심은 온데간데없었다. 상처 입고 쫓기는 짐승. 기수는 그런 은혜에게서 제 모습을 본 것 같았다. 기수의 마음이 꼭 그러했다. 그러나 은혜는 이겨 내고 있었다. 기수가 상상도 하지 못했던 모습으로 잘 해내고 있었다.

은혜도 저렇게 잘 지내는데 나란 놈은⋯⋯. 천세택이 천세택이 아니라 모두의 집이 되는 날. 기수가 꿈꾸던 날이었다. 못내 바라던 날이 기쁘지 않은 것은 아니었다. 그러나 이곳에는 어머니의 죽음이 깃들어 있었다. 기수는 왁자하게 웃고 있는 사람들을 둘러보았다. 우리 마을 사람들도 나를 손가락질할까. 그런 생각을 하자 그 자리가 더욱 거북스러워졌다. 기수는 슬그머니 빠져나와 솟을대문 앞 계단 맨 아래 단에 걸터앉아 담배에 불을 붙였다.

"나도 한 대 줘."

은봉이 계단을 내려오며 말했다.

"담배 피우냐?"

기수가 담뱃갑을 내밀며 물었다.

"응. 좀 됐어. 숨어서 야금야금."

불을 붙이고 연기를 내뿜는 은봉의 태도가 몹시 자연스러웠다. 그에 비해 기수는 어설펐다.

"병호 걸 가끔 얻어 피우다가 오늘 처음 사 봤어."

기수가 변명하듯 말했다. 은봉은 그저 고개만 끄덕하고 담배 연기로 둥근 고리까지 만들어 보였다. 그러고 보니 술 냄새도 풍겼다.

"취했냐?"

은봉이 빙긋이 웃으며 고개 저었다.

"아니. 이 정도로 안 취한다. 나 술 세다. 예전부터 술을 얼마나 몰래 훔쳐 먹었는지 몰라. 뭐, 할 일도 없고 얘기할 사람도 없고……."

"기수 오라버니!"

카랑카랑한 목소리가 솟을대문 위에서 들려왔다. 기수가 고개를 돌렸다. 봉아가 계단을 내려오고 있었다. 경애도 뒤따라서 대문을 나서는 게 보였다. 기수는 얼른 담배를 비벼 끄고 일어섰다. 입에서 느껴지는 담배 냄새가 영 찜찜했다.

4

평양에서 온 이동영사반들은 어딘가 세련되어 보였다. 그
들은 사람들의 선망 어린 시선을 느끼는 듯 좀 쑥스러운 얼
굴로 부지런히 움직였다. 천세택 바깥마당에 기다란 장대가
세워지고 그 사이에 흰 종이가 걸렸다. 바로 그 종이에 영화
를 상영할 것이었다. 그믐이라 달빛조차 어두워 야외에서 영
화를 상영하기에 딱 좋았다.

어느덧 준비가 끝나자 은혜가 마이크를 잡았다.

"이평리 인민 여러분, 안녕하십니까? 평양에서 온 이동영
사반과 함께하는 영화 상영 시간입니다. 우선 동송면 임시인
민위원회 아동 창가대 동무들의 축하 공연이 있겠습니다."

봉아와 몇몇 아이들이 조르르 달려 나갔다. 은혜가 피아노
앞에 앉았다. 기수의 누이 기옥이 쓰던 피아노는 여전히 청명
한 소리를 울렸다. 은혜의 반주와 함께 아이들이 노래를 시작
했다.

장백산 줄기줄기 피어린 자국 압록강 굽이굽이 피어린
자국
　　오늘도 자유 조선 꽃다발 위에 력력히 비춰 주는 꽃다운
자국

　　아이들의 노래가 끝나고 이동영사반에서 준비한 영화가
상영되었다. 우선 인민위원회 홍보 영화인 「민주조선」, 다음
으로 소련 영화 「피 흐르는 볼가 강」이었다.
　　흰 종이에 빛이 서리고 먼저 홍보 영화가 시작되었다.
　　웅장한 음악과 함께 김일성 위원장과 스탈린 대원수의 초
상화가 등장했다. 그리고 장면이 바뀌어 어느 시골 마을이 나
왔다. 중년 부부는 새싹이 움트는 밭을 흐뭇하게 보고 있고
민청원이라는 딸은 토지개혁에 대해 설명했다. 곧 처음으로
현물세를 걷을 참이라 그에 대한 설명이 많았다.
　　경애는 자꾸 졸음이 쏟아졌다. 다 아는 내용이라 그렇기도
했지만, 그렇다 해도 이상스럽게 잠이 쏟아지는 것이었다. 두
눈에 잔뜩 힘주어 봐도 소용없었다. 오슬오슬 춥기도 했다.
　　경애가 꾸벅꾸벅 조는 사이에 홍보 영화가 끝났다. 은혜가
다시 마이크를 잡았다.
　　"자, 그럼 다음으로 「피 흘리는 볼가 강」을 상영하도록 하
겠습니다. 세계적인 무용가 최승희 동무와 함께 월북하여 맹

활약 중인 조선 최고의 변사 이대포 동무입니다."

은혜의 소개가 끝나자 흰 종이 옆에 앉아 있던 이대포가
일어나 손을 흔들었다. 과연 인기 변사답게 인물도 훤하고 풍
채도 번듯했다. 이대포는 세련된 몸짓으로 인사를 하고서 마
이크를 넘겨받았다.

흰 종이에 소련어로 제목이 뜨더니 이어서 볼가 강 연안의
황량한 벌판을 한 사나이가 비틀거리며 걸어왔다. 눈보라가
휘몰아쳐 화면을 온통 하얗게 밝혔다. 이대포의 구성진 목소
리가 흘러나왔다.

"아, 때는 바야흐로 로마넨코 왕조가 인민의 피땀을 쥐어
짜던 착취의 시대! 볼가 강에 몰아치는 바람마저도 착취자를
닮은 듯 가혹하기만 하였으니, 아, 가련하다. 우리의 주인공
이바노프는……."

바로 그때였다.

하늘에서 하얀 무언가가 흩날리기 시작했다. 검은 하늘을
뒤덮으며 나풀나풀 흩날려 천세택 바깥마당으로 떨어져 내
렸다.

"삐라잖아!"

덕구가 소리쳤다. 다들 자리에서 벌떡벌떡 일어났다. 소란
하게 움직이는 사람들의 그림자가 흰 종이 위를 어지럽혔다.
경애도 잠이 확 달아나 단숨에 일어섰다. 마침 바로 앞에 떨

어지는 삐라를 잡아서 영사기 빛에 비추어 보았다.

빨갱이들의 새빨간 거짓말

그런 제목으로 시작된 삐라는 북조선 임시인민위원회를 무도한 공산 승냥이 떼라고 표현했다. 토지개혁은 선대로부터 물려받은 땅을 강압적으로 빼앗은 강도질이며 지주에 대한 인민재판은 강도들의 횡포라 했다. 천세택 차 씨의 죽음은 자살이 아니라 빨갱이에 의한 타살이며, 제 어미를 죽인 자들과 한통속이 되어 날뛰는 황기수야말로 빨갱이들의 인면수심을 증명하는 것이라 했다.

삐라 뒷면에는 그림이 그려져 있었다. 홍정두가 잔혹한 표정으로 차 씨의 목에 올가미를 걸고 있었고, 차 씨는 죽음의 고통으로 신음하고 있었다. 그리고 기수가 잔인한 미소를 띤 채 어머니가 죽어 가는 모습을 지켜보고 있었다. 삐라를 뿌린 자들은 스스로를 '철원애국청년단'이라 했다.

경애는 얼른 기수를 찾았다. 조금 앞쪽에 서 있는 기수는 삐라를 양손으로 움켜쥔 채 뚫어질 듯 들여다보고 있었다.

사람들은 손에 손에 삐라를 들고 웅성대며 기수를 흘깃거렸다. 어려서부터 그 부모의 자식이라고 믿기지 않을 만큼 착하던 천세택 막내 도련님. 마을 사람들도 기수의 성정을 모르지 않았다. 그러나 그 주인이 사당에서 목을 매는 흉사가 벌어진 집안. 그 흉사의 밤에 홀로 살아남은 아이. 기수의 성정이 어떠하든 꺼림칙한 일이었다. 흉사는 그저 멀리하는 게 상책이라고, 사람들은 오래전부터 그렇게 믿어 왔다.

"대체 어떤 쳐 죽일 놈들이야!"

기영박이 허공에 대고 버럭 소리를 질렀다. 그제야 사람들은 기수에게서 눈길을 거두고 주위를 둘레둘레 살펴보았다.

"애국이라니? 그래, 지주 놈들만 잘 먹고 잘 사는 나라를 만드는 게, 그런 게 애국이야? 그래서 이따위 걸 뿌리고 다녀? 오냐, 그렇게 잘났으면 어디 당당하게 그 상판 좀 내놓아 보시지!"

기영박의 말에 덕구도 열을 올렸다.

"암요! 어느 놈인지 나와 보라고. 어디 나랑 한판 붙어 보자고!"

뜻밖에도 제영이 차분하게 나섰다.

"지금 흥분한다고 될 일이 아니고요. 이게 대체 어디서 날아온 거예요? 비행기가 지나간 것도 아닌데 어떻게 하늘에서 삐라가……."

제영의 말에 다들 목을 있는 대로 뒤로 젖혀 하늘을 바라보았다. 별이 총총한 밤하늘은 고요했다. 천세택 솟을대문 옆을 지키고 선 오래된 은행나무가 밤의 비밀을 향해 우뚝 솟아 있었다. 모두의 눈길이 은행나무를 타고 지상으로 내려왔다. 그리고 같은 생각을 나누는 눈빛을 주고받았다. 제영이 먼저 움직였다. 후다닥 달려가 은행나무를 타기 시작한 것이었다. 경성 모던 보이치고는 여간 빠른 몸놀림이 아니었다. 순식간에 우듬지까지 올라갔다가 다시 내려왔는데, 손에는 긴 끈에 연결된 보자기가 들려 있었다. 보자기에 삐라를 넣어서 나무에 매달아 놓고, 끈을 잡아당기면 보자기가 풀어지게 한 것이었다.

끈은 꽤 길었다. 나무를 타고 내려온 끈은 솟을대문을 지나 천세택 담벼락을 따라 죽 이어지다가 바깥마당에 깔아 둔 멍석 끄트머리 부근에서 끝났다.

"뭐야, 그럼 여기 있던 사람 중에 누군가가 이 끈을 당겼다는 거잖아. 삐라를 뿌린 범인이 여기 있다는 거네!"

덕구가 사방으로 눈을 부라렸다. 켕기는 거 하나 없는데도 사람들은 모두 뜨끔해서 눈을 피했다.

"그렇게 단정할 순 없죠. 천세택이 얼마나 넓은데……. 영화를 보느라 정신없는 사이에 어느 놈이 몰래 들어왔다가 나간 건지도 몰라요."

제영의 말에 다들 고개를 주억거렸다.

"인민 여러분."

홍정두의 목소리가 마이크를 타고 울려 나왔다.

"자, 영화를 보셔야죠. 인기 변사가 오셨는데 그깟 삐라 때문에 자리를 망칠 순 없잖아요? 잘됐습니다. 요새 물자가 얼마나 귀합니까? 저 종이는 뒷간에서 쓰기에 딱 맞춤인 듯하니 어서들 주웁시다. 치워 놓고 영화를 보자고요. 이렇게 마을까지 이동영사반이 들어오는 건 흔한 기회가 아니잖아요. 자, 어서들 치웁시다."

어색하게 긴장했던 분위기가 홍정두의 말에 단박에 풀어졌다. 사람들은 재미난 놀이라도 하는 듯 어린애처럼 낄낄대며 삐라를 줍기 시작했다.

동송면 임시인민위원회 위원장 홍정두. 만가대 사람들은 김일성이나 스탈린은 몰라도 홍정두는 알았다. 공산주의가 뭔지, 인민위원회가 뭔지는 몰라도 홍 서방은 믿었다. 그래서 만가대에서는 환갑 지난 노인까지 공산당에 입당하려고 한글 강습에 열심이었다. 천세택 머슴이었던 홍 서방. 유난히 일 잘하고 경우 바르던 홍 서방. 홍 서방은 모두가 땅의 주인이 된 새 세상의 상징이었다. 홍 서방이 괜찮다면 괜찮은 것이었다.

기영박이 손을 번쩍 들며 구호를 외쳤다.

"돈 있는 자는 돈으로! 땅 있는 자는 땅으로!"

모두가 그 구호를 따라 외쳤다. 요즘 가장 흔히 듣는 구호였다. 학교를 짓느라, 저수지를 만드느라, 길을 닦느라, 인민위원회는 잇달아 성금을 걷고 있었다. 이제 곧 조선공산당 철원군 당사를 짓기 위해서도 마을마다 백 가마의 쌀을 거둬야 했다.

"자, 그럼 이대포 동무를 다시 소개합니다."

은혜가 말했다. 환호성과 함께 이대포가 마이크를 넘겨받았다.

영화가 다시 시작되자 경애는 슬그머니 일어나 집으로 돌아왔다. 기수가 마음에 걸려 끝까지 지켜보고 싶지만 아무래도 몸이 좋지 않았다. 곧장 부엌으로 가서 찬물을 두 사발이나 들이켰다. 그래도 속에서 열기가 치밀어 목구멍이 타들어갔다. 자꾸만 눈이 시큰거리고 골치가 지끈거리는 게 아무래도 제대로 감기에 걸린 것 같았다. 부뚜막에 앉아 몇 번이나 심호흡을 하고서야 겨우 자리끼를 떠서 부엌을 나왔다.

"경애야."

경애는 무르춤했다. 자기 이름을 들은 것 같은데 주위를 둘러봐도 아무도 없었다. 열이 나서 헛것이 들리는 건가. 경애는 고개를 절레절레 흔들며 다시 무거운 걸음을 뗐다.

"경애야."

이번에는 좀 더 뚜렷한 목소리였다.

경애는 사립문 바깥을 바라보았다. 대추나무 아래에 누군가 서 있었다. 몸집이 가녀린 그림자가 울타리 쪽으로 한 걸음 움직였다. 어스레한 달빛에 얼굴이 드러났다.

"언……니?"

"쉿!"

미애가 손가락을 입에 갖다 대며 얼른 주위를 살폈다.

경애는 방으로 들어오자마자 떨리는 손으로 성냥을 집어
들었다. 미애가 경애의 손을 잡아 말렸다.

"난 남의눈에 띌 처지가 아니야. 불 켜지 마."

그래도 차츰 어둠에 눈이 익자 언니의 모습이 눈에 들어왔
다. 삼단 같던 긴 머리는 귀밑까지 바싹 잘랐으며 전보다 야
위어서 광대뼈가 도드라졌고 눈이 더 커 보였다. 승애나 경
애와는 달리 유난히 크고 동그랗던 그 눈은 어린애 같았는데,
퀭해진 탓인지 어두운 빛을 머금고 있었다. 옷차림도 낯설었
다. 치마저고리도 기모노도 아니었다. 남자들이나 입을 것 같
은 바지와 셔츠에 점퍼 차림이었다.

아무튼 언니였다. 그토록 기다리던 내 언니.

"잘 돌아왔어."

경애는 자꾸 눈물이 차올랐지만 애써 웃음 지어 보였다.

"작은언니한테 들었어. 형부는 그리되고 언니는 남쪽으로
내려간 것 같다고……. 그래도 우리, 언니를 기다렸어. 결국
돌아올 것만 같아서……. 언니, 잘 왔어. 언니가 눈치 볼 이유

가 뭐 있어? 형부가 순사질을 한 거지, 언니가 한 건 아니잖아. 잘 왔어. 잘 돌아왔어."

"무슨 소리를 하는 거야? 네 형부가 대체 무슨 잘못을 했다고?"

미애의 목소리는 낮지만 날카로웠다.

"경애야, 잘 들어 둬라. 네 형부는 잘못이 없다. 우리는 먹고 살려고 최선을 다했을 뿐이야. 독립투사를 핍박했다고? 흥, 그들은 그들의 일을 했고, 네 형부는 네 형부의 일을 했다. 그런데 네 형부는 그토록 원통하게 죽어야 했어. 춘천의 우리 집, 우리 땅, 모든 걸 그들에게 뺏겼어! 그리고 우리 명희는……."

미애가 말끝을 흐리며 눈물을 삼켰다. 그러더니 가방에서 사진 한 장을 꺼내어 내밀었다. 턱이 두 겹으로 겹치는 통통한 아기 사진 밑에 흰 글씨가 적혀 있었다.

백일 기념. 남명희.

경애가 떨리는 손으로 사진을 받아 들었다. 경애를 닮아 입술 끝이 처졌고 승애를 닮아 이마가 툭 튀어나온 짱구였으며 제 엄마처럼 눈이 컸다.

"아기를…… 낳은 거야?"

"네 형부가 죽는 걸 보고 피를 얼마나 쏟았는지 몰라. 우리 모녀 목숨 부지하지 못할 줄 알았어. 그런데 우리 명희는 장하게도 살아남아 줬어. 경성에서 건강하게 태어났다."

미애는 젖은 목소리로 말을 맺고서 경애의 손을 가만히 쥐었다.

"경애야, 언니랑 같이 경성으로 가자."

"무슨 소리를 하는 거야? 여기가 우리 집이잖아. 언니가 명희 데리고 와. 우리 같이 살자."

경애가 아래턱을 움찔거리며 눈물을 쏟았다. 미애는 젖은 얼굴로 고개 저었다.

"아니. 경애야, 경성으로 가자. 여학교도 다니고 좋은 자리 찾아서 시집도 가고……. 난 예전의 강미애가 아니다. 우리 명희 그리고 너, 남부럽지 않게 건사할 수 있어. 나 혼자 잘 살면 뭣하겠니? 너를 두고 춘천으로 시집가서 얼마나 후회했는지 모른다. 이제는 그렇게 하지 않을 거야. 가자, 언니랑 같이 가자."

미애는 경애의 얼굴을 쓰다듬다 흠칫 놀라며 물었다.

"열이 나는구나. 감기에 걸린 거니?"

경애가 고개를 끄덕였다.

"승애 년은 평양으로 어디로 나돌아 다니면서 너를 이렇게 내팽개쳐 두는구나."

"작은언니가 평양에 간 건 어떻게 알았어?"

미애는 대답 없이 가방에서 뭔가를 꺼내었다. 작은 통에 들어 있는 알약이었다.

"먹어. 미제 약이라 효과가 좋다. 열이 금방 내릴 거야."

경애가 얼결에 약통을 받았다.

"어서 먹고 가자. 서둘러야 한다."

"언니……. 난 안 가."

미애는 몹시 놀란 듯 눈을 크게 떴다.

"여기가 우리 집이야. 우리 집을 이렇게 되찾았는데 가긴
어딜 간다는 거야?"

"경애야."

미애가 다시 경애의 손을 붙잡았다.

"넌 이 집이 지긋지긋하지도 않니? 난 가난이라면 이가 갈
린다. 아버지 어머니가 어떻게 돌아가셨는지 잊었니? 가난해
서, 돈도 없고 힘도 없어서 그렇게 돌아가신 거다. 그래서 우
리 세 자매 뿔뿔이 흩어졌던 거야."

"그때랑은 달라, 언니. 우리는 여전히 부자가 아니고 집도
이렇게 허름한 초가야. 작은언니랑 나랑 월급 받아서 그냥
저냥 먹고살 뿐이야. 하지만 예전과는 달라. 땅이 없다고, 돈
이 없다고, 하찮은 신분이라고, 무시당하고 뺏기고 맞아 죽
고…… 이제 그런 일은 없어. 그럼 됐잖아. 아버지가 지으신
우리 집에서 먹고살 걱정 없이 살게 되었는데, 왜 고향을 떠
나? 난 여학교도 싫고 좋은 혼처도 관심 없어. 여기서 살 거
야. 우리 집에서. 이제 누구도 우릴 내쫓지 못해. 이제는 그 누

구도."

미애가 경애의 손을 놓고 조금 물러앉았다.

"승애 년이 빨갱이로 설치고 다니더니 너까지 물들었구나."

"그런 거 아니야, 언니. 난 공산주의가 뭔지 잘 몰라. 그치만 이제 우리 아버지 어머니처럼 죽는 사람은 없어. 그럼 된 거잖아. 이게 옳은 거잖아. 그러니까 명희 데리고 돌아와. 언니만 돌아오면 난 정말이지 더 이상 아무것도 바라는 게 없어."

경애가 다시 눈물을 글썽였다. 바닥에 놓인 명희 사진이 흐릿해졌다. 가여운 것. 아버지 얼굴 한번 못 보고……. 그러나 이곳을 떠날 수는 없었다. 어디로도 떠나고 싶지 않았다.

미애는 소리 내어 한숨을 쉬고는 명희 사진을 다시 가방에 넣었다. 그리고 누런 봉투 두 개를 꺼내어 바닥에 놓았다.

"혹시나 해서 챙겨 온 건데 결국 이걸 두고 가게 되는구나."

미애가 더 얇은 봉투를 경애 쪽으로 밀었다.

"인민서점 일일랑은 관둬라. 말이 서점이지, 빨갱이 소굴이 아니니? 그런 일에 엮여 있다가는 훗날 어떤 봉변을 당하게 될지 모른다. 그러니 이 돈으로 잘 챙겨 먹고 잘 챙겨 입고 그냥 편히 지내. 그리고 언니가 다시 올 테니 그때는 함께 경성으로 가자."

"언니, 하지만……."

"그리고 이건."

미애가 또 하나의 봉투를 경애 쪽으로 밀었다. 처음 것보다 훨씬 두툼했다.

"기수 도련님께 전해라. 황인보 나리의 전갈이다."

"언니, 나리와 어떻게……."

"우리 마을의 어른이시다. 같은 경성 하늘 아래 살면서 어른으로 모시는 건 당연한 일 아니니? 더구나 난 나리께 신세를 졌다. 나리가 아니었다면 나와 명희는 목숨 부지하기 어려웠을 거야. 그러니 너도 그 은혜를 잊어서는 안 된다."

아버지가 어떻게 돌아가셨는지 잊었어? 경애는 뜨겁게 치미는 질문을 눌러 삼켰다. 경애 자신도 황인보의 집에서 연명하던 시기가 있었다. 더욱이 지금 그런 말을 꺼낼 수는 없었다. 지금은 언니가 더 멀어지지 않도록 붙잡아야 할 때였다.

"승애에게 내가 다녀갔단 소리는 마라. 난 빨갱이 세상에서 환영받는 사람이 아니니까. 누가 알았다가는 두 번 다시널 만나러 오지 못해, 알았지? 그럼 다음번엔 함께 떠나는 걸로 알고 이만 간다."

미애는 눈인사조차 없이 빠른 동작으로 문을 열고 나갔다.

경애는 급히 일어나려다 어지러워서 주저앉았다. 잠시 눈을 감고 심호흡을 한 뒤 비틀거리며 일어나 밖으로 나갔다. 미애는 이미 사라지고 없었다. 경애는 쪽마루에 주저앉았다. 감기 기운에 헛것을 본 것일까. 그러나 방바닥에 미제 약통과

두 개의 봉투가 놓여 있었다. 경애는 약통과 봉투를 가지고 나와서 마루 아래의 낡은 망태기 속에 숨겼다. 이렇게 숨기는 게 잘하는 일일까. 문득 그런 생각이 들었지만 지금은 그저 모든 게 고마웠다. 큰언니도 작은언니도 자신도 그리고 명희도 살아남았다. 이렇게 살아남아 주는 것보다 더 고마운 일은 없었다.

5

그들에게서 다시 연락이 왔다. 이번에는 곽치영의 손에 쪽지가 쥐어 있었다.

수고했소, 동지.

은혜는 쪽지를 손안에 구겨 쥐고 조용히 문가로 다가가 방문을 열었다. 마당은 고요한 어둠에 휩싸여 있었다. 은봉의 방에도 불이 꺼졌고 어머니 윤 씨의 기도 소리도 그쳤다. 은혜는 그래도 불안해서 신발을 신고 나가 사립문 밖까지 살펴보았다.

곽씨 일가가 만가대에서 새로 배정받은 집은 기역 자로 생긴 초가였다. 방 두 칸과 부엌이 딸린 본채가 있고, 거기에 잇닿아 작은방 하나가 더 있는데 그곳이 바로 곽치영의 방이었다.

은혜가 다시 방문을 열자 자릿내가 훅 끼쳤다. 노인의 군내

와 거동을 못하는 병자에게서 풍기는 지린내까지 뒤섞인 역겨운 냄새였다. 그러나 은혜는 조금도 싫은 티를 내지 않고 조용히 앉았다.

"할아버지는 보셨죠? 이 쪽지를 놓고 간 사람이 누군지 보셨죠?"

곽치영은 추적추적한 눈을 빠르게 깜박였다. 그 눈 속에 대답이 들어 있지만 말할 수 없었다. 은혜는 한숨을 토해 내었으나 곧 할아버지에게 죄송해졌다. 이렇게 갇혀 있는 할아버지의 마음은 오죽할까.

"저녁 진지는 잘 드셨어요?"

은혜가 다정하게 물었다. 저녁이라야 입 안으로 넣어 주는 미음을 반 넘게 흘려 가며 겨우 삼키는 게 전부였다. 곽치영은 삭정이처럼 말라 가고 있었다.

"조금만 참으세요. 제가 곧 경성으로 모셔 갈게요. 그럼요, 걱정 마시라니까요. 지난번에는 제가 어리석었어요. 하지만 이번에는 달라요. 정말로 믿을 만한 사람들이에요. 공산주의 세상이 되었다고 날뛰는 꺽지네 같은 것들과는 달라요. 주인의 은덕을 모르는 짐승 같은 옥 서방과도 달라요. 철원애국 청년단, 그들은 우리의 동지예요. 저도 달라졌어요. 그때처럼 바보같이 당하진 않아요. 제힘으로 그들을 움직일 거예요. 그들의 동지가 될 거예요. 절대로 배신하지 않는 동지."

148

곽치영은 불안하게 눈꺼풀을 달싹였다. 그의 갈라진 입술에서 피가 조금 배어났다. 은혜는 수건으로 곽치영의 입술을 조심스럽게 닦아 주었다. 할아버지는 말 한마디, 고갯짓 한번 못하지만 은혜는 그 어느 때보다 분명하게 할아버지의 마음을 느낄 수 있었다.

"저를 믿으시죠?"

곽치영이 천천히 눈을 눌러 감았다가 떴다. 할아버지는 오직 나만 믿고 있어. 다른 그 누가 아니라 바로 나를. 내가 집안을 구해야 해. 은혜는 곽치영의 마른 손을 꼭 쥐었다.

"모든 게 제 뜻대로 되던 시절이 있었죠. 제가 어찌할 수 없던 건…… 그래요, 할아버지 한 분이셨어요. 아시죠?"

곽치영의 두 눈이 젖어 들었다. 곽치영은 눈꺼풀을 빠르게 깜빡여 눈물을 떨어 내고서 은혜를 계속 바라보았다. 은혜는 혼자만의 생각에 빠져 있다가 다시 말을 이었다.

"그런데 지금은 무엇 하나 제 뜻대로 되지 않아요. 할아버지 뜻대로 되지도 않죠. 철원애국청년단 역시 그래요. 그들은 할아버지와 우리를 경성으로 데려다 줄 능력이 있지만, 그리 쉽사리 움직이지는 않는대요. 그들은 목숨을 걸고 빨갱이와 싸우고 있어요. 그들의 도움을 받으려면 저 역시 같이 싸워야 해요. 두고 보세요. 할아버지를 모시고 경성으로 갈 거예요. 이 모든 걸 반드시 되갚아 주고 말 거예요."

은혜가 곽치영에게 눈길을 돌렸다. 곽치영의 눈가에서 눈물이 흘러내리고 있었다.

"울지 마세요."

은혜는 어린애 달래듯 수건으로 눈물을 닦아 주었다. 그러고는 곽치영의 머리맡에 놓여 있는 라디오를 켰다. 늦은 시간이라 잡음밖에 들리지 않았다. 그러나 경성에서 날아오는 신호였다. 은혜는 맨바닥에 배를 대고 엎드린 채 잡음에 귀 기울이며 그림을 그리기 시작했다.

그림이라면 얼마든지 자신 있었다. 공산주의자들을 공격하는 그림이라면 더욱 그랬다. 이번 삐라의 그림 역시 흡족했다. 특히 제 어머니를 죽음으로 내모는 황기수의 얼굴을 그릴 때는 펜이 신들린 것처럼 저 혼자 움직였다. 그 그림은 철원애국청년단의 지시에 따라 약속된 날짜에 학교 교실 교탁 안에 넣어 두었다. 마지막으로 교실에서 나오며 그림을 교탁에 넣었는데, 다음 날 아침 제일 먼저 가 보니 그림이 사라지고 없었다.

"대체 누굴까요?"

은혜가 엎드린 채 두 손으로 턱을 괴며 중얼거렸다.

"대체 누굴까요? 철원애국청년단에서 이 모든 일을 이끄는 사람은 누구인 걸까요? 오늘 삐라를 뿌린 건 또 누구일까요? 그 자리에 모여 있던 마을 사람들 가운데 하나일까요? 아니면 밖에서 몰래 들어와 줄을 당기고 도망친 걸까요? 저도 몰라요. 그래서 믿음직스러운 거죠. 그들은 치밀해요. 이제 곧 다음 명령이 내려올 테죠. 그리고 제 굳은 뜻을 증명하면 마침내 우리는 경성으로 가는 거예요."

은혜는 일어나 앉아서 곽치영의 젖은 눈을 들여다보았다.

"조금만 기다리세요. 약해지시면 안 돼요. 경성으로 갈 때까지 조금만, 조금만 더 견뎌 주세요, 네?"

곽치영은 눈을 꾹 눌러 감았다가 떴다. 은혜도 힘주어 고개를 끄덕였다.

철원애국청년단은 은혜의 믿음대로 신속하고도 치밀하게 움직였다. 천세택 삐라 사건이 벌어진 바로 그다음 날, 은혜에게 새로운 지시가 내려왔다. 인민서점에서 은혜가 혼자 일하고 있을 때, 어디선가 작은 돌멩이가 날아든 것이었다. 돌멩이에는 쪽지가 묶여 있었는데 이번에도 역시 숫자가 빼곡하게 적혀 있었다. 은혜는 처음 그들에게서 받았던 성경을 꺼냈다. 그리고 지금껏 해 오던 대로 그 숫자를 성경의 장과 절로 해석하여 암호를 풀었다. 오래지 않아 지시 내용을 이해할 수 있었다. 지금의 김일성이 가짜라는 내용을 그리라는 것이었다. 그림은 천세택 큰 사랑채 누각에 걸려 있는 김일성 초상화 액자 뒤에 숨겨 두라고 했다.

은혜는 저녁을 먹고 천세택으로 갔다. 한글 학당에서 교사로 일하고 있으니 그 누구보다 자연스럽게 드나들 수 있었다. 큰 사랑채 누각에 올라 주위를 살핀 뒤, 한글 교재 속에 숨겨 온 그림을 액자 뒤에 숨겼다.

댕댕댕댕댕!

누군가 솟을대문 앞에 달려 있는 종을 울렸다. 다섯 번의 종소리는 한글 강습 시작을 알리는 것이었다.

6

기수는 학교도 가지 못하고 앓아누웠다. 덕구 어머니는 감기인 모양이라고 걱정하면서 기수 방에 불을 잔뜩 때었다. 봄기운이 완연한데 바닥은 절절 끓으니 이런 고역이 없었다. 그런데도 기수는 창문까지 꼭 닫고 땀에 흠뻑 젖은 채 꼼짝 않고 있었다. 약에 취하기라도 한 것처럼 끝없이 졸음이 몰려왔다. 그렇게 자면서도 반쯤은 깨어 있었다. 깨어 있을 때도 반쯤은 잠에 취한 상태였다. 어디서부터가 꿈이고 어디서부터가 현실인지 구분할 수가 없었다.

천장에서 삐라가 함박눈처럼 흩날리기도 하고, 어머니의 푸른 얼굴이 눈앞으로 와락 덤벼들기도 했다. 아버지의 장난기 어린 웃음소리가 귓전에 쟁쟁 울리기도 하고, 은국이 무어라고 소리치며 우는 소리가 들리기도 했다. 어린 경애가 울면서 마을을 떠나기도 하고, 다 큰 경애가 기수를 가만히 안아주기도 했다.

기수야.

누군가의 목소리가 들렸다.

병원에라도 데려가 봐야 하는 거 아닌지 모르겠네. 밥도 제대로 안 먹고 저렇게 잠만 자네.

덕구 어머니의 목소리가 들렸다. 방문을 잡고 덜컹덜컹 흔드는 소리도 들렸다.

기수가 눈을 떴다.

"기수야, 기수야, 자?"

홍정두의 목소리였다. 꿈이 아니었다. 환청도 아니었다.

기수는 억지로 몸을 일으켜 방문을 열었다. 땀에 흠뻑 젖은 기수의 낯빛은 해쓱했고 두 눈은 퉁퉁 부어 있었다.

"세상에, 사람 잡겠네, 잡겠어. 안 되겠다. 내가 박 의원한테 가서 약초 뿌리라도 받아 와야지."

덕구 어머니가 부리나케 사립문을 나섰다.

기수는 방문을 열어 둔 채 다시 이부자리에 누워 버렸다. 후텁지근한 방 안으로 서늘한 바람이 불어 들어왔다. 땀으로 찐득찐득하던 목덜미가 시원해졌다.

"좀 들어가마."

홍정두가 방으로 들어왔다. 기수는 그를 등지고 모로 누웠다. 홍정두는 기수의 뒷모습을 한동안 말없이 지켜보다가 입을 열었다.

"왜 이러고 있어?"

더 이상 못 하겠어요. 기수는 불쑥 치미는 한마디를 삼이느라 입술을 깨물었다. 못 본 척, 못 들은 척, 모르는 척. 그러나 세상은 기어이 기수의 눈앞에 어머니의 그 푸른 얼굴을 들이밀었다. 네 잘못이야. 네가 어머니를 죽였어.

"그래, 안다. 그동안 네가 힘들게 버텨 왔다는 거 잘 안다. 하지만 기수야, 무작정 버티는 것만이 능사가 아니야."

그럼 어쩌란 말인가요. 나도 도망치고 싶습니다. 하지만 하늘 아래, 대체 내가 머물 수 있는 한 뼘의 자리라도 있단 말입니까. 기수는 꼭 다문 입술을 파르르 떨었다. 철원에서 기수는 어미를 죽음으로 내몬 아들이었다. 경성에서는 친일을 하고도 호의호식하는 황씨네 도련님이 되겠지. 기수는 끔찍한 뭔가를 본 것처럼 눈을 질끈 감았다.

홍정두가 다시 말했다.

"그렇잖아도 이야기를 하려는 참이었는데 이런 일이 터졌구나. 실은 인민위원회에서 소련으로 유학 보낼 학생들을 선발하는 중이다."

뜻밖의 소리에 기수는 저도 모르게 몸을 일으켜 돌아보고 말았다. 홍정두가 빙긋 웃었다.

"난 네가 갔으면 좋겠구나."

기수가 천천히 일어나 앉았다. 가슴이 두근거리기 시작했다.

"기수야, 내가 일경의 눈을 피해 천세택 행랑채에 삼 년 동안 숨어 있었던 거 너도 잘 알 게다. 그 전에 경성에서 숨어 다닌 시간까지 더하면, 꼬박 육 년을 숨어서 도망만 다닌 거다."

"무슨 말씀을 하시려는 겁니까?"

기수의 말투는 공격적이었다. 그래도 홍정두는 느긋하게 응대했다.

"너도 좀 그랬으면 싶어서 그런다. 역부족일 땐 잠시 도망치는 거야. 그리고 돌아오면 돼."

"경우가 다릅니다."

"다를 게 뭐 있어? 힘에 부치면 쉬었다 가는 거지. 소련이라, 네가 잠시 쉬며 힘을 비축하기에 더 이상 좋은 곳은 없지 않아?"

홍정두는 사흘의 말미를 줄 테니 생각해 보라는 말을 남기고 돌아갔다.

소련. 그 머나먼 동토. 기수는 책꽂이에서 소련어 교재를 꺼냈다. 남조선도 북조선도 아닌 멀고 드넓은 땅. 기수는 표지의 지도를 한참 손끝으로 더듬다가 책장을 넘겼다. 경애의 쪽지가 그대로 들어 있었다. 아직 책값도 못 주었구나. 기수는 까칠한 종이의 감촉을 느끼며 쪽지를 집어 들었다.

어느 여름, 분명 장맛비가 억수같이 쏟아지던 밤이었다.

그날도 어머니는 조기 살을 발라서 숟가락 위에 올려 주었다. 기수는 비위가 약해서 생선은 조기나 대구만 먹었다. 기름진 걸 싫어해서 고깃국은 기름을 싹 걷어 내어 말갛게 끓여야 했다. 응당 그런 것인 양 먹어 왔는데, 그날 밤 기수는 불현듯 목이 메었다. 작은 사랑채 장지문 바깥으로 내다보이는 그 거센 빗줄기 위로 앙상하게 마른 제 동무들의 모습이 드리워졌다. 낮에는 흙투성이가 되도록 함께 뛰놀았지만 지금쯤 그 동무들은 주린 배를 움켜쥔 채 잠들었겠지. 이제는 기수도 알고 있었다. 그 모든 일이 옳지 않다는 것을 알았다. 결국 그날 밤, 기수는 되게 체해서 밤새 토하고 말았다.

그날 이후, 기수는 다른 세상을 꿈꾸기 시작했다. 좀 더 철든 다음부터는 공산주의가 그런 세상으로 향하는 길이라고 믿었다. 지금도 그 믿음은 달라지지 않았다.

기수는 경애의 쪽지를 다시 제자리에 넣고 책장을 덮었다. 그리고 교재를 손에 꼭 쥔 채 방에서 나와 천세택으로 걸어갔다.

행랑채 맨 끝 방 앞에 서니 밤이면 머슴들의 코 고는 소리로 들썩이던 그때가 생생히 떠올랐다. 지금은 홍정두와 오제영이 쓰고 있지만 기수의 귓가에는 여전히 지난 시간의 소리가 들려오는 것 같았다. 기수는 천천히 걸음을 옮겨 안채로 갔다. 작은 사랑채에 기수 방이 따로 있지만, 열 살이 넘을 때까지 어머니와 함께 안채에서 잤다. 처음으로 사랑채에서 혼자 자던 날, 안방에서 새어 나오는 노란 전등 불빛을 얼마나 그리워했는지 몰랐다. 이불을 이마까지 덮어쓰고 찔끔찔끔 울기까지 했는데.

기수는 천세택에서 나와 마을 길을 따라 걸었다. 한창 일할 시간이라 모두 잠든 것처럼 마을은 조용했다. 한낮의 침묵에 잠겨 있는 고샅길부터 이제는 인민회관이라 불리는 천세택까지, 추억이 깃들지 않은 곳이 없었다. 기수는 신작로에 이르러서도 돌아가지 않고 하염없이 걸었다. 철원 땅 곳곳, 이렇게 발길 닿는 그 모든 곳에 기수의 지난 시간이 새겨져 있었다.

그러나 이곳을 떠나고 싶었다. 내가 누군지 아무도 모르는 그 드넓은 땅. 거기서라면, 천세택 막내아들이 아니라 그저 황기수로 살 수 있겠지. 그리고 돌아오면 많은 것이 잊혀졌을지도 몰라.

그렇게 생각에 잠겨 걷다가 문득 정신을 차려 보니, 읍내까지 와 있었다. 갑자기 허기가 몰려들었다. 길바닥의 흙이라도 퍼먹고 싶을 정도였다. 그러고 보니 이틀을 아예 굶다시피 했다. 수중에는 돈 한 푼 없었다. 그렇대도 철원 읍내에는, 언제든 뜨뜻한 국밥 한 그릇 얻어먹을 수 있는 곳이 있었다. 따뜻한 김이 피어오르는 그곳이 새삼스레 그리워졌다. 기수는 병호 어머니 국밥집으로 가서 모처럼 두 그릇을 뚝딱 비웠다. 그리고 어딜 갔는지 도무지 돌아올 생각을 않는 병호를 기다리다 집으로 돌아왔다.

그런데 뜻밖에도 경애가 골목 입구에서 기다리고 있었다. 기수는 소련어 교재를 슬그머니 뒤로 숨겼다. 어쩐지 열없어서 저도 모르게 무뚝뚝한 말투가 되었다.

"여기서 뭐 해?"

경애는 대꾸도 없이 제 가방에서 누런 봉투 하나를 꺼내서 불쑥 내밀었다.

"저기, 이거……."

기수가 봉투를 받아들자 경애는 뜨거운 물건이라도 쥐었다 놓은 것처럼 얼른 손을 움츠렸다.

"기수야, 너한테 이걸 전해 줘야 하나 말아야 하나 며칠 동안 고민했어. 그런데 아무래도 전하는 게 도리인 것 같아서……. 내가 멋대로 중간에서 없애 버리는 건 주제넘은 짓이고, 경우도 아닌 것 같고…… 그래서 이렇게 주는 거야. 하지만 기수야, 난 이거 네가 없애 버렸으면 좋겠어. 네가 더 이상 힘든 일에 얽히는 게 싫어. 너, 그럴 수 있지?"

기수는 영문을 모르는 얼굴로 경애를 쳐다보았다. 어쩐지 점점 불안해졌다. 봉투를 쥔 손이 조금씩 떨리기 시작했다. 경애는 몹시 괴로운 얼굴로 말을 이었다.

"약속해 줘. 이걸 없애 버리겠다고, 다 털어 버리겠다고 약속해 줘. 그렇지 않으면, 네가 이것 때문에 더 힘들어지면 난 진짜……. 기수야, 미안해."

경애는 울 것 같은 얼굴을 하고 그대로 가 버렸다.

기수는 방으로 들어와서 봉투를 바닥에 내려놓고 지그시 쏘아보았다. 흔한 편지 봉투였는데 꽤 두툼했고, 뾰족한 네 귀퉁이가 유난히 날카로워 보였다.

마침내 기수는 봉투를 열었다. 빳빳하고 두툼한 돈뭉치 그리고 편지가 있었다.

기수 보아라.

못난 아비가 이제야 붓을 드는구나. 철원을 떠난 뒤로 한시도 너를 걱정하지 않은 적이 없다.

사세가 황급하여 너와 네 어미를 두고 떠날 수밖에 없었다. 가문을 보전하고 후일을 도모하자면 화급을 다투지 않을 수 없었느니라. 게다가 너도 네 어미의 성정을 잘 알지 않느냐? 쉬이 나를 따라나설 리가 없었다. 너 또한 철없는 마음에 저들에게 휩쓸리고 있었으니 아비는 무거운 마음으로 떠날 수밖에 없었다.

그간 아비는 가문을 보전하기 위해 절치부심하였다. 필설로 그 사연을 어찌 다 전하겠느냐? 다행히 너희 형도 판사로서 제 직분을 다하고 있으며 내 사업도 번성하고 있다.

허나 너를 생각하면 가슴이 미어지는구나. 네 어미가 죽었다는 소식도 들었다. 원통하고 비통하기 그지없는 일이다. 이제 곧 모든 일을 바로잡을 터인데, 그 성정이 수모를 이겨 내지 못하였구나. 어미의 죽음을 본 네 마음은 또 어떠할꼬. 어미에 대한 회한은 얼마나 클 것이며 저들에 대한 분노는 얼마나 뜨겁겠느냐. 치욕을 당하며 저들의 세상에서 살고 있을 너를 생각하니 간장이 끊어진다. 다른 식구들도 네 걱정에 하루도 눈물짓지 않는 날이 없다. 특히 은국이가 너를 많이 기다리고 있다.

기수야.

얼마간의 돈을 보낸다. 그 정도면 월경꾼을 사기에 충분할 것이다. 삼팔선의 경계가 삼엄하다 하나, 본디 지키는 눈보다 도망치는 발이 더 빠른 법이다. 더 이상 지체하지 말고 경성으로 오너라. 사람을 보내어 너를 데려오면 좋겠으나 너의 상황이 어떠한지 몰라 돈을 보낸다.

그럼 다시 만날 날을 기약하며 이만 붓을 내려놓으마.

못난 아비가

7

삐라 사건이 잇따랐다. 철원애국청년단은 철원 전역에 삐라를 뿌렸다. 우물가에, 민주 선전실에, 학교에, 장터에. 삐라는 하늘에서 흩날리기도 했고 어딘가에 은근슬쩍 놓여 있기도 했다. 삐라의 내용은 대개 토지개혁과 조선공산당을 비난하는 것이었다. 철원뿐만 아니었다. 북조선 전역에 걸쳐 삐라 사건이 이어지고 있었다. 조직적이고 계획적이며 대담했다.

"대체 누굴까?"

원석이 책상 위에 걸터앉아 말했다.

오늘 아침 학교에 와 보니 책상 위에 삐라가 한 장씩 놓여 있었다. 지금의 김일성 위원장은 김일성 장군의 위명을 사칭하는 가짜라고 모함하는 내용이었다.

"남조선에서 올라온 간자(간첩)들?"

누군가의 말에 원석이 탐정이나 된 듯한 얼굴로 고개를 끄덕였다.

"물론 남조선의 간자들이 있겠지. 하지만 내부에서 협력하는 세력도 있지 않겠어?"

"말도 안 돼. 누가 협조하겠어? 조선공산당은 인민들의 열렬한 지지를 받고 있어."

빈농 출신으로 뒤늦게 중학생이 된 아이 하나가 힘주어 반박했다. 원석은 코웃음 쳤다.

"열렬한 지지를 받고 있다? 맞는 말이야. 대대로 소작농이던 사람들이 땅을 갖게 되었는데 지지하겠지. 남조선 농민들도 토지개혁을 부러워한다더군. 조선 사람의 8할이 소작농이라 했으니 당연한 일이야. 하지만 8할이 전부는 아니잖아. 불만을 품은 사람들도 많다고."

신의주에서도 심각한 사건이 있었다. 조선공산당의 개혁에 반발한 학생들이 데모를 했는데, 그 과정에서 치안대가 발포하여 학생들이 죽은 것이었다. 김일성 위원장이 직접 달려가 사죄하여 사태가 수습되었지만 큰 충격을 준 사건이었다.

"장사하는 사람들 사이에서도 불만이 많아. 인민위원회가 운영하는 상점들이 이문을 적게 남기며 가격을 낮추니, 장사꾼들은 손해가 이만저만이 아니다 이거야. 이제 곧 화폐 개혁도 한다잖아? 그럼 지금 가지고 있는 돈은 종잇조각이 되는 거니까, 현금 가진 사람들은 속이 새까맣게 타들어 가겠지. 땅을 빼앗긴 사람들의 원한은 또 어떻고?"

누군가 원석의 말을 가로막고 나섰다.

"희생이 따르는 것은 어쩔 수 없지."

가차 없는 말투였다. 원석이 눈을 부릅뜨고 노려보았지만, 백정의 아들인 그 소년은 한층 격앙된 어조로 말을 이었다.

"아니, 희생이랄 것도 없지. 그간 부르조아지들, 그리고 양반네들에게 착취당하며 죽어 간 사람들이 대체 얼마야? 한 줌도 안 되는 가진 자들이 고통 좀 받는 게 뭐 그리 대수야?"

원석은 그의 말을 싹 무시하고 별안간 은봉에게 말을 돌렸다.

"야, 곽은봉. 어찌 생각하냐?"

은봉이 질겁을 하고 놀라며 고개를 마구 저었다.

"나, 난 그런 거 몰라."

"몰라? 참 나 원…… 월정리에서 평강 고원까지, 곽씨네 땅을 밟지 않고서는 갈 수 없다고 했다. 그 땅을 다 빼앗겼는데, 몰라?"

"몰라, 난 그런 거 모른다고!"

은봉은 원석에게 대들기라도 할 것처럼 펄쩍 뛰었다.

"어쭈, 펄쩍 뛰는 걸 보니 더 수상하네? 너 혹시 철원애국청년단과 무슨 관련이라도 있는 거 아니야? 아, 그래. 요즘 너희 아버지가 남조선에서 꽤 세도가 있다는 소문도 들리던데?"

원석은 눈을 가느스름하게 뜨고 은봉을 뜯어보았지만, 누

164

가 봐도 악의 섞인 장난일 뿐이었다. 그런데도 은봉은 파랗게 질렸다.

"난 아니야! 나, 난 아무것도 몰라! 모른다고!"

교실의 모두가 은봉을 바라보며 킬킬거렸다.

하지만 기수는 웃을 수 없었다. 그대로 교실에서 나와 버렸다. 오후 수업이 남았지만 버틸 수가 없었다. 원석이 은봉에게 하는 그 모든 말들이 저를 향하는 것만 같았다. 아니, 철원의 모든 사람들이 자신을 그런 눈으로 지켜보는 것만 같았다. 황인보의 자식 황기수. 악질 지주. 친일 반동. 남조선의 간자일지도 몰라.

기수는 집에 도착하자마자 방으로 들어가 문을 잠갔다. 의자에 올라가 천장으로 손을 뻗쳤다. 들보와 도리가 만나는 틈바구니를 손으로 더듬자 봉투가 잡혔다. 누런 봉투를 들고 내려와 부엌으로 갔다. 아궁이 속에 타다 만 땔나무들이 있었다. 기수는 시렁에 놓인 성냥을 내려서 황인보의 편지에 불을 붙였다. 편지는 삽시간에 재가 되었다.

아버지는 대체 누굴 통해 경애에게 이걸 전한 걸까. 혹시 삐라와 무슨 상관이 있는 걸까. 그자는 땅문서까지 죄 빼돌렸더구나. 어머니의 그 서늘한 목소리가 떠올랐다. 철원 땅으로 간자를 보낼 만한 남조선의 누군가라면……. 아버지와 형의 얼굴을 떠올리지 않을 수 없었다.

기수는 땔나무 하나를 집어 들어 재를 아궁이 가장 깊숙한 곳까지 밀어 넣었다. 그리고 돈이 들어 있는 봉투를 가방에 넣고 급히 집을 나섰다.

원래는 돈까지 태울 생각이었다. 그러나 편지에 불을 붙이는 순간 그보다 나은 생각이 떠올랐다. 조선공산당 철원군 당사를 새로 짓느라 마을마다 성금을 걷고 있는데, 그래도 자금이 부족하다 했다. 이 정도 거금이면 도움이 될 것이었다.

기수는 당사 임시 사무실로 갔다. 당사 출입문 바로 안쪽에 놓인 커다란 모금함에 돈 봉투를 슬며시 떨어뜨렸다. 이것으로 끝이다. 편지도, 돈도 다 잊고 떠나면 돼. 아버지도 어머니도 천세택이라는 세 글자도 모두 잊고 소련으로 떠나기로 마음먹었다. 철원마저 깡그리 잊고 싶었다.

기수는 심호흡을 하고 사무실 문을 열었다.

"홍정두 위원장 동무를 뵈러 왔는데요."

기영박이 기수를 돌아보았다.

"위원장 동무는 새 당사 건설 현장에 나가셨는데. 가 봐. 아직 거기 계실 거야."

기수는 기영박에게 인사하고 사무실에서 나왔다. 쫓기듯 조급해진 마음에 읍내 길을 달음박질쳤다.

깨갱갱깽갱깽깽.

공사 현장에 이르자 꽹과리 소리와 함께 제영의 구성진 목소리가 울려 퍼졌다.

"에이, 얼싸 지경이요!"

조선공산당 철원군 당사 공사 현장 뒤편에는 완만한 언덕이 있었고 그 너머는 비옥한 들판이었다. 정면으로는 금학산 자락이 고개를 조아리며 달려와 부드러운 산자락을 펼쳐 놓았다. 오른편으로는 철원 경찰서를 지나 철원역까지, 왼편으로는 감리교회를 지나 월하리역까지, 읍내 길이 길게 이어졌다. 금강산 전철이 건물을 휘감듯 지나며 철원 곳곳에서 사람들을 실어 날랐다.

철원의 심장부에 자리 잡은 공사 현장은 크게 두 부분으로 나뉘었다. 읍내 길과 잇닿는 드넓은 광장 그리고 광장에서 예닐곱 계단 높이의 건물 터였다. 넓은 터에 3층짜리 석조 건물이 웅장하게 지어질 예정이었다. 올 8월에는 해방 1주년을 맞이하여 북조선 곳곳에 해방 기념탑을 세운다 했는데, 그 후보 도시는 평양, 해주, 함흥, 청진, 신의주에 이어 철원이었다. 그렇다면 해방 기념탑은 바로 이 광장에 세워져야 한다고들 했다.

에이 얼싸 지경이요 에이 얼싸 지경이요
여보시오 여러분 에이 얼싸 지경이요
이내 말씀 들어 보소 에이 얼싸 지경이요

이 땅은 어드멘고 에이 얼싸 지경이요

우주 안에 조선 땅 에이 얼싸 지경이요

강원도의 철원이요 에이 얼싸 지경이요

반만년의 우리 철원 에이 얼싸 지경이요

역사를 살펴보면 에이 얼싸 지경이요

신라국 말기 시에 에이 얼싸 지경이요

궁예왕의 도읍지요 에이 얼싸 지경이요

국호는 태봉국이요 에이 얼싸 지경이요

오제영은 이제 철원 사람이 다 되었다. 제일 옥돌장에서 일하며 민청 풍물패의 상쇠 자리까지 꿰찼다. 제영의 과거는 아무도 몰랐지만 아무런 상관 없었다. 이곳에서 제영의 시간은 새로 시작된 것이었다.

"위원장 동무."

기수가 홍정두에게 다가갔다.

"어, 그래. 기수야."

홍정두는 기수를 건성으로 쳐다보고는 풍물패로 눈길을 돌렸다. 발끝을 연방 들썩이며 한창 흥이 오른 참이었다.

기수가 불쑥 말했다.

"위원장 동무. 저, 소련으로 가겠습니다."

홍정두가 몸짓을 우뚝 멈추고 기수에게 눈길을 돌렸다.

"소련으로 가겠습니다. 보내 주세요."

"무슨 일이 있는 거냐?"

기수가 황급히 고개 저었다.

"아, 아닙니다. 그저 위원장 동무 말씀이 맞는 것 같아서요. 이럴 때는 좀 떠나 있는 게 좋겠어요. 지쳤어요. 더는 못하겠어요. 시간이 흐르면 되겠지 했는데, 그 시간이라는 게 아주 많이 필요한가 봅니다."

이렇게 말하려던 건 아니었다. 좀 더 멋지게 말하고 싶었다. 혁명의 나라 소련에서 많이 배우고 조국의 당당한 일꾼으로 돌아오겠다고. 그런데 입을 열고 보니 진심이 새어 나오고 말았다.

홍정두는 잠자코 기수를 바라보다가 힘주어 고개를 끄덕였다.

"좋아. 황기수 동무, 잘 생각했다. 추천장을 받아 주마. 너 정도면 자격은 충분하다."

기수가 왈칵 눈물을 쏟았다. 홍정두는 썩 재미있다는 듯 웃음을 터뜨렸다.

"녀석, 울고 싶으면 내 방으로 올 것이지 사내 녀석이 광장에서."

기수가 움찔 놀라 주위를 살폈다. 다들 풍물패를 구경하느라 여념이 없었다. 그렇게 눈치 보는 기수를 보고서 홍정두가 더 크게 웃어 댔다. 그러고는 기수의 어깨에 한 팔을 두르며 바로 앞의 바위 위에 펼쳐 둔 종이를 가리켰다.

앞으로 완성될 당사 건물이 그려져 있었다. 3층 석조 건물은 단순한 듯하면서도 아치 형태의 현관이 멋스럽고 푸른 기와 지붕이 세련되었다. 웅장하고도 단아하며 기품 있는 건물이었다.

"봐라, 기수야. 조선공산당 철원군 당사다. 난 요즘 꿈을 꾸는 것 같다. 천세택 머슴으로 숨어 살던 시절, 나도 많이 흔들렸다. 해방이라니, 그런 날이 오기는 하는 걸까? 일제를 몰아내고 지주도 자본가도 없는 평등한 세상, 그게 과연 가능한 꿈일까? 일본이 패전을 거듭하고 급기야 원자 폭탄에 소련의 참전까지, 상황이 그렇게 되었을 때조차 때로 믿기지 않았어. 해방이라는 게 말이다, 누군가 지어낸 거짓말이라는 생각이 들더구나. 금학산에서 너와 병호에게 해방의 소식을 알릴 때까지도 난 사실 믿을 수 없는 심정이었다. 그래도 포기하지 않고 버틸 수 있었던 건 반드시 지키고 싶은 꿈이 있어서였지. 지금도 그 꿈은 진행 중이야. 넌 어떠냐? 네가 지키고 싶은 꿈은 무어냐?"

기수는 그 어린 날을 다시금 떠올렸다. 동무들과 어깨를 나란히 하고 뛰어오르던 그 산비탈. 빨리 오라고 손짓하던 경애의 그 얼굴.

"위원장 동무는요?"

기수가 되물었다.

홍정두가 소리 내어 긴 한숨을 내쉰 뒤 빙긋 웃고서 말했다.

"비밀 얘기 하나 해 줄까? 난 오래전에 동지를 죽음으로 내
몬 적이 있었다."

기수가 놀란 눈을 떴다. 홍정두는 또 싱겁게 웃고서 바위에
기대서며 말을 이었다.

"난 스스로를 누구보다 견결한 투사라고 생각했다. 중학교
를 졸업하고 동경으로 건너간 다음부터 조국의 해방을 위해
싸우다 죽겠노라고 다짐했지. 죽음 따위 조금도 두렵지 않았
어. 그런데 착각이더구나. 막상 체포되었을 때…… 이틀 밤을
넘기지 못하고 동지의 이름을 불고 말았다. 고통스러워서?
아니야. 그건 참을 수 있었을지도 몰라. 고통마저 사라지는
고통이었으니까. 한데, 두려움을 이길 수는 없더구나. 죽고
싶지 않았다. 정말이지 살고 싶었어. 그때는 동지의 이름이
아니라 무얼 불어서라도 살아남고 싶었어. 그렇게 난 고문에
서 풀려났고 내 입에서 흘러나온 정보로 잡혀 온 동지는……
고문 끝에 옥사했다."

기수는 믿을 수가 없었다. 홍정두, 그는 훼손되지 않은 기
수의 꿈이었다. 그러나 실망스럽지는 않았다. 어째서 그런지
외려 안도하는 마음이 들었다.

홍정두가 말을 이었다.

"세 번째로 고백하는 거야. 첫 번째는…… 감옥에서 바로 그 동지에게 털어놓았다. 그 동지가 숨이 끊어지기 직전이었지. 날 용서한다고 하더구나. 용서할 일도 없다고 하더구나. 우리의 생명은 이어지는 거라고. 나와 너가 아니라, 우리는 우리라고. 그것이 우리가 꿈꾸는 해방이라고. 그때부터 내 목숨은 그냥 내 것이 아니다. 앞서 죽어 간 사람들로부터 이어받은 것이고 앞으로 살아갈 사람들에게 이어져야 할 것이지. 그게 내 꿈이다. 그날 나에게 살아남아 주어서 고맙다고 말하던 그 동지, 그가 넘겨준 꿈. 난 그 꿈을 반드시 이루고 말 거다. 내가 다 하지 못한다 해도 괜찮아. 네가 있고 제영이가 있고…… 그렇게 또 다른 꿈들이 이어질 테니까. 봐라."

홍정두가 다시 바위 위의 그림을 가리켰다. 기수는 그림의 윤곽을 천천히 손끝으로 더듬었다. 제법 매끈한 그 감촉은 경애의 그 쪽지와 흡사했다. 네가 지키고 싶은 꿈은 무어냐? 홍정두와 기수의 꿈을 담은 그림이 다시 그렇게 물어 왔다.

"언제 떠나는 건가요?"

기수가 그림에서 눈을 떼지 않은 채 물었다.

"아마 두어 달 뒤일 게다."

기수는 자신이 이대로 떠날 수 없다는 걸 깨달았다. 아버지의 편지를 수상쩍게 여기면서도 모른 척 고개 돌릴 수는 없었다. 외면할 수 있다면 애초에 공산주의라는 꿈을 품지도 않았을 것이었다. 두 달이라면, 시간은 넉넉했다. 떠나기 전에 해야 할 일이 있었다.

"기수야, 넌 잘할 수 있을 거야. 네가 뭘 꿈꾸었는지, 그것만 잊지 않으면 돼. 우리는 늘 나약하고 어리석고, 그래서 흔들리고 방황하지. 하지만 뭘 꿈꾸는지 잊지 않는다면, 언제고 제 길로 돌아올 수 있어."

기수는 묵묵히 고개를 끄덕였다.

8

경애는 하루 종일 일이 손에 잡히지 않았다. 일부러 책을 다 꺼내 책장을 닦으며 대청소를 했지만, 도무지 마음이 잡히지 않았다.

아침에 서점 문을 열자 계산대 위에 경애의 이름이 적힌 봉투가 하나 놓여 있었다. 그날 미애가 돈을 넣어 주었던 봉투와 똑같은 것이었다. 소인도 없고 발신자도 없는 그 봉투 안에는 최근에 새로 찍은 듯한 명희의 사진 그리고 짧은 편지가 들어 있었다.

우리 명희, 예쁘지? 하루가 다르게 여물어 가는구나. 명희에게 늘 네 이야기를 한다. 어린것이 알아듣기라도 하는지 네 이름을 들으면 방실방실 웃는단다. 명희가 널 기다리는 모양이다.

인민서점은 관두라고 했는데, 기어이 왜 힘든 일을 하고 있니? 당장 관두도록 해. 곧 데리러 갈게. 이번엔 함께 나서 줄 거라 믿는다.

대체 어떻게 서점 안에 편지를 둔 걸까. 지난밤 분명히 문을 잠갔고 오늘 아침에도 내가 문을 연 것인데…… 열쇠 숨겨 두는 자리를 아는 걸까. 그렇다 해도 무슨 배포로 서점 문을 멋대로 열었을까. 그것도 하필이면 오늘. 경애는 걸레를 빨다 말고 멀거니 생각에 잠겼다.

오늘 아침, 읍내 가게마다 김일성 위원장을 모함하는 삐라가 한 장씩 붙어 있었다. 듣자니, 학교에도 같은 삐라가 나돌았다고 했다. 장거리가 술렁거렸다. 장사치들은 이마를 맞대고 저마다 숙덕거렸고, 보안대원들이 돌아다니며 삐라를 수거하기도 하고 탐문을 하기도 했다. 인민서점에도 덕구가 들렀다.

오늘 아침 뭐 수상한 거 못 봤어?

덕구는 눈까지 가느스름하게 뜨고 의심하는 눈길을 보냈다. 경애는 덕구를 쏘아보며 나를 의심하느냐고 받아쳤다. 덕구는 장난친 걸 가지고 뭘 정색하느냐며 웃었다.

그러나 경애는 덕구의 질문을 그저 농으로 받아넘길 수가 없었다. 지난번에 언니가 왔던 날, 그날은 하필이면 천세택에 처음으로 삐라가 뿌려진 날이었다. 그리고 또 하필이면 오늘……. 사람들은 삐라 사건에 남조선의 간자들이 연루되었을 것이라고들 했다. 삐라에 쓰이는 종이도 북조선에서는 구하기 힘든 것이라 했고, 미제 종이라고 단언하는 사람들도 있었다. 큰언니가 주고 간 미제 약은 남조선에서도 꽤 값나가는 물건일 텐데 어찌 구했을까. 경성에 산다는 언니가 이렇게 남 몰래 철원을 드나드는 것 자체가 예사로운 일은 아니었다.

작은언니에게 의논해 볼까 하는 생각도 했다. 그러나 큰언니의 말이 생각났다. 승애 년이 알았다가는 두 번 다시 널 만나러 올 수 없다. 큰언니의 말이 아니었대도, 그 정도는 짐작할 수 있었다. 작은언니는 조선공산당 선전조직원이니 나랏일을 하고 있는 셈이었다. 그 꼬장꼬장한 성격을 생각하면, 이 일을 그냥 넘어가지 않을 게 분명했다.

그렇게 종일 심란해하고 있는데, 기수가 찾아왔다. 아직 학교가 파하기도 전이었다.

"이 시간에 어쩐 일이야?"

기수는 단단히 결심한 얼굴로 대뜸 이렇게 말했다.

"너한테 묻고 싶은 게 있어."

경애는 멀쩡한 책들을 다시 정리하며 무뚝뚝하게 대꾸했다.

"얘기해."

아무래도 그 편지에 대해 물으려는 것 같았다. 어쩌면 기수도 저처럼 불안한 건지도 모른다는 생각이 들었다. 기수는 더 말이 없이 조용했다. 경애가 슬그머니 돌아보자 기수가 기다렸다는 듯 다시 말했다.

"여기서 할 얘기가 아니다. 잠깐 나가자."

"근무 시간인데."

그렇게 말했지만, 기수는 들은 척도 않고 밖으로 나갔다. 그러고는 문 앞에 버티고 서서 경애를 빤히 바라보았다. 아무래도 한 번은 해야 할 이야기인 모양이었다. 경애는 서점 문을 잠그고 기수를 따라나섰다.

기수는 경애가 나오는 걸 확인하고 앞장서더니 감리교회까지 갔다. 고개를 돌려 경애를 확인한 뒤 교회 마당으로 들어가서 벤치에 앉았다.

"그 봉투 말이야."

기수가 그렇게 말문을 열었다. 경애는 야단맞는 아이처럼 입을 꼭 다물고 서 있었다.

"그 봉투가 어떻게 네 손에 들어온 거니?"

"그건…… 왜?"

"대답해 줘."

"저기…… 집에 가 보니까 누가 방에다 두고 갔더라고. 너한테 전해 주라는 쪽지와 함께."

둘러대어 보았지만, 기수는 고작 그런 대답에 넘어갈 기세가 아니었다.

"그럴 거면 내 방에 두지, 굳이 왜 네 방에다 둬?"

"그거야…… 네 하숙집에는 늘 덕구 어머니가 계시잖아. 다른 사람 눈에 띌까 걱정됐나 보지."

"그럼 느이 집엔? 강승애 동무가 있을지도 모르는데?"

"승애 언니는 그날 평양 출장 가고 없었거든."

갑자기 조용해졌다. 딴청을 부리던 경애가 슬그머니 기수에게 눈길을 돌렸다.

"그럼, 그 편지를 너에게 준…… 아, 그래 좋아. 네 방에 두고 간 사람은 강승애 동무가 평양에 출장 간다는 사실까지 미리 알고 있었다는 거야?"

경애는 등줄기가 서늘해졌다. 승애 년은 평양으로 어디로 나돌아다니면서 너를 이렇게 내팽개쳐 두는구나. 그날, 큰언니는 분명 그렇게 말했다. 작은언니는 갑자기 출장을 가게 된 것인데, 큰언니는 그걸 어떻게 알았을까.

"너 뭔가 짚이는 게 있는 거지?"

"그런 거 없어! 황기수, 내가 그날도 말했지만 그냥 다 잊어버려. 다 털어 버리라고. 네 아버지가 무얼 주셨는지 모르겠지만……. 그래, 나도 짐작 가지 않는 건 아니야. 돈하고 편지겠지. 아무튼 잊어. 자식을 그리는 아버지 마음은 당연한 거잖아. 그걸 뭘 심각하게 생각해? 괜히 다른 일이랑 연결 지어서 마음 쓰고 의심하고 켕겨하고 그러지 말라고, 응?"

"다른 일이랑 연결 짓다니?"

경애는 아차 했다. 넘치게 떠들어 버렸다.

"너야말로 뭔가 켕기는 거 아니야? 왜 사실대로 말하지 않는 건데? 뭘 숨기려는 건데?"

"황기수, 너 그렇게 할 일이 없니? 뭘 편지 한 통 가지고 난
리야? 아무래도 너, 팔자가 편해서 그러나 보다. 은혜는 학교
끝나자마자 늦게까지 서점에서 일하고 그러고도 한글 학당
교사에 학교 공부에…… 근데 넌 뭐야? 누가 천세택 도련님
아니랄까 봐 가방 들고 한들한들 학교나 다니면서 쓸데없는
일에나 정신 팔고……."

경애는 아차 하고 입을 다물었다. 또 넘쳐 버렸다.

기수는 얼굴이 터질 듯 붉어진 채 일어섰다. 경애가 변명처
럼 다시 입을 열었다.

"그게 아니라…… 난 네가 걱정돼서 하는 말이야. 네 어머
니 돌아가신 지도 벌써 반년이 넘었어. 네 아버지 떠나신 것
도 그렇고. 이제 그만 털어 버려. 잊어버려. 무슨 죽을죄 지은
사람처럼 만날 그렇게 움츠리고 다니는 거……."

경애는 눈물이 핑 돌았다. 꼭 잠겨 있던 뭔가가 열려 버린
것처럼 가슴속의 말들이 제멋대로 흘러나왔다.

"이 철원 땅에 너만 한 사연 하나 가슴에 묻어 두지 않은
사람 없어. 우리 아버지 어머니, 어떻게 돌아가셨는지 너도
알지? 그런데 나, 배롱나무 집 계집종으로 살았어. 왜? 살아
야 하니까. 누군 굶어 죽고 누군 맞아 죽었는데 난 살아남았
으니까. 그러니까 옛일에 얽매여 울고 있을 여유도 없고 이유

도 없었어. 만약 사람들이 가슴 아픈 사연을 잊지 않고 붙들고만 있었다면 세상은 어찌 되었을까? 세상 사람 태반이 이미 죽고 없을 거야. 조선이고 공산주의고, 사람이 다 죽어 버렸는데 무슨 소용이야? 그런데 다들 살아남아 준 거야. 그 덕분에 세상은 또 이렇게 굴러가는 거고. 그러니까……."

경애는 제풀에 지쳐 입을 다물었다. 당황해서 아무렇게나 떠든 것 같았는데, 말해 놓고 보니 진심이었다. 오래전부터 하고 싶었던 얘기였다. 경애가 그렇게 떠들어 대도록 기수는 아무 말도 하지 않았다. 경애는 기수를 외면한 채 기운 빠진 목소리로 말했다.

"기분 나빴다면 미안해. 하지만 내가 무슨 말 하려던 건지 알아줬으면 좋겠어."

경애는 고개를 푹 숙이고 그 자리에서 빠져나왔다.

기수가 소련으로 떠나게 되었다는 사실을 전해 준 것은 병호였다. 책 살 일도 없는데 서점에 와서 마치 제가 유학을 가게 된 것처럼 자랑을 늘어놓았다. 서점에 있던 학생들은 모두 부러움 섞인 감탄을 토했다.

경애는 맥이 탁 풀렸다. 장사고 뭐고 도무지 흥이 나지 않았다. 소련이라, 거긴 얼마나 먼 곳일까. 경애는 멍하니 바깥만 쳐다보다가 결국 일찌거니 일어나고 말았다.

"미안해. 몸이 안 좋아. 오늘은 먼저 들어갈게."

"괜찮아? 그리고 보니 얼굴색이 좋지 않네. 병원이라도 들르지그래?"

은혜가 걱정스레 물었다. 경애는 그 눈빛이 반가워서 그만 은혜에게 다 털어놓고 싶어졌다. 하지만 대체 무슨 이야기를 하고 싶은 건지도 잘 몰랐다.

"아냐. 좀 쉬면 괜찮을 거야. 그럼 수고해."

경애는 서점에서 나왔다. 늘 걸어 다니던 길인데, 오늘따라 기운이 어찌나 없는지 걸어서 돌아갈 엄두가 나지 않았다. 보안대 앞으로 가서 군내 버스를 기다리기 시작했다.

그런데 오래지 않아 덕구가 헐레벌떡 달려왔다.

"다행이다! 너 벌써 집에 갔다기에 차를 몰고 가야 하나 어째야 하나 했는데!"

"무슨 일인데 또 호들갑이에요?"

"누가 민청으로 널 찾아왔다. 아주머니가 아주 거지꼴이야."

"나를 찾아와요? 아주머니라고요?"

"응. 전에 너랑 같이 살았다던데. 연천댁이라고."

경애는 단걸음에 배롱나무 집으로 달려갔다.

덕구의 말은 과장이 아니었다. 연천댁은 전보다 야윈 데다 얼굴이 몹시 상했고 흙먼지를 잔뜩 뒤집어쓴 행색도 말이 아니었다. 연천댁은 경애를 보자마자 한바탕 곡을 하고서 울먹이며 입을 열었다.

"내가 콱 죽어 버리려고 했는데 말이다……. 그놈 죽이고 나도 죽었어야 했는데 말이다……."

연천은 삼팔선으로 반 토막이 났는데, 연천댁의 고향은 남쪽에 속했다. 연천댁은 해방된 그다음 날로 고향에 돌아갔지만, 아들은 끝내 돌아오지 않았다. 그렇다고 사망 통보도 없었다. 그러다 해가 바뀔 무렵, 함께 일했다는 청년이 찾아와 아들의 죽음을 알려 주었다. 연천댁의 아들은 홋카이도의 슈마리나이에 있는 댐 건설 현장에서 일하다 추락 사고를 당했다. 그렇게 추락한 노동자들이 한둘이 아니었다. 일본인 관리자들은 댐 속으로 추락한 사람들을 그냥 놔둔 채 시멘트를 붓고 댐을 완공했다는 것이었다.

며칠을 미친 듯 울부짖은 연천댁은 정신을 차리자마자 면서기를 찾아갔다. 시장통에서 일본인과 말다툼한 것을 빌미 삼아 아들을 강제로 징용 트럭에 태워 버린 장본인이었다. 해방된 남조선에서 그자는 전보다 더 잘살고 있었다. 일본인이 떠난 자리로 승진했고 그 일본인이 살던 집도 차지했다. 연천댁은 그자의 집으로 쳐들어가 밥상을 엎고 세간을 때려 부쉈다. 그 일로 석 달간 감옥살이를 했고 나오자마자 삼팔선을 넘은 것이었다.

"난 에미도 아니다. 우리 똘이가 지하에서 이 에미를 얼마

182

나 원망하겠냐? 에미라는 게 원수 놈을 지척에 두고 도망이
나 쳐 버렸으니……."

연천댁이 주먹으로 바닥을 치며 다시 통곡하기 시작했다.
경애가 연천댁을 말없이 끌어안았다. 아무런 말도 할 수 없었
다. 연천댁은 떠날 때 안고 갔던 그 보퉁이처럼 작고 야위었다.

"무슨 일들이냐?"

홍정두의 목소리에 경애가 고개를 들었다.

"위원장 동무, 저기, 이 동무가……."

덕구가 훌쩍거리며 입을 열었다. 연천댁이 경애의 어깨에
기대었던 고개를 들어 뒤를 돌아보았다.

"연천댁 아주머니!"

홍정두가 놀라 외쳤다.

연천댁은 더욱 놀라 뒤로 성큼 물러앉았다. 손을 번쩍 들어
홍정두를 가리켰다.

"버, 버, 벙어리가 말을 하네!"

홍정두가 연천댁 앞에 쪼그리고 앉았다.

"아주머니, 어찌 된 겁니까? 어째 이런 모습으로……."

"홍 서방…… 그 홍 서방…… 맞지?"

"네, 맞습니다. 아주머니, 저 홍 서방입니다. 아니, 무슨 일
이 있으셨던 겝니까?"

홍정두가 걱정이 가득한 얼굴로 물었다.

"아이고, 홍 서방……."

연천댁이 홍정두의 어깨에 이마를 툭 기대며 다시 울음을 터뜨렸다.

연천댁은 배롱나무 집에 짐을 풀었고 일자리도 얻었다.

조선공산당 철원군 당사 건설을 위해 집집마다 한 명씩 일꾼이 나와서 스무 날 동안 일을 했는데, 군당에서 그들에게 새참을 마련해 주어야 했다. 그동안은 여성동맹에서 그 일을 맡아 했는데, 마침 그 여맹 간부가 지쳐 물러난 참이었다. 연천댁이 기꺼이 그 일을 도맡았다. 배롱나무 집 행랑채에 머물며 그 부엌에서 일하기 시작한 것이었다.

"난 빨갱이가 뭔지 모른다. 그렇지만 내 분명히 말하는데, 왜놈 앞잡이질했던 놈들이 호의호식하게 둘 수는 없다. 세상사 그런 법은 없는 거다. 그러니 나는 황가 놈 만석 살림 다 빼앗은 빨갱이가 좋다. 난 무조건 빨갱이 편이다, 이제!"

연천댁은 하루 일과처럼 또 열을 올렸다.

"아주머니, 빨갱이가 뭡니까, 빨갱이가?"

덕구가 눈살을 찌푸리며 끼어들었다. 평소에도 거슬렸지만 오늘은 더 곤란했다. 민청 행사가 있어서 사람들이 잔뜩 모인 참이었다. 그러나 연천댁은 눈치 따위 조금도 보지 않았다.

"흥. 빨갱이를 빨갱이라 하지, 그럼 파랭이라 하리? 이놈아, 네 팔에 두른 완장도 빨갛고 저기 걸려 있는 현수막도 빨갛다, 응?"

"연천댁 동무, 정히 이러실 겁니까요?"

"에라, 이 버르장머리 없는 놈!"

연천댁이 나무 주걱으로 덕구의 머리를 세게 쳤다.

"아, 왜 때려요!"

"얻다 대고 동무래? 내가 네 에미랑 한나이다, 이놈아!"

"그게 아니라, 북조선에서는 그게 말법이잖아요. 나이나 지위로 아래위 층하 지지 않도록 모두가 동무 같은……."

연천댁이 다시 주걱을 치켜들었다. 덕구가 질겁하고 두 팔로 제 얼굴을 감쌌다. 그 모습에 마당에서 왁자지껄 웃음이 터졌다.

"이거이, 분위기가 좋구면!"

구레나룻이 시커먼 사내가 마당으로 들어섰다. 우락부락한 인상처럼 목소리도 걸걸했다. 홍정두가 웃음 띤 얼굴로 함께 들어섰다. 두 사람은 대청마루로 올라갔고 홍정두가 그를 소개했다.

"다들 아시겠지만 소미공동위원회가 결렬되고 말았습니다. 남조선 우익 반동들이 모스크바 삼상회의의 참뜻을 왜곡하며 분열을 획책하고 있습니다. 북남이 삼팔선으로 갈라진 이때, 서둘러 한반도의 단일 임시 정부를 수립하는 것이 무엇보다 중요합니다. 이를 위해 오 년간의 신탁 통치가 필요하다는 것입니다. 그런데 남조선 우익 반동들이 그 취지를 왜곡하면서 분열의 골이 깊어지고 있습니다. 이에 북조선 민주청년동맹에서는 각지를 돌며 통일 조국 건설을 위한 방안을 함께 논의하고자 합니다. 자, 그럼 이 자리를 위해 먼 길을 달려오신 북조선 민주청년동맹 선전조직실장 김헌 동무를 소개합니다."

박수가 터졌다. 연천댁은 주걱으로 부엌문을 두드려 가며 누구보다 뜨겁게 환호했다. 그러나 막상 김헌이 연설을 시작하자 연설은 뒷전이었다.

"얘, 빨갱이들은 다 좋은데 말이 너무 많은 게 탈이다. 친일파들, 지주 자본가들, 탕탕 때려잡으면 그뿐이지 만날 무슨 회의네 토론이네……."

연천댁이 낮게 속삭이고서 고개를 절레절레 흔들었다.

"그건 그래요."

경애도 얼른 맞장구쳤다. 청년이라고 민청에, 직장이 있다고 직장동맹에, 여성이라고 여맹에, 인민 누구나 인민위원회에, 경애도 이제 회의니 뭐니 신물이 나긴 했다. 경애는 올해로 열여섯이라 조선공산당에 입당할 수 있었다. 승애는 가입을 권유했지만 경애가 사양했다. 공산당이 싫어서가 아니라 회의니 교육이니, 더는 싫었다.

"하기야, 내가 뭐 남 욕을 하겠니? 나도 그런 놈들 면상에 침 한번 못 뱉어 주고 왔는데……. 그 황가 놈 집구석에 불을 싹 싸지르고 왔어야 하는데!"

연천댁은 이를 뽀드득 갈았다. 아들의 죽음으로 사람이 달라졌다. 누구에게도 모진 마음을 먹지 못하는 사람이었는데, 두고두고 이렇게 이를 갈았다.

경애도 황인보의 소식을 듣고 마음이 좋지 않았다. 아들 소식을 몰라 애를 태우던 연천댁은 이래저래 수소문해서 경성의 황인보 집을 찾아갔다고 했다. 경성 시내 한가운데에 성채 같은 집을 지어 놓고 황인보도 서화영도 철원 시절과 다름없이 화려하게 지내고 있더라는 것이었다.

"결국 우리 똘이 소식을 알아내지도 못했지. 하긴 아씨라고 뾰족한 수가 있겠니? 왜놈들이 쫄딱 망해 그 꼴이 되었는데, 제대로 알아볼 만한 데도 없겠지. 하기야 망하지 않은들, 어차피 가진 거 없는 조선 놈 하나 죽은 거 누가 알까? 누가 신경이나 쓸까?"

연천댁은 입술을 파르르 떨었다. 수십 번 되풀이했지만 조금도 분노가 사그라지지 않았다.

"그렇게 허탕을 치고 연천으로 돌아오다 곰곰이 생각해 보니 억울하지 뭐냐? 해방이라고 목이 터져라 만세를 부르고 다닌 내가 미친년이다 싶더라니까. 해방이 되면 뭣할 것이냐? 나는 여전히 우리 똘이 생사를 몰라 미친년처럼 싸돌아다니고, 황가 놈은 여전히 떵떵거리면서 살고……. 그러고 보면 화영 아씨도 참 속 모를 사람이다. 왜 그런 놈 밑에서 첩살이를 하고 있다니?"

경애는 문득 홍정두에게 눈길을 돌렸다. 홍정두는 맨 앞줄에 앉아 김헌의 이야기에 몰두하고 있었다.

경애가 서화영의 말을 전했을 때, 홍정두는 얼굴을 붉혔다. 그러고는 고개를 돌려 먼 하늘을 한참 바라보았다. 홍정두는 입가에 쓸쓸한 미소를 머금은 채 중얼거렸다.

가련한 사람이다.

두 사람은 어떤 관계일까. 위원장 동무와 아씨가 서로 좋아한 걸까. 위원장 동무가 짝사랑한 걸까. 그렇다면 아씨와 나리의 관계는 또 어떤 걸까. 경애는 잠이 오지 않는 밤이면 때때로 이렇게 궁리해 보았다. 도무지 모를 일이었다. 세상 사람들은 서화영더러 황인보의 돈에 팔려 온 젊은 첩이라 했지만, 경애 생각은 달랐다. 오 년을 지켜보았다. 어린 나이지만 그만한 눈치는 있었다. 이따금 안채에서 흘러나오는 황인보와 서화영의 웃음소리를 들을 때면 등줄기를 따라 뭔가 스멀스멀 기어가는 듯한 야릇한 느낌에 휩싸이곤 했다. 무어라고 설명해야 할지는 몰랐지만 그건 분명, 남녀 간에 흐르는 은밀한 무엇이었다.

"자, 질문 있으면 해 보시라요."

김현이 말을 마치자 여기저기서 질문이 쏟아졌다. 바람결에 들려오는 소문은 영 뒤숭숭했다. 질문은 주로 신탁 통치와 모스크바 삼상회의에 대한 것이었다. 남조선의 상황에 대한 질문도 많았다. 그러다 승애가 이렇게 물었다.

"지금 조선은 북남이 갈등하고 있는 게 아닙니다. 지주, 자본가, 친일파, 양반…… 뭐라고 부르든 지난 세월 동안 인민을 착취해 온 지배 계급 그리고 그에 맞서 권리를 찾으려는 우리 인민들이 있습니다. 이건 사상의 차이도 북남의 갈등도 아닙니다. 지배 계급과 피지배 계급의 갈등입니다. 그런데 이것이 과연 대화로 해결할 수 있는 일일까요? 좌우 합작으로 가능할까요?"

"강승애 동무. 기래, 공식적인 대답이 좋갔소, 아니면 내 개인적인 생각이 좋갔소?"

텁수룩한 수염 아래 그의 입술이 장난스럽게 웃었다.

"솔직한 대답을 원합니다."

"기래, 솔직히 말하자면 말이오. 우리 북조선에서 평화적으로 토지개혁을 할 수 있었던 이유가 뭐갔소? 반동 지주들이래 남조선으로 도망쳤기 때문이야. 생각해 보기요. 만약 북조선의 지주들이 월남하지 않고 몽땅 여기 남아 있다면, 선선히 토지개혁을 받아들였갔소? 목숨을 걸고 막았을 기야. 기런데 그자들이래 대부분 남조선으로 내려갔지. 기러니 조선 땅의 그 계급 갈등이래 삼팔선을 기점으로 해서리 남과 북으로 나뉘어서 대치하고 있는 형국이라 이기야. 지금 북조선에서는 평화적으로 개혁이 착착 진행되고 있지만 말이지, 남조선은 화약고나 다름없어. 아니지, 조선 땅 전체가 기런 기지. 니가 죽느냐, 내가 죽느냐? 니가 주인이냐, 내가 주인이냐? 내래 유격대 출신이오. 동만주에서 왜놈들과 무장 투쟁을 하면서 무슨 꿈을 꾸었는지 아오? 언젠가 확 밀고 내려가서리 왜놈들, 친일파 놈들, 지주 놈들, 자본가 놈들, 다 쏴 죽여 버리고 조국을 해방시키고 말갔다. 기런데 남의 손으로 해방이 되고 말았지비. 그 바람에 친일파 놈들, 지주 자본가 놈들이 저렇게 살아남아 반동 짓을 하고 있는 기야. 내 마음 같아서는 말이야, 지금이라도 우리 용맹한 북조선 청년들과 삼팔선을 넘어서리 한주먹에 다 때려잡고 싶은……."

"동무!"

홍정두가 단호하게 말을 막았다.

"아, 이거이 내가 실언했소. 유격대 출신인지라 내래 좀 무식하고 단순해서리 생각 없이 말이 나와서…… 사과하갔소."

김헌은 그렇게 말하고 너털웃음을 터뜨렸다. 마당에 모여 앉은 청년들도 긴장을 풀며 웃기 시작했다. 홍정두가 다시 대청마루로 올라갔다.

"이것으로 공식적인 모임은 마치겠습니다. 아, 마치기 전에 안내 말씀 드려야겠네요. 곧 철원에 김일성 정치학교가 문을 열 예정이니 민청 동무들의 많은 관심 바랍니다. 자, 그럼 지금부터는 김헌 동무와 함께 막걸리 한잔 들면서 못다 한 이야기를 나눕시다."

연천댁이 분주해졌다. 경애와 승애 그리고 다른 청년들이 함께 도와 술상을 차렸다. 부침개와 삶은 감자 그리고 막걸리가 마당 가득 차려졌다.

"경애야, 우린 여기 앉아서 조용히 먹자. 난 막걸리 냄새만 맡아도 어지럽더라."

연천댁과 경애는 부뚜막에 나란히 앉아 삶은 감자를 먹었다. 그러면서도 연천댁의 마음은 온통 마당에 있었다.

"애, 경애야. 우리 홍 서방…… 그래, 우리끼린데 뭐 홍 서방이라 하면 어떠냐? 아무튼 우리 홍 서방만 보면 나는 왜 이리 좋으냐? 십 년만 젊었으면 아주 상사병이 났겠다."

"아주머니도, 숭하게 참."

"흥, 젊은 너희들만 청춘인 줄 아냐? 팔다리, 어깨, 허리 안 아픈 데가 없는 몸뚱이가 되어서도 아직 마음은 청춘이다. 그래 봤자 이미 먹은 나이를 토해 낼 도리도 없고……. 그러니 젊은 시절 아깝게 흘려보내면 안 된다는 거야. 그래서 말인데, 경애야. 우리 홍 서방도 더 늦기 전에 어서 장가가야 하지 않겠니? 서른도 넘었는데 언제까지 떠꺼머리일 거야? 혹시 마음에 둔 처자는 없나?"

경애는 서화영을 떠올렸다. 생각만으로도 놀라서 얼른 머리를 저었다. 연천댁은 없다는 뜻으로 알아들었다.

"그렇지 싶더라. 그렇다면 내가 나서서 중신을 해야겠다. 애, 경애야. 승애 어떠니?"

"누구요?"

경애의 눈이 휘둥그레졌다.

"그래. 둘이 열 살 차인가? 에이, 그 정도는 괜찮아. 승애도 벌써 스물이니 얼른 가야지. 곧 노처녀 소리 듣게 생겼다. 요새는 그 뭐냐, 다들 자유연애인지 뭔지 한다면서? 홍 서방이랑 승애는 같이 빨갱이 짓 하면서 마음도 잘 통할 테니 얼마나 좋으냐?"

"열두 살 차이거든요."

경애가 새치름하게 말했다. 홍정두를 그 누구보다 믿고 따르지만 언니의 짝이라니, 그건 안 될 말이었다.

"애 좀 봐. 열 살이나 열두 살이나? 나이 차이가 좀 나면 사랑받고 귀염받고 좋지 뭘 그러냐? 애, 너 혹시 홍 서방 인물이 처져서 그러냐?"

경애는 대답하지 못했다.

"하이고, 기집애. 그럼 너는 오제영이처럼 기생오라비 상판이 좋으냐? 아서라, 마라. 계집 등쳐 먹고 살 관상이다. 저 눈웃음 좀 보라지. 나도 이래 가슴이 간질간질한데 젊은 처자들이야 다 녹아나게 생겼지. 하긴, 심성은 곱더라. 잘 가르쳐서 데리고 살면 마누라 자식한테 살갑게 잘하긴 할 텐데, 그치?"

"알 게 뭐예요?"

경애는 괜히 약이 바싹 올라 톡 쏘아붙였다. 그러고는 제영 옆에 앉은 기수의 뒷모습으로 눈길을 옮겼다. 소련으로 갈 날이 두 달도 남지 않았다 했는데……. 소련은 대체 얼마나 먼 곳일까. 서점에서 지도를 찾아봤지만 그저 아득했다. 그 멀고 추운 데서 어찌 살려고……. 병호처럼 사범 학교에 가면 좋을 텐데. 교사가 부족해서 사범 학교 삼 개월 과정이 생겼다고 했다. 기수는 교사가 참 잘 어울릴 것 같았다. 경애는 하얀 셔츠를 입고 교단에 선 기수를 떠올렸다. 저도 모르게 미소를 지었다.

"어머나. 너, 오제영이가 좋은 게로구나?"

연천댁의 말에 경애가 화들짝 생각에서 깨어났다. 연천댁은 골똘한 얼굴로 고개를 끄덕이다가 또 난데없는 소리를 꺼냈다.

"그래도 솔직히, 기수가 낫긴 하다. 얼마나 듬직해 뵈냐? 눈에 총기도 반짝반짝하고. 게다가 반쪽짜리라도 양반이잖니?"

"아주머니! 양반 상놈 따지고 그러는 거 좋지 않아요."

"나도 안다. 빨갱이들은 그런 거 싫어하지? 그치만 콩 심은 데 콩 나고, 팥 심은 데 팥 나는 게 이치인 걸 어째?"

"기가 막혀서…… 그 콩이라는 게 바로 황인보 나리와 천 세택 마님이거든요. 그런 양반들 밑에서 기수 같은 애가 나오기도 하는 거거든요."

경애가 대놓고 한심하다는 듯 쳐다보았다. 연천댁은 선선히 고개를 끄덕였다.

"하긴 네 말도 맞다. 아무튼 내가 나서야겠다. 느이 집에 혼주라곤 없으니 나라도 나서야지. 내가 여기서 그냥 밥만 하는 게 아니야. 민청에 드나드는 총각들 걷어 먹이면서 요모조모 잘 살피고 있어. 처녀 아이들이 무슨 수로 짝을 찾겠누? 우리 홍 서방이랑 승애랑 짝지어 놓고 그다음은 네 차례다."

"아주머니이!"

경애가 소리를 빽 질렀다.

9

은혜는 집 앞에서 깊은 숨을 토했다. 이 집으로 이사 오고
난 다음부터 생긴 버릇이었다. 그렇게 마음을 잡고서야 집 안
으로 들어갔다. 방 안에서 새어 나오는 어머니의 기도 소리가
들렸다.

"……주님께서 불벼락을 내리시어 저들을 심판하실 것임
을 믿나이다. 시련 속에서 주님을 더 믿고 따를 수 있게 해 주
심에 감사드리나이다. 주님께서 내려 주신 은혜로운 성찬에
감사드리오며 우리 주 예수 그리스도의 이름으로 아멘."

"아멘."

은봉의 기어들어 가는 목소리도 들렸다.

은혜는 장지문에 비친 어머니의 그림자를 쏘아보았다. 어
머니의 병적인 신앙은 하루 이틀 일이 아니었다. 상처받은 자
존심을 망각하기 위해 하나밖에 없는 딸도 돌보지 않고 교회
에만 매달려 온 어머니였다. 집안이 이 꼴이 되어도 오로지
기도에만 매달리고 있었다.

그렇다 해도 성찬이라, 은혜는 기가 막혔다. 성찬이 나올리 없는 형편이었다. 은봉과 은혜가 방과 후에 시간제로 일해서 그나마 식량 배급을 받고 있었다. 거기에 값나갈 만한 물건은 옷이며 식기며 죄 내다 팔아서 근근이 비참한 신세를면하는 정도였다.

"은혜 왔니?"

어머니가 방문을 벌컥 열었다. 어쩐 일로 두 볼이 상기될만큼 낯빛이 밝았다.

"어서 들어오너라. 올 때가 된 것 같아서 네 몫까지 차려 두었다. 자, 어서어서. 고단하지?"

음울하게 가라앉은 어머니가 부담스러웠는데, 난데없는활기는 또 뭔가 싶어 불안했다. 은혜는 어머니의 낯빛을 살펴가며 방으로 들어갔다.

아닌 게 아니라 지금 형편으로는 과한 성찬이었다. 닭 한마리가 통째로 들어간 백숙이 밥상 옆에 놓여 있고, 밥상 위에도 나물 반찬이 여러 가지였다. 갓 담근 여름 김치에 모처럼 하얀 쌀밥이었다.

"자, 어서 앉아라."

어머니가 은혜 손에 숟가락을 쥐여 주었다.

"이게 다 웬 거예요?"

남아 있는 현금이 뻔한데 이걸 다 샀을 리가 없었다. 이 정도면 뭐라도 내다 팔았어야 할 텐데, 어머니는 물론이고 은봉도 그런 일에는 나서지 않았다. 은혜 모르게 현금이 생겼을 리가 없었다. 더구나 평생 손끝에 물 한 방울 안 묻혀 본 어머니는 겨우 밥이나 할 뿐, 이런 반찬은 만들 줄도 몰랐다.

"이게 웬 거냐니까요."

은봉이 허겁지겁 먹다 말고 주눅 든 얼굴로 숟가락질을 멈추었다. 어머니는 은혜 앞에 닭 다리 살을 발라 놓으면서 입을 꼭 다물고 있었다.

은혜가 은봉에게 눈길을 돌렸다. 은봉이 슬그머니 숟가락을 내려놓았다. 윤 씨가 은봉을 힐긋 흘겨보았다. 은혜가 은봉을 다그쳤다.

"어서 말해. 이게 다 웬 거야?"

은봉은 은혜와 윤 씨의 눈치를 번갈아 보다가 침까지 꿀꺽 삼키고서 입을 열었다.

"저기…… 아까 껵지네가……."

"닥치지 못해!"

윤 씨가 핏발 선 눈으로 은봉을 노려보았다.

"천한 것! 네 더러운 피가 이 모든 재앙의 시작이다. 너와 네 천한 에미가 이 집안에 우환을 불러온 거야. 무당의 딸, 잡귀가 들린 더러운 피가 곽씨 집안을……. 오, 주여. 사악한 마귀의 손에 떨어진 주님의 이 어린 양을 가엾게 여기사……."

"어머니!"

윤 씨는 눈물이 그렁그렁한 눈으로 은혜를 돌아보았다.

"이 모두는 응당 우리의 것이다. 껙지네가 차지한 그 땅은 우리 문중의 땅이 아니냐? 그것이 지옥 불이 두려워 이제라도 사람 구실을 하려는 게 아니냐?"

은혜는 윤 씨의 퀭한 얼굴을 물끄러미 바라보았다. 가여운 어머니. 그렇다고 껙지네가 가져온 음식으로 연명할 수는 없었다. 감히 너 따위가 나를 동정하는구나. 은혜는 밥상을 엎어 버리고 싶은 마음을 간신히 달래며 일어섰다.

"어딜 가니? 좀 먹자, 응? 너 그렇게 꼬챙이처럼 말라 가는 거 못 보겠다, 은혜야."

은혜는 말없이 방문을 열었다.

"은혜야, 껙지네가 잣죽도 쑤어 왔다. 할아버지께서 잣죽 좋아하시는 거 너도 알지? 할아버지께서도 모처럼 달게 드셨다."

은혜는 말없이 방문을 닫았다. 어머니의 흐느끼는 기도 소리가 흘러나왔다. 가여운 어머니. 조금만 참으세요. 조금만, 조금만 더. 이제 곧 경성으로 갈 겁니다. 어머니 딸이 해내고 말 거예요.

은혜는 곽치영의 방으로 들어가며 애써 웃음 지어 보였다.

"저녁 맛있게 드셨어요? 오늘은 잣죽이었다면서요?"

곽치영이 눈을 끔벅였다. 그의 입가에서 아주 흐린 미소가 배어나는 것 같기도 했다. 은혜는 할아버지의 얼굴에 살랑살랑 부채질을 하며 조용히 말했다.

"할아버지, 이제 거의 다 왔어요. 오늘이 지나면 저들에게 당당히 요구할 거예요. 오늘의 거사를 치르고 나면 저도 이제 정식 단원이 되는 거니까요. 정식 단원으로서 그리고 곽태성의 딸로서 요구할 거예요. 그들에게도 이미 뜻을 전했어요. 좋다는 대답도 받았고요. 제힘으로, 제힘으로 이루려고 여태 견딘 거예요. 그저 아버지의 이름을 팔아서 일을 벌일 수는 없었어요. 지난번과 같은 일이 일어날지도 모르니까요. 하지만 이번엔 달라요. 동지로서 그들에게 또 다른 거사를 요청하는 거죠. 곽태성의 아버님을 구출하라. 남쪽으로 간다 해도 저는 그들을 도울 수 있어요. 정식 단원으로서 그런 믿음을 줄 거고요. 그들은 우릴 배신하지 않아요. 절대 실패는 없어요. 곧 이 지옥 같은 땅을 떠나 경성으로 갈 겁니다. 할아버지, 저 믿으시죠?"

곽치영의 눈가에 눈물이 추적추적 맺혔다. 무슨 뜻일까? 나를 믿으신다는 뜻일까? 은혜는 할아버지의 조금 벌어진 입술을 안타까이 바라보았다. 딱 한 마디만, 너를 믿는다고 딱 한 마디만 해 주신다면 정말 힘이 될 텐데.

은혜는 할아버지의 뜻 모를 눈동자를 한동안 바라보다가 집을 나섰다. 저녁 밥때가 지나 굴뚝마다 피어오르던 연기도 잦아들고 하늘은 그저 밤의 호수처럼 고요했다. 고샅길을 따라 천세택으로 가자 솟을대문에 전등불이 외로이 켜져 있었다. 행랑채의 홍정두 방에도 불이 들어와 있었다. 어느새 해가 길어져 전등불은 낮달처럼 처량해 보였다. 은혜는 비웃음 띤 얼굴로 바깥마당을 지나 큰 사랑채로 갔다.

한글 강습까지는 삼십 분도 넘게 남아서 아직 아무도 없었다. 은혜는 큰 사랑채 누각에 놓인 커다란 탁자에 가지고 온 수학책을 펼쳤다. 숙제를 하느라 조금 일찍 왔다가 한글 강습이 끝난 뒤 깜빡하고 수학책을 놓고 가 버렸다. 이것이 바로 은혜가 준비한 알리바이였다.

따르르르르릉 —

큰 사랑채 방 안에서 요란하게 전화가 울렸다. 은혜는 천천히 방으로 가서 전화를 받았다. 모든 게 계획대로였다.

10

참기름을 두른 생계란 노른자가 밥 한가운데에 얌전히 들어앉아 있었다. 덕구가 기수의 밥과 제 밥을 눈대중으로 비교하며 제 어머니에게 투덜거렸다.

"아무래도 기수 계란이 더 큰 것 같은데?"

막내티를 내느라고 투정을 부리는 덕구를 보고 기수는 피식 웃음이 나왔다. 실팍한 사내가 어리광이라니. 그렇게 웃으면서도 가슴 싸하게 어머니 얼굴이 스쳐 지나갔다. 무슨 막내가 이리 점잔을 빼누. 어머니는 늘 그러셨는데.

"한심한 놈."

덕구 어머니가 아들의 이마를 정겹게 쿡 쥐어박았다.

"내 마음 같아서는 우리 기수한테 날마다 고기반찬 해 먹이고 싶다. 소련이라니, 세상에……. 얘, 기수야. 거기는 하도 추워서 땅이 바윗돌처럼 얼어붙는다면서? 호미 끝도 안 들어간다면서? 아니, 호미가 깡 소리 내면서 부러진다고도 하더라. 오줌 누면 오줌발이 고대로 얼어붙는다는 소리도 있고.

그런 데서 어찌 산다니?"

"모르는 소리 마요. 사람 사는 데가 다 똑같겠지, 뭐. 소련 유학생이라니, 출세한 거요, 출세. 쳇."

덕구가 입술을 비죽거렸다.

"사내놈이 시샘은. 이놈아, 제발 기수 좀 보고 배워라. 철 좀 들어, 응? 기수보다 세 살이나 많은 놈이 어쩨 하는 짓은 딱 세 살배기냐? 네놈이 호미를 언제 손에 쥐어 봤는지 기억이나 나냐? 기수는 학교 파하고 돌아오면 밭에 나와서 얼마나 애를 쓰는데."

"내가 뭐 노느라고 그러우? 보안대 일이 얼마나 바쁜데."

"하이고, 생색은. 이놈아, 네가 일 끝나고도 읍내에서 노닥노닥하느라 늑장 부리는 거 내 모르는 줄 아냐? 너, 보안대 월급 받아서 에미한테 몇 푼이나 갖다 줬냐?"

"거야, 일하다 보면 돈 쓸 데가 많으니까."

덕구는 보안대원 체면을 세우려고 안간힘을 썼지만 씨알도 먹히지 않았다.

"에라이! 제일 옥돌장에서 내기 당구 하다가 돈 제일 많이 날린 게 누군지, 꼭 이 에미 입으로 대야겠냐?"

어머니가 주먹을 치켜들자 덕구가 잽싸게 피하며 투덜거렸다.

"오제영, 이놈을 그냥! 주둥아리가 어찌 이리 가벼워? 아무튼 그건 오해라고요, 오해. 요새 그 철원애국청년단인지 뭔지, 그놈들 때문에 얼마나 바쁜지 모른다고요."

그 소리에 덕구 어머니가 진지하게 귀를 기울였다. 덕구는 계란을 밥에 쓱쓱 비비며 뜸을 들이다가 제법 형사처럼 눈을 빛내며 어머니에게 물었다.

"그 외양간 화재 사건 아시죠?"

덕구 어머니가 얼른 고개를 끄덕였다.

이미 소문이 날 만큼 났다. 그만큼 충격적인 사건이었다. 일주일 전, 샘통 근처의 마을 공동 외양간에 누군가 불을 질렀다. 남조선과 북조선의 소값 차이가 큰 탓에 소를 몰래 남쪽으로 팔아넘기는 자들이 있어서 농촌에서는 소가 부족하다고 아우성이었다. 그런데 누군가 외양간에 불을 질러 소들을 산 채로 태워 죽인 것이었다. 철원뿐만이 아니었다. 인제와 춘천에서도 비슷한 사건이 동시에 일어났다. 철원의 화재 현장에는 철원애국청년단의 삐라가 뿌려져 있었고, 인제와 춘천에도 비슷한 단체의 삐라가 남아 있었다.

"그래, 뭔가 단서는 있습니까?"

기수가 물었다. 저도 모르게 침을 꼴깍 삼켰다. 덕구의 말한마디라도 흘려들을 수 없었다. 제 깐에는 조사를 한다고 하는데도, 기수는 여태 아무것도 알아내지 못했다. 그런데 안타깝게도 보안대 역시 성과가 없는 모양이었다. 덕구는 입맛이 싹 떨어진 얼굴로 숟가락을 내려놓았다.

"이놈들 아주 귀신이라니까! 도대체 꼬리를 잡을 수가 없어. 삐라의 내용으로 봐서 공산당에 불만이 많은 놈들이라는 것만 짐작할 뿐이야. 땅을 뺏긴 지주들, 예수쟁이들, 친일파들……. 에잇! 그렇다고 그런 사람들을 무턱대고 다 잡아들일 수도 없는 노릇이고."

"남조선 간자들이 관련되어 있다고들 하던데."

기수가 넌지시 물었다.

"거야 그렇겠지. 일단 그 종이만 해도 미제라고 하더라. 그리고 철원뿐만 아니라 북조선 전역에서 삐라니 방화니 사건이 잇따르고 있는데, 그러려면 돈도 필요하고 조직도 필요하잖아? 지금 북조선에 남아 있는 반동들은 그럴 여유가 없지. 남조선에서 돈이고 뭐고 올라오는 거 아니겠어?"

"아니, 대체 뭐가 불만이라는 게냐, 응? 나는 아주 꿈인지 생시인지 자다가도 불안해서 깬다. 평생 남의 땅이나 부쳐 먹고 살려니 했는데, 내 땅이 웬 말이냐? 덕구, 너도 그렇다. 일자무식 내 새끼, 저렇게 양아치질이나 하다가 끝나나 했는데 번듯하게 순사질이라니, 이게 꿈인지 생시인지 도무지 믿을 수가 있어야 말이지."

덕구가 아리송한 표정으로 인상을 찌푸렸다.

"어머니는 그걸 칭찬이라고 하는 거요, 욕이라고 하는 거요?"

바로 그때 제영이 마당으로 뛰어들었다.

"덕구 형님! 덕구 형님!"

"오제영, 이놈. 너 잘 걸렸다!"

덕구가 화풀이라도 할 심산으로 팔까지 둘둘 걷어붙이고 일어섰다. 하지만 제영의 허옇게 질린 얼굴에 그만 놀라 물었다.

"왜 그러냐, 무슨 일이라도 터졌냐?"

"보안대원 긴급 소집이랍니다. 지금 막 전화가 왔어요. 인민서점에 불이 났답니다."

"인민서점에?"

기수가 맨발로 마루 아래에 내려섰다.

"응. 다행히 큰불은 아닌가 봐. 다들 퇴근한 뒤라 사람도 없었대. 아무튼 덕구 형님, 보안대원 긴급 소집입니다. 기수야, 우리도 가자. 민청원들도 다 나오란다. 난 다른 집에 알리고 뒤따라갈 테니까 먼저들 가요!"

제영이 간 뒤 기수도 서둘러 나서려는데, 덕구가 잡았다.

"어쨌든 불길은 잡은 모양이니까 밥은 마저 먹고 가자."

"형님은 마저 드시고 오세요. 전 생각 없어요. 먼저 갈게요."

덕구가 더 잡을 틈도 없이 기수는 혼자 달려 나갔다.

"에이씨, 하필이면 밥때 불을 질러서……."

덕구도 투덜거리며 밖으로 나섰다.

화마의 흔적은 참혹했다. 유리문은 다 깨져 나갔고 함석 간판은 완전히 일그러졌으며 물을 끼얹은 통에 서점 안은 재와 물로 엉망이었다. 철원애국청년단. 이번에도 그들의 삐라가 화재 현장 주변에 뿌려져 있었다.

"자, 자, 민청원들은 모두 민청 사무실로 모이도록 해요! 지금부터 보안대와 함께 읍내 순찰을 돌 거예요. 범인을 잡고 또 다른 사고를 미연에 예방하기 위해 밤샘 순찰을 돌 예정입니다. 다들 민청 사무실로 오세요!"

민청 간부 하나가 웅성거리는 사람들 사이를 돌아다니며 목청을 높였다.

예사로운 사건이 아니었다. 삐라와 외양간 화재, 그리고 이어서 읍내 한가운데 있는 인민서점 방화. 철원애국청년단은 공격의 수위를 점점 높여 가고 있었다. 민청원들은 분기 어린 말들을 주고받으며 배롱나무 집 골목으로 속속 들어갔다.

기수는 좀 처져서 걸었다.

철원애국청년단. 그들은 점점 대담해졌다. 인민서점이라니. 하마터면 경애도 다칠 뻔한 것이었다. 인제나 춘천 지역 상황도 비슷했다. 그 모든 우익 단체들은 남조선으로 내려간 반동들의 지원을 받고 있다는 게 보안대의 의견이었다.

과연 아버지가 이 모든 일과 관련되어 있는 걸까. 철원애국청년단의 배후에 남조선의 누군가가 있다면, 그 누구보다 가능성이 높은 인물은 다름 아닌 아버지였다. 기수는 제 아버지를 잘 알았다.

이제 시간도 촉박했다. 소련으로 떠나는 날까지 고작 한 달 남짓이었다. 더 이상 지체할 수 없었다. 이대로 떠나 버릴 수는 없었다. 지금 당장 뭔가 해야 했다.

기수는 마음을 굳히고 배롱나무 집 골목 입구에서 제영을 기다렸다. 머지않아 제영이 나타났다.

"어? 황기수, 여기서 뭐 하냐? 너도 들어가기 싫어서 그러냐? 휴…… 왜 쓸데없는 일로 사람을 피곤하게 한다냐? 생각해 봐. 불 지른 놈이 나 잡아가슈 하고 아직도 읍내에 죽치고 있겠냐? 벌써 내뺐지. 이렇게 쑥대밭을 만들어 놓고 오늘 또 일을 치겠냐고. 이러니까 소 잃고 외양간 고치네 어쩌네 비웃음을 사는 거야. 오늘 같은 날은 깨끗하게 정리하고, 푹 자고, 내일부터 잘 지켜야지. 안 그러냐?"

기수는 조용히 듣기만 했다. 제영이 입을 다물고 기수의 안색을 살폈다.

"왜 그렇게 사람을 빤히 쳐다보냐?"

"부탁이 있다."

"부탁?"

기수는 얼른 주위를 살폈다. 그러고는 제영에게 한 걸음 다가가 낮은 목소리로 말했다.

"나를 경성으로 좀 데려다 줘."

"뭐어? 경서엉?"

제영은 큰 소리를 내놓고 지레 놀라서 두 손으로 제 입을 가렸다.

"경성이라니, 지금 무슨 소리를 하는 거야? 야, 너 머리가 이렇게 된 거냐?"

제영이 기수의 머리 옆에 대고 손가락을 빙글빙글 돌렸다.

"장난 아니다. 긴한 일이 있어서 그래. 달리 도움을 청할 데가 없다. 넌 삼팔선을 넘어 봤잖아. 네 도움이 필요해. 부탁한다. 날 좀 도와줘."

제영은 헛웃음을 치고서 다시 주위를 살핀 뒤 말했다.

"무슨 일인지 모르지만, 내가 이웃에 사는 정을 봐서 딱 한 가지만 도와줄게. 지금 그 얘기는 못 들은 걸로 해 주마, 알았지?"

제영은 기수를 스쳐 지나갔다. 기수가 제영의 팔을 붙잡았다. 제영은 기수의 손을 홱 뿌리치고 배롱나무 집으로 들어가 버렸다.

월경꾼을 살 만한 돈도 없고 시간도 없었다. 마침 내일부터 이틀간 공일이라 학교도 가지 않으니 기회가 좋았다. 하지만 길도 모르는 데다 요즘은 삼팔선 경비가 더 삼엄하다고들 했다. 그래서 생각한 게 제영이었는데 거절당하고 말았다. 하긴 무리한 부탁이긴 했다.

그렇다고 이대로 포기할 순 없었다. 어떡하든 남쪽으로 가야 했다. 아버지가 연관된 것인지 아닌지 확인해야 했다. 만약 아버지가 연관되어 있다면, 그 사실을 밝혀야 했다. 그것이 철원을 떠나기 전 마지막으로 해야 할 일이었다. 그러기 위해 아버지가 있는 경성으로 가려는 것이었다.

남쪽으로 가려면 어떻게 해야 하는 걸까. 기수는 막막한 심정으로 길 한가운데에 서 있었다. 그러다 문득, 철길을 따라가면 어떻게든 되지 않을까 하는 생각이 들었다.

11

경애가 도착했을 때, 인민서점 앞은 이미 한산했다. 구경꾼들도 흩어지고 민청원이나 보안대원들도 저마다 갈 길로 갔다. 서점은 을씨년스러운 모습으로 버려져 있었다.

인민서점은 단순한 직장이 아니었다. 새 삶이었다. 배롱나무 집 계집종도 만가대 소작인 강 씨네 딸도 아닌, 강경애의 이름으로 살아가는 새로운 삶.

"경애야, 놀랐지?"

기영박이 다가왔다.

경애는 말없이 잿더미를 쏘아보았다. 놀랐다는 말로는 충분치 않았다. 길지 않은 시간을 살아오는 동안 놀랄 일은 충분히 겪었다. 아버지가, 어머니가 돌아가셨을 때도, 언니들이 떠났을 때도 놀랐다. 그리고 몹시도 슬펐다. 그러나 분노하지는 않았다. 어쩌면 분노하는 법을 몰랐던 것인지도 모를 일이었다.

그러나 지금 경애는 분노하고 있었다. 이런 짓을 저지른 누군가에 대해 격렬한 분노를 느꼈다. 지나간 그 모든 일들에 대해서까지 가슴 깊은 곳에서 분노가 치밀었다.

"누구 짓이에요?"

경애가 잿더미에서 눈을 떼지 않은 채 물었다.

"물으나 마나지. 철원애국청년단이라나 뭐라나⋯⋯. 이것들이 갈수록 대담해지니 큰일이다. 지금 평양에서 막 연락이 왔다. 누가 조선공산당 평양시 당사에 폭탄을 던졌단다."

"폭탄이요?"

경애가 놀라 돌아보았다.

"그래. 다행히 사람은 별로 안 상한 모양이다만 평양 시내 한가운데에서, 그것도 조선공산당 당사에⋯⋯. 그쪽은 대한 민주청년단이라나? 철원애국청년단이랑 다 한통속이겠지. 이놈들 이거, 간이 배 밖에 나온 놈들이다. 아주 제대로 한판 붙어 보자는 거야. 하! 그런데 도대체가 단서는커녕 그림자도 찾을 수 없으니⋯⋯."

기영박이 답답한 얼굴로 말을 멎었다가 다시 불쑥 열을 올렸다.

"도대체가 사람들이 협조를 안 한다. 다들 북조선의 개혁을 지지한다 하지만 말로만 지지하면 뭐해? 도와줘야지. 생각해 봐라. 이렇게 삐라를 뿌려 대고 사고를 치는데 어떻게 요만한 단서도 없어? 뭔가를 목격한 사람이 아무도 없다는

게 말이 되냐는 말이야. 수상쩍은 사람을 보았다거나 이웃의
누군가가 수상하다거나, 뭐 이런 이야기가 나와야 하는 거 아
니냐? 한데 어째 다들……."

"기영박 동무, 또 그 얘기요?"

홍정두가 다가왔다. 소련군 장교 두 사람도 함께였다. 홍정
두는 시커멓게 죽어 있는 서점을 바라보며 경애에게 말했다.

"맘 많이 상했지?"

"네."

경애는 괜찮다는 빈말도 나오지 않았다.

기영박이 다시 열을 올렸다.

"솔직히 내 말이 틀렸습니까? 위원장 동무는 자꾸만 별일
아니다 최후의 발악이다 그러시는데, 이게 심상치가 않은 일
아닙니까? 아무나 의심하지 마라, 절대 주민들을 취조하지
마라, 이래서야 어떻게 범인을 잡는다는 겁니까?"

소련군 장교들이 궁금한 눈빛으로 쳐다보자 홍정두가 통
역했다. 그러자 소련군 장교들이 웃으며 무어라고 말했다.

"뭐랍니까?"

기영박이 못마땅한 듯이 물었다. 홍정두가 웃음 띤 얼굴로
설명했다.

"이 정도로 뭘 흥분하느냐고 그러지요. 이봐요, 기영박 동
무. 소련 동무들이 북조선을 보고 얼마나 놀라는지 알아요?

212

소련에서는 혁명에 성공하고도 내전을 치러야 하지 않았습니까? 얼마나 많은 사람이 죽었습니까? 한데 이 정도면 산통 치고도 아주 가벼운 산통이지요. 세상을 거꾸로 뒤집는데 이만한 반발 없으려고요? 자, 자, 진정해요. 우리 간부들이 진정해야 인민들도 불안해하지 않지요. 이만 들어갑시다."

"오늘 민청은 밤샘 비상 대기입니다."

"네?"

"아, 위원장 동무. 뭐라 하실 생각 마십시오. 이건 민청위원장으로서 제가 결정한 일입니다. 관여할 생각 마시라고요, 네?"

홍정두는 껄껄거리며 웃고서 소련군 장교들에게 통역했다. 그들도 함께 웃었다.

"왜 웃고들 그러십니까, 나는 심각한데!"

기영박은 그렇게 투덜거리며 배롱나무 집 쪽으로 가 버렸다.

"경애야, 너도 들어가야지. 지금 장교들 지프차 얻어 타고 가려던 참이니 같이 가자."

"전 민청에 갈래요. 밤샘은 못 해도 일단 가 봐야죠."

"그냥 집으로 가자. 민청에 가 봤자 여성 동무들은 그냥 돌려보낼 게다. 우리 경애 정도 강단이면 여느 사내들 못지않지만, 그걸 누가 알아줘야 말이지?"

홍정두가 농담을 했지만 경애는 웃음도 나오지 않았다. 홍정두도 웃음기를 거두었다.

　"그래. 그래야 네 마음이 편하겠다면 들르려무나. 참, 봉아는?"

　"덕구 어머니네 있어요. 데려가실래요? 봉아가 위원장 동무를 얼마나 기다리는지 몰라요."

　"딱한 것."

　홍정두의 얼굴에 그늘이 드리웠다.

　경애도 소식을 들었다. 봉아 어머니 양은자는 정판사 위폐 사건에 연루되어 체포되었다. 재판 결과는 아직 나오지 않았지만, 석방되기 어려울 게 분명했다. 봉아는 아직 그 사실을 몰랐다. 어머니가 곧 자신을 데리러 올 거라 굳게 믿고 있었다. 그러면서도 불안감은 어쩔 수 없는지, 경애와 덕구 어머니가 아무리 잘해 줘도 기어이 홍정두만 찾았다.

　홍정두도 봉아의 그런 마음을 모르지 않지만, 손목시계를 힐긋 보고는 난처한 얼굴을 했다.

　"만날 너나 덕구 어머니에게 맡겨 두고 참…… 염치가 없구나. 하지만 애, 경애야. 이 시간에 내가 덕구네에 가면 또 덕구 어머니가 저녁을 차려 준다 술상을 봐 준다 군이 수고하시려 들 게 뻔하구나. 난 그런 식으로 폐 끼치는 게 죄송스러워서 정말이지……."

경애 입가에 힘없는 미소가 떠올랐다. 덕구 어머니가 어찌할지 홍정두가 어찌 쩔쩔맬지 안 봐도 훤했다.

"그럼 그냥 가세요. 제가 데리고 갈게요."

"그래. 미안하지만 또 네 신세를 져야겠구나. 고맙다."

홍정두가 먼저 돌아간 뒤 경애는 배롱나무 집으로 갔다. 그런데 경애가 대문을 들어서자마자, 제영이 튕겨 나오듯 달려와 경애를 다시 밖으로 끌고 나갔다.

"황기수 못 봤어?"

제영이 낮은 목소리로 물었다.

"기수? 안에 없어?"

제영은 가뜩이나 긴 목을 죽죽 늘여 주변을 살피고서 말했다.

"없어. 근데 걔, 오늘 좀 이상하더라. 내가 특별히 그 자식을 생각해서 너한테만 귀띔하는 거야. 그래도 느이 둘이 친해보이니 말이다. 기수가 잘못된 길로 들려고 하면 경애 네가 말려야 하지 않겠나?"

"무슨 헛소리야?"

제영은 경애의 귓가에 바싹 다가와 소곤거렸다.

"나더러 경성에 데려다 달라지 뭐냐?"

"뭐?"

"놀랐지? 나도 놀랐어. 아니, 기수 그 자식이 경성에는 왜

간다는 거냐? 좀 있으면 소련에 유학 가실 몸인데, 법을 어기고 몰래 월남을 하겠다? 뭐냐, 개?"

제영은 암만 생각해도 이해 가지 않는다는 듯 고개를 갸웃 갸웃 했다.

그러나 경애는 짚이는 데가 있었다. 기수도 저와 같은 마음인 게 분명했다. 이제 더 이상 덮어 둘 수 없었다. 그렇다고 무턱대고 세상에 알릴 수도 없었다. 그러니 차라리 직접 나서려는 것이었다.

"기수 어딨어?"

경애의 말투는 다급했지만 제영은 느긋하기 그지없었다.

"몰라. 아까 난 딱 잘라 거절하고 민청으로 왔거든. 경애 너도 알지? 내가 워낙 원칙주의자잖아. 법을 어기고 규칙을 어기고, 난 그런 일은 아주 딱 질색이다."

경애는 초조한 가운데에도 실소하고 말았다. 처음 만나던 날, 아예 월경꾼으로 나서 볼까 하고 잘난 척을 하던 제영의 얼굴이 떠올랐다. 기수가 왜 제영에게 부탁했는지 알 만했다. 지금 기수와 경애를 도와줄 수 있는 길잡이는 제영밖에 없었다. 기수가 왜 제영을 설득하는 데 실패했는지도 알 만했다. 그러나 경애는 방법을 알 것 같았다.

한동안 제영에 대해 이런저런 소문이 있었다. 제영의 과거를 아무도 모르다 보니, 공연히 도는 이야기였다. 그러나 홍정두가 제영을 감싸 주고, 제영도 착실하게 지내다 보니 소문은 잦아들었다. 하지만 경애도 제영의 지난날에 대해 좀 수상쩍다고 생각할 때가 있었다. 경성에서 어찌 지냈는지 물을 때마다 얼렁뚱땅 둘러대는 걸 보면 뭔가 구린 데가 있어 보이는 것이었다.

"오제영, 날 좀 경성으로 데려다 줘."

"뭐? 미쳤어? 너희들 쌍으로 왜 이래?"

제영이 소스라치며 물러났다. 경애는 제영을 빤히 쳐다보다가 기습하듯 말을 꺼냈다.

"그럼, 네가 왜 북조선으로 올라온 건지 저 안에 있는 사람들한테 다 말해도 돼?"

"뭐? 야, 나, 난 봉아 데려다 주러……."

제영이 하얗게 질려 더듬거렸다. 무턱대고 넘겨짚은 것인데 제대로 걸려들었다. 경애는 제영을 더욱 몰아붙였다.

"그거 말고. 네가 남조선으로 내려가지 못하고 여기 눌러앉은 이유 말이야. 네가 남조선에서 무슨 짓을 하다 온 건지, 다 말해도 되냐고."

"가, 강경애. 네, 네가 그걸 어떻게……."

"딴소리는 관둬. 둘 중 하나를 골라. 나를 따라나서든가 아니면 저 안에 들어가서 모든 걸 밝히든가."

경애가 대문가로 다가가려 하자 제영이 두 팔을 쫙 벌려 앞을 가로막았다.

"알았어. 가면 될 거 아니야. 간다고, 웅? 그러니까 제발, 웅?"

제영이 두 손을 모으고 비는 시늉을 했다. 경애는 잠시 망설이는 척하다가 한 발 뒤로 물러나며 기세를 누그러뜨렸다.

"그럼 일단 기수부터 찾자. 기수를 못 찾으면 나도 경성 갈 일 없고, 네 비밀 지켜 줄 이유도 없고."

"야! 그건……."

"목마른 사람이 샘 판댔다고, 아쉬운 건 너잖아? 잘 생각해 봐. 네가 기수를 마지막으로 보았으니, 기수가 어디로 갔을지 짐작해 보라고."

제영은 울상을 하고 웅얼거리더니 문득 뭔가 깨달은 얼굴로 경애에게 물었다.

"황기수는 경성에 가 본 적 있냐?"

"그럼. 어려서도 나리…… 그 아버지 따라 종종 갔어. 기수 형님은 그때도 경성에서 지내고 있었고."

"기차를 주로 탔냐?"

제영이 물었다.

"글쎄, 어려서는 차멀미가 심해서 거의 기차를 탄 걸로 아는데 커서는 어떻게 갔는지 나도 잘 몰라."

"흠, 좋아. 그럼 일단 철원역으로 가 보자."

"철원역? 삼팔선에서 기차 끊긴 지가 언젠데, 기수가 바보니? 철원역으로 가게."

"그게 아니라, 무턱대고 길 나서는 사람들이 하는 짓이거든. 기찻길을 따라가면 길은 안 잃어버리니까."

경애는 단박에 알아듣고 서둘러 앞장서 걸었다. 제영이 입을 댓 발이나 내밀고 그 뒤를 따랐다.

기수는 철원역 광장 벤치에 멍하니 앉아 있었다.

"여기서 뭐 하는 거야? 기차라도 타시게?"

경애가 불쑥 나타나자 기수는 귀신이라도 본 듯한 얼굴이 되었다.

"뛰어 봤자 부처님 손바닥이다. 네가 가면 어딜 가겠니?"

"내가 여기 있는 건 어찌 알았어?"

"경성엔 왜 가려고?"

경애가 되물었다.

기수가 눈길을 피했다.

"알 거 없어."

"네 아버지가 준 그 봉투 때문에 가려는 거잖아. 네 아버지와 철원애국청년단이 어떤 연관이 있는지 확인하려고, 안 그래?"

기수가 경애를 쏘아보았다.

"너랑 무슨 상관이야? 어차피 아무 말도 해 주지 않을 거면서."

"나도 상관있어. 그거……."

경애는 잠시 망설였다. 큰언니의 일은 여태 아무에게도 말하지 않았다. 하지만 기수에게는 사실대로 털어놓아야 했다. 지금 자신의 이 마음을 이해할 수 있는 사람은 기수밖에 없었다.

"우리 언니가 다녀갔어. 삐라가 처음 뿌려지던 그날."

"언니라면……."

기수가 벤치에서 스르르 일어났다.

"미애 누나 말하는 거니?"

경애가 고개를 끄덕였다.

"응. 김일성 위원장 동지에 대한 삐라가 뿌려지던 날도 언니가 철원에 다녀간 거 같아. 기수야, 난 네 맘 알아. 내 맘도 그래. 언니 일을 털어놓을 수도 없고 그냥 덮어 둘 수도 없고……. 너도 그렇잖아. 그래서 직접 경성에 가려는 거잖아. 나도 마찬가지야. 그러니까 내가 다녀올게. 제영이가 도와줄 거야."

경애가 뒤를 돌아보았다. 좀 떨어진 곳에 제영이 부루퉁한 얼굴로 서 있었다. 기수는 몹시 놀랐다.

"절대 안 된다고 했는데…… 어떻게 된 거야?"

"아무튼 넌 그냥 있어. 곧 소련으로 가야 하잖아. 이런 일에

휘말렸다가는 소련으로 가는 일이 틀어질지도 몰라."

"그래서 내가 경성에 간다는 거야. 소련으로 떠날 거니까."

"그게 무슨 말도 안 되는 소리야?"

그렇게 물으면서도 경애는 기수의 마음을 짐작할 수 있었다. 잘못된 일을 모른 척하는 건 기수답지 않았다. 기수는 고집스러운 얼굴로 말했다.

"이렇게 떠날 수는 없어. 아버지와 관련 있다면 단서를 찾아서 진상을 밝힌 다음에 떠날 거고, 관련이 없다면 그 편지에 대해서는 다 잊고 떠나면 돼. 내 아버지야. 내가 가야만 뭔가 알아낼 수 있어."

"그래서, 네 아버지에게 가서 어쩔 건데? 아버지, 철원애국청년단과 관련이 있으신가요? 관련자들 이름이라도 좀 알려주세요. 이렇게 말할 거야? 그럼 네 아버지가 오냐 하고 다 말씀해 주실 것 같아?"

기수는 얼굴이 벌게져서 입을 다물었다.

"나한테 좋은 생각이 있어. 화영 아씨가 나를 도와주실 거야."

경애는 기수에게 홍정두를 숨겨 준 사람이 실은 서화영이었다는 사실을 털어놓았다. 기수는 적잖이 충격을 받았다.

"두 분은 동경에서 같이 공부했던 사이래. 그래서 아씨가 위원장 동무를 도와준 거야. 아씨는 그런 사람이야. 도와주실 거야. 뭔가 알아내도록 도와주실 거라고. 그러니 내가 다녀올게."

"같이 가, 그럼."

기수가 무뚝뚝하게 말하고는 입을 한일자로 꾹 다물었다.

경애는 잘 알고 있다. 기수가 저런 얼굴로 말할 때는 그 누구도 고집을 꺾을 수 없었다. 어린 시절에도 저런 얼굴로 금학산 골짜기 골짜기 잘도 따라다니더니.

경애도 내심 기수가 함께 가기를 바라고 있었다. 남몰래 삼팔선을 넘어 경성이라니, 큰소리를 치고는 있지만 겁이 났다.

"알았어. 같이 가자."

경애가 한숨을 내쉬며 말했다.

어느새 밤이 꽤 깊었다. 마을은 조용한 어둠에 휩싸여 있었다. 한창 모내기에 바쁜 철이라 다들 일찌감치 잠자리에 든 것 같았다. 젊은 축들이 모두 읍내로 몰려갔으니 유난히 조용한 것도 당연한 일이었다. 그러나 마을의 정적에는 여느 때와는 다른 긴장이 배어 있었다. 읍내에서 들려온 흉흉한 소식에 사람들이 방문을 닫아걸고 밤의 장막 속으로 숨어든 것인지도 몰랐다.

마을 어귀에 도착한 경애들은 약속이나 한 것처럼 기척을 조심했다. 경애가 기수와 제영에게 가까이 오라고 손짓하며 낮은 목소리로 말했다.

"너희들은 여기 있어."

"어쩌려고?"

기수가 물었다.

"우리 셋 다 말도 없이 사라지면 다들 걱정하실 거 아니야. 내가 우리 언니한테 쪽지라도 써 두고 올게."

"뭐라고 쓰시게? 오제영을 협박해서 경성에 다녀온다고?"

제영이 구시렁댔다. 경애는 그 말을 무시하고 기수에게 말했다.

"믿지 않을 것 같긴 하지만, 일단 우리 셋이 금강산에 갔다 온다고 할게. 서점 일로 심란해서 바람 쐬러 간다고. 기수 너도 소련으로 가기 전에 금강산 가고 싶어 한다고."

"그럼 난 뭐냐? 옥돌장은 멀쩡한데, 난 뭐냐고?"

제영이 볼멘소리를 했다. 경애는 미안한 마음을 감춘 채 야멸치게 말했다.

"네가 따라가겠다고 하도 졸라서 같이 데려간다고 할게."

"야!"

"여기서 꼼짝 말고 기다려."

경애는 제영에게 단단히 다짐을 주고서 혼자 마을로 들어갔다.

우선 집으로 가서 승애에게 쪽지를 썼다. 언니가 이런 말을 믿을지 걱정스러웠지만 지금으로서는 다른 도리가 없었다. 경성에서 뭔가 알아내면 언니도 이해해 주려니 생각할 따름이었다. 만약 큰언니와 무관한 일이라면, 경애는 상상만으로도 가슴이 홀가분해졌다. 그렇게 되면 다음번에 큰언니가 찾아왔을 때는 꽁꽁 묶어서라도 돌려보내지 말아야지. 명희는 내가 직접 가서 데려와야지. 그러고 보니 경성 땅에 명희가 있었다. 어디 사는지라도 알아 둘걸. 그럼 얼굴이라도 잠깐 볼 수 있을 텐데. 경애는 하염없이 생각에 빠져들다가 문득 정신을 차리고 집에서 나왔다.

이번에는 덕구네로 가야 했다. 홍정두에게 봉아를 데려다 주겠다고 약속한 것 때문이었다. 그런데 막상 가 보니 봉아는 일찌거니 곯아떨어져 있었다. 그냥 가려니 아무래도 마음에 걸렸다. 홍정두의 성격상 봉아가 오나 어쩌나, 나뭇잎 스치는 소리만 들려도 바깥을 내다보느라 편히 쉬지 못할 게 뻔했다. 봉아가 잠들었다는 이야기라도 전해 주어야 했다.

그런데 경애가 천세택이 보이는 길로 들어섰을 때, 저만치서 은혜의 모습이 보였다. 은혜는 담벼락을 따라 천세택으로 다가가고 있었다. 경애보다 더 가까웠다.

경애는 저도 모르게 맞은편 박 의원네 담 그늘에 몸을 숨겼다. 그러고 보니 홍정두를 만나는 것도 좀 꺼림칙했다. 혹시라도 뭔가 수상쩍은 낌새를 내비칠까 걱정이 되었다. 은혜는 이제 천세택 계단을 오르고 있었다. 은혜와 마주치는 것도 마음에 걸렸다.

경애는 결국 그대로 제영과 기수가 기다리고 있는 마을 어귀로 돌아갔다. 그런데 제영이 기다렸다는 듯 이렇게 물었다.

"너 혹시 돈 가진 거 있어?"

일말의 기대를 품은 얼굴이었다.

"돈?"

경애가 되묻자 제영은 완전히 기가 살았다.

"너희들 진짜 웃긴다. 돈 없이 경성을 어찌 갈 건데? 산 넘고 물 건너 걸어가리? 그래서야 어느 천년에 경성을 다녀오냐? 게다가 걸어가든 남의 차를 얻어 타든 밥은 먹고 잠은 자야 할 거 아니야? 설마 동냥질하면서 다녀오자는 거냐? 난 못가. 그렇게는 못 간다."

제영이 바닥에 털썩 주저앉아 버렸다. 보나 마나 돈이 없지 싶어서 배짱을 부리는 것 같았다.

그러나 경애가 자신 있는 얼굴로 말했다.

"돈이라면 있으니 걱정 마."

"뭐?"

제영이 절망한 표정으로 다시 일어섰다.

경애는 말없이 집으로 돌아갔다. 쪽마루 밑의 오래된 망태기에서 돈뭉치를 꺼냈다. 다 들고 가려다 너무 많은 것 같아서 절반만 꺼내고 나머지는 다시 제자리에 넣어 두었다. 미애가 준 돈을 여태 손도 대지 않고 있었는데 처음으로 쓰게 되었다.

경애는 돈을 가방에 넣고 서둘러 집에서 나왔다. 그리고 천세택에서 마을 어귀까지 곧장 뻗은 길로 들어서는 순간, 둔탁한 소리가 들렸다. 얼른 담 그늘에 몸을 숨기고 살펴보니, 길한가운데에 은봉이 넘어져 있었다. 은봉은 튕겨 오르듯 일어나 주변을 급히 살펴보고는 허겁지겁 골목 안으로 뛰어 들어갔다. 몹시 겁먹은 것 같기도 하고, 죄를 짓고 도망치는 것 같기도 했다.

"아무튼 좀 이상한 애야."

경애가 그렇게 중얼거리며 마을 어귀로 걸음을 재촉했다.

12

홍정두가 대문을 열었을 때, 은혜는 비로소 겁이 났다. 유난히 작고 깊은 홍정두의 눈동자. 그 눈동자가 모든 걸 꿰뚫어 보고 있는 것만 같았다.

"곽은혜 동무?"

난 아무것도 몰라. 은혜는 스스로를 다독였다. 사실이기도 했다. 은혜가 아는 것은, 홍정두를 11시까지 큰 사랑채로 데려가야 한다는 것뿐이었다.

"네, 저기 실은……."

은혜는 말꼬리를 늘어뜨리며 홍정두 어깨 너머로 집 안을 살폈다. 지금쯤 오제영은 읍내에 있을 터였다. 천세택의 소련군들은 엄격한 규율에 따라 일찍 잠자리에 들었을 것이었다. 하지만 혹시라도 오제영이 돌아오면 어쩌지? 소련군들이 보드카라도 한잔 하며 깨어 있으면 어쩌지? 그렇게 누군가 날 보게 되면 어쩌지? 두려움이 몰려들었지만 은혜는 이를 악물었다. 그들을 믿어야 했다. 그들은 믿음직했다. 그래, 철원애국청년단은 언제나 치밀해. 계획대로 하면 돼.

"민주 선전실에 수학책을 두고 왔어요. 숙제를 해야 하는데."

"이야, 모범생은 확실히 다르네. 내일부터 이틀이나 공일인데 이 밤에 숙제 걱정을 하는 거예요?"

홍정두는 장난스럽게 웃었지만, 은혜는 그 말에도 가슴이 내려앉았다. 뭔가 낌새를 챈 게 아닐까. 그러나 홍정두는 옆으로 한 발 비켜서며 선선히 말했다.

"들어와요."

은혜가 안으로 들어가자 홍정두가 대문을 닫았다. 잠그지는 않고 슬쩍 닫아서 문이 조금 열려 있었다. 그들은 이 틈으로 들어오려는 걸까. 은혜가 대문을 흘깃 보며 생각했다. 그들의 계획이 무엇인지 알지 못했다. 짐작 가지 않는 건 아니었다. 다만 짐작하고 싶지 않은 것이었다. 경성으로 간다. 철원애국청년단의 힘으로 경성으로 가야 한다. 은혜는 오직 그 목적만을 되새기며 마음을 다잡았다.

"위원장 동무, 밤이라 좀 무서워서 그러는데 같이 가 주시면 안 되나요?"

행랑채 쪽마루에 앉으려던 홍정두가 웃음 띤 얼굴로 일어섰다.

"씩씩한 줄 알았더니 곽은혜 동무가 은근히 겁이 많구나.

손전등 갖고 나올게요."

"아니에요."

은혜가 서둘러 말렸다. 이런 지시까지 받지는 않았지만 밝은 빛을 피하는 게 낫다는 정도는 짐작할 수 있었다.

"어디 있는지 알아요. 신발 신으면서 마루 끝에 내려놓고는 그냥 나와 버렸거든요."

홍정두가 고개를 끄덕하고서 앞장서서 걸었다. 은혜는 바로 뒤에서 따라갔다. 두 사람이 중문을 열고 들어서자 대숲에서 바람이 불어왔다.

"아, 시원하다! 곽은혜 동무, 그거 알아요? 천세댁 대숲은 한여름 대낮에도 시원해요. 그래서 머슴 살던 시절에도 가끔 거기서 농땡이를 부리며 더위를 식히곤 했지요."

거기까지 말했을 때, 두 사람은 큰 사랑채 누각 앞에 섰다. 은혜가 댓돌 위로 올라가 수학책을 집어 들고 돌아섰다.

누각을 바라보고 선 홍정두 뒤로 별채가 보였다. 별채는 이제 소련군 장교 숙소로 쓰였다. 그 별채 담벼락을 따라가면 바로 그곳, 차 씨가 목을 맨 황씨네 사당이었다. 그 사당 쪽에서 시커먼 복면을 쓴 두 사내가 별채 담벼락을 따라 다가오고 있었다. 한 발 그리고 다시 한 발. 은혜는 그들을 애써 외면하며 홍정두에게 말을 걸었다.

"위원장 동무, 드릴 말씀이 있는데 어찌 생각하실지……."

"무슨?"

홍정두가 흥미를 보였다. 한 발 그리고 다시 한 발. 저들의
모습을 보지 않으면 그래도 떨지 않을 수 있겠지. 은혜는 눈
을 내리깔고 말을 이었다.

"저한테는 왜 말을 높이세요? 기수나 경애한테는 그러지
않으시면서."

"아, 난 곽은혜 동무가 불편해할까 봐 그랬지요. 잘 해내고
있다는 건 알지만, 새로운 삶에 적응한다는 게 쉽진 않지요?
솔직히 말해서, 곽치영 동무가 그리되지 않았다면 곽은혜 동
무는 아마도 지금쯤 경성에 가 있겠죠?"

은혜가 놀라 홍정두를 바라보았다. 무슨 말을 하고 싶은 걸
까. 그러나 홍정두의 웃음은 그저 평온했다. 한 발 그리고 다
시 한 발. 그들은 기척도 없이 점점 가까워지고 있었다. 은혜
는 얼른 다시 눈을 내리깔았다.

"곽은혜 동무나 곽은봉 동무 모두 북조선에 발이 묶인 거
겠지요. 아, 내 말에 부담 가질 건 없어. 그 입장은 충분히 이
해해요. 곽은혜 동무가 무진 애쓰고 있다는 걸 아니까. 그런
모습, 안쓰럽기도 하고 대견하기도 하고. 그래, 좋아. 이제부
터는 동네 오라비처럼 은혜 동무를 편히 대하도록 하지. 어
때, 이러면 되겠어?"

은혜가 눈길을 들었다. 복면 사내들이 몽둥이를 치켜들었

다. 홍정두가 흠칫하고 고개를 돌렸다.

픽!

몽둥이가 홍정두의 뒤통수를 가격했다. 홍정두는 흰자위를 드러내며 그대로 쓰러졌다. 복면 사내들은 홍정두의 입에 재갈을 물리고 자루를 씌웠다.

"갑시다."

복면 사내 가운데 하나가 말했다. 그는 또 다른 복면 사내와 자루를 맞잡고 별채 담벼락을 따라 사라졌다.

은혜는 주춤 뒤로 한 발 물러서다가 마루 끝에 오금을 부닥치며 그대로 주저앉았다. 그들은 무얼 하려는 걸까. 은혜도 모르지 않았다. 이 지령을 받은 날부터, 그들이 홍정두에게 하려는 일에 대한 악몽을 꾸었다. 좀 더 정확하게 말하자면, 은혜가 이제부터 목격하게 될 일에 대한 악몽이었다. 댓돌 위의 붉은 핏자국. 그것은 은혜가 그토록 두려워하던 악몽의 한 장면이었다.

"정신 차리세요."

복면을 쓴 또 다른 누군가가 다가왔다. 가녀린 몸집에 낭랑한 음성, 여자라는 사실을 깨달으며 은혜는 복면을 올려다보았다. 그녀가 은혜의 손을 잡아 일으켜 주었다.

"잘하셨어요. 아주 잘하셨어요. 아가씨의 공이 큽니다. 이제 거사를 끝내고 경성으로 가셔야죠."

그녀의 공손한 말투에 은혜는 온몸으로 전율을 느꼈다. 경성은 이미 제 곁에 바싹 와 있었다. 손을 뻗으면 닿는 바로 저기에. 은혜는 힘겹게 몸을 가누며 복면 여자와 함께 별채 담벼락을 따라 걸었다. 은혜는 겁에 질린 눈으로 별채를 흘금거렸다. 어둠에 휩싸인 별채는 고요했지만, 두려웠다. 복면 여자가 은혜의 시선을 알아채고 말했다.

"걱정 마세요. 소련군들은 수면제로 재워 뒀습니다."

그러는 사이에 사당에 도착했다. 사당 앞에는 복면 사내 하나가 보초를 서고 있었다. 사당 안에는 아까의 그 두 복면 사내 그리고 또 다른 복면 사내가 있었다. 그 복면이 턱짓하자, 처음의 두 복면이 홍정두에게 씌웠던 자루를 벗겼다.

홍정두는 재갈이 물린 채 신음 소리를 내며 실눈을 떴다. 뒤통수를 맞은 충격으로 몸을 가누지 못했지만, 정신은 말짱해 보였다.

"홍정두, 주인의 발목을 문 건방진 사냥개는 목을 매달아 마땅한 일."

두 복면에게 지시했던 복면 사내가 그렇게 말하고 음산하게 웃었다. 그가 대장 격인 모양이었다. 그런데…… 저 목소리, 분명 귀에 익었다. 은혜는 놀란 눈으로 그 복면을 바라보았다.

홍정두는 은혜보다 더욱 그러한 듯했다. 사내의 목소리에

232

경악하며 눈을 크게 떴다. 당장에 덤벼들려고 몸을 일으켰지만, 옆에 있던 복면 사내가 구둣발로 가슴을 꽉 눌러 밟았다. 홍정두는 꼼짝 못하고 붙잡힌 채 신음 소리를 내며 발버둥쳤다.

"홍정두, 내가 누군지 알겠나? 그래, 네가 알아주니 고맙군. 모르고 떠났다면 좀 서운할 뻔했거든. 이런, 바윗돌 같던 위원장 동무가 이번엔 정말 놀라신 모양이야? 하지만 이건 시작일 뿐이야. 우리 철원애국청년단은 네놈들이 저지른 반역에 대해 이제부터 제대로 죗값을 치르게 해 줄 생각이니까. 철원뿐만 아니지. 조선 땅 어디에서도 빨갱이들은 두 발 뻗고 잠잘 수 없게 만들 거야. 네놈들은 겁에 질린 채 조금씩 도망치겠지. 그리고."

복면 사내는 허리를 굽혀 홍정두에게 가까이 다가갔다.

"마침내 모두 고꾸라질 거야. 빨갱이들은 씨를 말려 버리겠어. 이제 시작이야. 오늘 밤 다른 곳에서도 거사가 있을 거야. 평양 소식은 이미 들었겠지? 아, 원산에서도 거사가 있을 거야. 나석경, 그 빨갱이 년의 목을 따는 일이지. 홍정두, 다행인 줄 알아라. 저승길에 빨갱이 길동무들이 함께할 테니."

사내가 다시 턱짓하자, 두 복면 사내가 홍정두의 목에 올가미를 걸었다. 그러고는 그 밧줄을 대들보 너머로 던지고 아래쪽으로 당기기 시작했다.

"으...... 으...... 으......"

홍정두가 눈을 부릅뜨고 발버둥 쳤다. 그는 점점 지상에서 멀어져 갔다. 그의 핏발 선 눈동자가 지상의 마지막 순간을 움켜잡듯 은혜의 시선을 잡아챘다. 은혜는 그에게, 홍정두에게, 홍정두의 눈동자에 사로잡히고 말았다. 눈을 감고 싶었다. 그의 눈을 피하고 싶었다. 그러나 눈을 돌릴 수가 없었다. 눈을 감을 수도 없었다. 이건 악몽보다 더 참혹했다. 오늘 거사의 목표가 홍정두라는 걸 모르지는 않았다. 미리부터 풍겨 오는 피비린내에 몸서리치며 깨어나곤 했다. 그러나 차 씨가 목을 맨 바로 그 자리에 매달린 채 생명을 잃어 가는 홍정두를 목격하게 될 줄은 몰랐다. 자신의 눈동자가 이런 장면을 담게 될 줄은 몰랐다. 은혜는 바닥에 털썩 주저앉았다.

홍정두의 몸이 아래로 축 늘어졌다.

"장하오, 동지들!"

익숙한 목소리의 복면이 말했다.

"오늘 밤의 거사로 철원 빨갱이들은 큰 충격과 공포에 빠질 것이오. 소련군 장교 숙소인 천세택, 이 집의 안주인 차 씨 마님이 자결한 이 사당, 이곳에 저들의 수괴를 목매달았소. 이자는 곧 평양으로 가서 김일성의 측근이 될 예정이었소. 그러니 이 사건은 평양의 빨갱이들에게도 큰 충격이 될 것이오. 자, 이번 거사의 일등 공신은 우리 곽은혜 동지요. 그간 수모를 무릅쓰고 저들에게 잠입해 준 덕분에 저 영악한 홍정두를 여기까지 끌고 올 수 있었소. 장하오, 곽은혜 동지. 반갑소."

그가 은혜에게 손을 내밀었다. 은혜는 여전히 넋이 나간 채 빛을 잃은 홍정두의 눈동자에 사로잡혀 있었다. 복면 여자가 바닥에 쪼그려 앉아 은혜의 뺨을 가볍게 때렸다.

"정신 차리세요, 아가씨. 저자는 빨갱이일 뿐입니다. 아가씨는 해야 할 일을 하신 거예요. 아버님께서도 아가씨의 거사를 자랑스러워하실 겁니다. 이제 경성으로 가시는 겁니다. 아가씨의 자리로 돌아가시는 거예요."

은혜가 서서히 고개를 돌려 그녀를 바라보았다. 아버지. 경성. 은혜의 눈동자가 조금씩 초점을 되찾았다. 은혜 앞에 쪼그리고 앉아 있던 여자가 복면을 벗었다. 선이 고운 얼굴, 그러나 눈빛이 어두웠다. 은혜는 그녀가 이끄는 대로 일어섰다. 아직도 다리가 후들거려서 벽에 등을 기대고 겨우 섰다.

익숙한 목소리의 복면이 다시 말했다.

"오늘로서 곽은혜 동지의 참뜻이 증명되었소. 철원애국청년단의 정식 단원이 된 것을 축하하오. 강미애 동지 말처럼, 곽태성 어르신께서도 자랑스러워하실 것이오. 자, 그럼 단원들끼리 인사를 나눕시다."

홍정두를 매달았던 두 사람이 차례로 복면을 벗었다. 한 사람은 낯선 얼굴이었고 또 한 사람은 월정리에 있는 교회의

전도사라 은혜도 안면 정도는 있는 사이였다. 바깥에서 망을 보던 사내도 들어와 잠시 얼굴을 내밀었다. 그는 만가대에 사는 박 의원이었다. 도립 병원이 인민위원회 소유가 되어 병원비가 싸지는 바람에 그의 의원은 큰 타격을 입었다고 했다.

"나는 얼굴을 드러내지 않겠소. 여기 다른 동지들도 내 얼굴을 본 적이 없소. 오직 강미애 동지만이 나를 알고 있소."

익숙한 목소리가 그렇게 말한 뒤, 미애가 은혜에게 얘기했다.

"단장님만 믿으시면 됩니다. 이제 곧 경성으로 가시게 될 겁니다. 어르신을 모시고 간다는 게 쉽지 않겠지만, 저희가 곧 방도를 마련할 테니 조금만 기다려 주세요."

단장이 단호하게 고개를 끄덕였다.

"동지를 잃는 건 안타까운 일이지만 경성으로 갈 수 있는 방법을 찾아보겠소. 곽태성 어르신의 바람이 그러한 데다, 곽은혜 동지 또한 큰일을 해 주었으니 철원애국청년단이 나서는 거야 당연한 일 아니겠소? 자, 그럼 그 문제는 다시 연락하는 걸로 하고 오늘은 이만 흩어집시다."

단장은 그렇게 말하고 사당에서 나가려다 문득 은혜를 돌아보며 멈춰 섰다.

"그러고 보니 인사도 못 했군. 지금이 아니면 곽은혜 동지와 언제 또 마주할지 모를 일인데 말이오. 자, 정식으로 인사

236

합시다. 철원애국청년단의 단장으로서 곽은혜 동지를 환영하며 오늘의 거사를 치하하는 바이오. 경성으로 돌아간 뒤에도 나를 많이 도와주리라 믿겠소."

그가 손을 내밀었다. 은혜는 뻣뻣한 얼굴로 그의 손을 마주잡았다. 그 순간, 은혜는 그자의 손을 느꼈다. 저도 모르게 흠칫 떨고 말았다.

"날 알아본 건가?"

단장이 물었다. 저 목소리. 은혜는 이제야 목소리의 정체를 깨달았다. 어째서 처음부터 알아채지 못한 걸까. 그러나 은혜는 간신히 힘을 주어 고개를 저었다. 바로 눈앞까지 다가온 경성. 하지만 이곳은 아직 다른 세상이었다. 많이 안다는 것은 그만큼 위험하다는 뜻인지도 몰랐다. 단장은 은혜를 가만히 지켜보다가 손을 놓아주었다.

"어쨌든 곽은혜 동지를 믿소. 우리는 이제 같은 배를 탔소."

단장은 그렇게 말하고 먼저 사당에서 나갔다.

13

"잠깐만."

제영이 우뚝 멈춰 섰다.

경애도 밤새 저 홀로 움직이던 다리를 멈춰 세웠다. 그대로
주저앉을 것만 같았다. 트럭 짐칸을 얻어 타고 두어 시간 달
린 뒤, 여태 걸었다. 밤을 꼬박 새워 걸은 셈이었다. 늦은 밤이
라 문을 연 주막집이 없어 배를 채우지도 못했다. 알아서 숨
을 쉬는 것처럼 다리는 저 혼자 움직였다. 해가 뜨기 전에 삼
팔선을 넘어야 한다는 제영의 말에 따라 걷고 걷고 또 걸을
뿐이었다.

어느새 저 먼 동편 하늘이 희미하게 밝아 오고 있었다. 세
사람이 멈춰 선 곳은 세 갈래로 뻗어 나가는 황톳길 한가운
데였다. 산모롱이를 따라 걸어온 길이 있었고, 그 길은 둘로
나뉘어 하나는 남쪽으로 방향을 꺾어 논밭 사이를 뻗어 나갔
다. 또 다른 길은 산기슭에서 멀어지며 저만치 보이는 마을로
흘러들어 갔다. 그리고 마을로 가는 길과 남쪽으로 가는 길

사이, 그러니까 푸른 모가 기세 좋게 자라나는 논에 글씨가 적힌 기다란 나무 팻말이 서 있었다.

38도선.

페인트로 쓴 어눌한 글자 아래로 영어도 적혀 있었다. 38th parallel. 경애는 영어를 전혀 몰랐지만, 삼팔선을 영어로 병기한 것이라는 정도는 알아챌 수 있었다. 그 아래에는 경고문도 적혀 있었다. 삼팔선을 함부로 넘나드는 것을 엄중히 경고하는 문구였다. 그러나 그것은 엄포에 불과해 보였다. 남북을 가늠하여 따져 보면, 삼팔선은 고즈넉이 잠든 마을의 아침과 푸르게 여물어 가는 논 한복판을 가로지르는 것이었다. 그러나 어디에서도 남북을 삼엄하게 가로막은 흔적은 찾아볼 수 없었다. 철조망도 없고 초소도 없고 군인도 없었다. 조금의 긴장감조차 느껴지지 않았다. 붉은 페인트의 굵은 글씨는 저 혼자 위엄을 부리는 우스꽝스러운 광대 같았다. 마을은 그런 헛소동 따위와 무관하게 아침잠에 빠져 있었고, 새벽을 깨우는 새들은 산머리에서 날아올라 아침 안개가 자욱한 벌판을 제멋대로 맴돌았다.

"여기까지. 난 인제 더 이상은 진짜 못 가."

제영이 불쑥 말했다.

"그래, 좀 쉬었다 가는 게 낫겠다."

밤새 굳은 얼굴로 묵묵히 걷던 기수도 어지간히 지친 모양이었다. 경애가 주변을 둘러보며 말했다.

"그렇다고 길바닥에서 쉴 순 없잖아. 뭘 좀 먹기라도 해야할 테고……. 저 마을로 들어가 볼까? 아침밥 좀 부탁하고 다리쉼을 하는 게 좋겠다. 셈을 넉넉히 치르겠다 하면 어렵지 않을 것 같은데. 어때, 제영아?"

경애가 제영에게 말머리를 돌렸다. 제영은 월경해 본 경험이 있는 데다, 저 마을은 어쨌거나 삼팔선 이남이었다. 제영의 판단을 따르는 게 나을 것 같았다.

그러나 제영은 마을 쪽으로 눈길도 주지 않았다. 한판 싸우기라도 할 것처럼 작정한 얼굴로 경애를 쏘아보았다.

"오다가 대충 들어 보니 너희들 심정도 모를 바는 아니야. 갑갑하겠지. 아버지가 연루되었네 마네, 언니가 수상쩍네 마네……. 그렇지만 내가 도와줄 수 있는 건 여기까지다. 더는 안 가. 삼팔선을 넘는 건 싫어. 안 해. 못해."

경애는 와락 짜증이 치밀었다. 어린애도 아니고 일단 나섰으면 묵묵히 갈 일이지 밤새 투덜대다가 또 공연한 고집이라니. 몸도 피곤하고 신경도 예민해진 터에 정말이지 참기 어려웠다. 살살 달래 봐야겠지만 그럴 마음이 들지 않았다. 저도 모르게 딱딱하게 대꾸하고 말았다.

"그럼 철원으로 돌아가."

"정……말이야? 진심이야?"

제영의 눈이 휘둥그레졌다. 기수는 제영보다 더 놀란 것 같 았다. 경애는 입술을 꼭 다물고 고개를 끄덕였다. 제영은 슬 슬 북쪽으로 뒷걸음질을 치기 시작했다.

"나, 간다. 진짜야. 네가 가도 된다고 한 거야. 그렇지? 틀림 없지?"

"응. 그렇지만."

경애가 말을 끊었다. 제영도 우뚝 서고 말았다.

"뒷일은 각오하는 게 좋을걸."

"강경애! 너 진짜 이럴 거야?"

제영이 버럭 소리치며 돌아왔다. 기수가 두 사람을 말리고 나섰다.

"이러지 마, 둘 다. 경애야, 진정해. 제영이 마음도 모를 바 아니잖아. 아무 상관도 없는 일에 휩쓸려서 내키지 않는 걸음 을 한 건데……."

"내 말이!"

제영이 경애를 노려보며 소리쳤다. 경애도 제영을 마주 쏘 아보며 또박또박 따지고 들었다.

"어째서 아무 상관 없는 일이야? 철원에 살면 철원 사람 아 니야? 도울 수 있으면 도와야 하는 거 아니야? 우리가 사정을 그만큼 얘기했으면 제 발로 도울 때도 됐잖아. 한데 끝까지 이러는구나."

"강경애, 너야말로 진짜 너무한다. 내가 여기까지 고생고생해서 데려와 준 것만 해도 고마워해야 하는 거 아니야? 그런데 뭐? 그래, 너 좋을 대로 해!"

"하라면 못 할 줄 알아?"

경애는 눈물이 날 지경이었다. 날이 밝기도 전에 벌써 삼팔선이었다. 제영이 아니었다면 불가능했을 일이었다. 이제부터 기수와 둘이서 간다면 시간이 곱절도 넘게 들 게 뻔했다. 그렇게 지체할 여유는 없었다. 경애는 물론이고, 특히 기수는 늦어도 이틀 안에 조용히 돌아가야 했다. 이 일이 말썽거리가 되게 만들어서는 안 되었다.

"오제영."

경애가 말투를 누그러뜨렸다. 진심으로 부탁하는 수밖에 없었다.

"우리 입장을 이해한다면서. 그럼 도와줘. 사정 좀 봐줘, 응?"

제영도 울상을 하고 통사정을 했다.

"너야말로 내 사정 좀 봐줘. 기수는 그렇다 치고, 넌 내 처지를 이해할 만한 애가 어째 이러냐? 먹고살려고 별의별 짓다 하는 인생을 이해할 거 아니야. 그나마 너는 좋은 상전 덕에 그 집에서 버틸 수 있었겠지. 너는 소작농의 딸이니까 남의집살이도 견딜 만했겠지. 하지만 난 달라. 문서 있는 종의 자식……."

242

제영이 갑자기 콧물을 훌쩍이며 손바닥으로 얼른 눈가를 훔쳤다. 경애가 깜짝 놀라 기수를 바라보았다. 영문을 모르기는 기수도 마찬가지였다.

문서 있는 종의 자식, 제영에게 그런 과거가 있을 줄은 몰랐다. 유복한 집 자식으로 보이지는 않았지만 그래도 어지간히 먹고사는 집 막내아들쯤은 되는 줄 알았다. 철딱서니 없는 데다 늘 웃고 다니는 성격이 도무지 험하게 자란 아이 같지 않았다. 그저 까불고 다니다가 무슨 사고를 쳐서 북으로 내뺀 모양이라고 넘겨짚었을 뿐이었다.

"에이씨, 주책 맞게 눈물이야……. 노비 문서야 진작 불살랐다지만 그거야 말뿐인 거 너도 알잖아. 새경 받고 일하는 일꾼이랑 문서 있는 종의 자식이랑 다른 거 알잖아. 코흘리개 놈들도 우리 아버지 이름 턱턱 부르고, 젊은 여편네들도 우리 어머니 이름 턱턱 부르고……. 그 꼴 보기 싫어서 집 나온 거야. 그렇지만 열두 살에 혈혈단신, 경성에서 어찌 살아남아? 징병에 징용에 마구잡이로 끌려가는데 어찌 사느냐고. 그래서 어쩔 수 없었던 거야. 건달들한테 빌붙어서 꼬붕 노릇이나 하는 수밖에 없었어. 쓰리꾼(소매치기) 노릇을 한 건 얼마 되지도 않아. 주로 여리꾼 노릇이나 했을 뿐이야. 어쩔 수 없었다니까! 경애야, 넌 이해하지?"

"응? 응…… 난 뭐……."

경애가 얼른 눈길을 피했다. 경애는 물론 제영을 이해할 수 있었다. 경애 역시 배롱나무 집으로 들어가지 않고 거리를 떠돌았다면 지금쯤 어떤 처지가 되어 있을지 모를 일이었다. 제영의 과거가 이런 것인 줄 알았다면, 그렇게 협박하지는 못했을 것이었다.

"너⋯⋯."

경애가 슬그머니 고개를 들었다. 제영이 눈알이 튀어나올 만큼 크게 눈을 부릅뜨고 있었다. 경애는 얼른 눈을 피해 버렸다.

"너⋯⋯ 몰랐던 거지?"

제영이 따져 물었다. 기수도 경악한 얼굴로 경애를 바라보았다. 경애는 아무 말도 못 하고 바닥만 내려다보았다.

"야, 강경애. 너 몰랐지? 그냥 무턱대고 협박한 거지? 근데 내가 속아서 절절매며 여기까지 따라온 거지? 그렇지?"

제영이 두 손으로 경애의 어깨를 덥석 움켜쥐었다. 여자보다 고운 손이지만 아귀힘이 대단했다. 경애는 아파서 신음 소리를 냈다. 기수가 제영을 억지로 떼어 내었다. 제영은 화가 나서 경애를 한 대 칠 기세였다.

"놔! 이거 놔! 야, 강경애! 너 정말 어떻게 이럴 수가 있냐, 엉? 내가 바보로 보이든? 홀딱 속아 넘어가는 거 보니까 재밌든?"

"그런 거 아니야. 미안해, 제영아. 난 그런 사정이 있는 줄
은 모르고……."

음머어어 —

소 울음소리가 크게 들려왔다. 미친 듯 날뛰던 제영이 갑자
기 동작을 멈추었다. 경애와 기수도 움찔 긴장하며 소리 나는
쪽을 바라보았다. 마을 쪽에서 누런 소가 달구지를 끌며 다가
오고 있었다. 잠방이를 무릎까지 걷어붙이고 짚신을 신은 노
인과 몹시 활달해 보이는 송아지 한 마리가 곁에서 함께 걷
고 있었다.

"둘 다 진정해. 여기서 소란 떨면 안 되잖아."

기수가 말했다. 제영은 화가 나서 가슴이 들먹이도록 숨을
몰아쉬었지만 조금쯤 진정이 되었다. 경애도 놀란 마음을 달
래며 상황을 다시 가늠하기 시작했다. 일단 사과부터 할 일이
었다.

"제영아, 난 그런 사정인 줄은 꿈에도 몰랐어. 미안해. 정말
미안해. 뻔뻔하게 들리겠지만…… 나를 좀 이해해 줘. 너밖에
없었어. 지금도 그래. 나와 기수를 도와줄 사람은 너밖에 없
어. 네가 도와주지 않으면 몇 날 며칠이 걸리게 될지 몰라. 경
성에 무사히 다녀올 수 있을지조차 장담할 수 없어. 너 인민
서점 불탄 거 봤지? 앞으로 또 무슨 일이 있을지 몰라. 너, 철
원이 좋댔잖아. 철원 사람 되었다고 했잖아. 그럼 지켜야 하

잖아. 철원애국청년단을 이대로 둘 순 없잖아. 경성에 가면 뭔가 단서를 찾을 수 있을 거야."

음머어어어. 소 울음소리가 한결 가까워진다 싶더니 노인의 구수한 목소리가 들려왔다.

"어디서 온 젊은이들인가? 북에서 내려온 건가?"

느긋한 말투와는 달리 노인의 눈길은 경애들을 날카롭게 뜯어보고 있었다. 경애와 기수는 아무 말도 못 하고 얼굴만 붉혔다.

"내가 미쳐."

제영이 중얼거렸다. 그러고는 노인에게 싹싹한 말투로 대답했다.

"아니에요. 경성 살아요. 외가에 갔다가 돌아가는 길인데 그만 길을 잃었지 뭐예요?"

"외가가 어딘가?"

제영이 주저 없이 대답했다.

"초성리요. 근데 여긴 어디죠?"

제영은 연기력이 대단했다. 노인은 살피던 눈길을 누그러뜨리고 혀를 끌끌 찼다.

"길을 잘못 들었구먼. 쯧쯧……. 그래, 경성까지는 어떻게 갈 셈이었누?"

"일단 동두천으로 가서 차편을 알아볼 참이었어요."

노인이 고개를 끄덕끄덕했다.

"잘됐네. 나도 마침 동두천으로 가는 길이야. 이 녀석을 우시장에 내다 팔 거거든. 달구지에 타. 동두천까지 데려다 줄테니."

"정말요? 고맙습니다!"

제영이 허리를 90도로 접으며 인사했다. 경애와 기수가 눈빛을 주고받았다. 달구지는 삼팔선을 가리키는 팻말 남쪽에 있었다. 달구지에 오르는 순간, 월경이었다. 제영이 그런 경애를 얄밉다는 듯 흘겨보고서 먼저 달구지에 올랐다.

"어서 타. 너 예뻐서 같이 가는 거 아니야. 나도 철원 사람이라 가는 거지."

제영이 낮은 목소리로 쏘아붙였다.

"고마워."

경애와 기수도 달구지에 올라탔다.

음머어어어. 소가 재촉하듯 크게 울었다. 송아지가 뒷발을 까불거리며 장단을 맞추었다. 어디로 가는지도 모르는 채 그저 나들이가 신나는 모양이었다.

"이랴!"

노인이 소 등짝을 철썩 때렸다. 달구지는 남쪽을 향해 천천히 나아가기 시작했다.

동두천역 앞 주막에 들었을 무렵에는 이미 점심때를 넘겼다. 배가 고파 눈앞이 빙글빙글 돌 지경이었다. 달구지를 타고 오는 내내 꾸벅꾸벅 졸았지만 밤을 꼬박 새운 거나 다름없었다. 주막에 들어서자마자 제영은 마루에 쓰러지듯 누웠다. 어지간히 굳건해 보이던 기수도 잔뜩 지친 얼굴로 기둥에 기대앉았다. 경애도 그 옆에 나란히 앉았다. 그렇다고 마냥 퍼져 있을 수는 없었다. 밤이 되기 전에 경성에 도착해야 했다. 오늘 안에 서화영을 만나고 밤을 도와 철원으로 돌아갈 계획이었다. 셋은 허겁지겁 장국밥을 먹어 치우고 다시 길을 나섰다.

경원선이 반 토막 나는 바람에 경성에서 출발한 기차는 동두천에서 멈출 수밖에 없었다. 그렇다 보니 기차 편도 더 적어졌다. 하루에 한 번뿐이라는 기차는 이미 떠난 뒤였다. 다행히 제영이 택시를 구해 와서 경애들은 무사히 청량리까지 갈 수 있었다. 넉넉하게 가져온 것 같았는데 택시비를 내고 나니 돈이 얼마 남지 않았다.

"그사이에 어쩌면 이렇게 물가가 더 올랐냐? 야, 눈 뜨고 코 베인다는 경성답다, 경성다워."

제영은 멀어지는 택시를 바라보며 넌더리를 냈지만, 주위를 둘러보는 눈길에는 반가움이 가득했다.

"역시 청량리는 청춘의 땅이로구나. 누군 좋겠다! 반공일이라고 한가하게 연애질이라니!"

주변에는 데이트하는 남녀들이 많았다. 양장을 빼입고 양산을 받쳐 든 아가씨들, 때깔 고운 한복을 차려입은 젊은 부인네들, 하얀 저고리에 검정 치마를 입은 전도 부인들마저도 이 거리에서는 두 뺨에 낭만적인 홍조를 띠고 있었다. 포마드로 머리를 빗어 넘긴 신사들이 그녀들 곁을 한가롭게 거닐었다.

경애가 넋을 잃은 채 그들을 바라보는 걸 눈치채고서 제영이 설명했다.

"청량리가 연애하는 치들에게 가장 인기 있는 곳이거든. 뚝섬 아니면 청량리지. 저쪽으로 가면 청량사라는 절이 있는데 거기서 결혼식도 많이 하고 그래. 임업 시험장이라서 숲이 아주 깊거든. 그렇다 보니 수풀 속에서 낮 뜨거운 장면이 더러…… 뭐, 그래 봤자 재수 옴 붙을걸. 여기는 풍수가 영 사나운 데거든. 그래서 민비 묘도 여기에 썼다가 이장했다잖아. 하지만 어쨌거나 흉하게 죽은 왕비의 원혼이 깃든 곳 아니겠어? 그러니 이런 데서 연애를 한들 무슨 좋은 끝을 보겠어?"

풍수야 어떻든 풍광은 참으로 고즈넉하고 정겨웠다. 숲을 빠져나가니 논 사이의 언틀먼틀한 황톳길 위로 전찻길이 길게 뻗어 있었다. 전찻길이 시작되는 길가에는 푸른 함석 지붕을 얹은 승강장이 있었다. 푸른색이었다는 걸 짐작할 수만 있

을 뿐, 빛이 바랜 채 먼지를 누렇게 뒤집어쓰고 있었다. 데이
트하러 나온 남녀들, 푸성귀를 담은 함지를 이고 장거리로 나
가려는 촌 아낙들 거기에 푸른 눈의 미군과 함께 있는 화려
한 여인들까지, 승강장은 꽤 혼잡했다.

"결국 경성까지 오고야 말았네."

제영이 한숨처럼 중얼거렸다.

"미안해."

경애가 말했다. 그리고 기수가 덧붙였다.

"고마워."

"어럽쇼. 북 치고 장구 치고, 죽이 아주 잘 맞는구나. 흥! 미
안한 거야 당연하고, 고마울 건 없다. 아까도 말했지만 너희
들 때문에 온 거 아니다."

"그럼…… 뭣 때문에 온 건데?"

경애가 물었다. 제영의 마음 씀이 고마워서 장난을 걸고 싶
기도 했고 진정으로 궁금하기도 했다.

"나, 철원에서 진짜 마음잡고 살고 있다고. 제법 신임도 받
는 몸이라 이거야. 제일 옥돌장에서도 지배인이나 다름없고
마을에서도 귀염받는 몸이라고."

조금의 과장도 없는 사실이었다. 경애와 기수는 묵묵히 제
영의 말을 들었다.

"건달들 꼬붕 노릇도 지겨워서 한탕 하고 튀려다가 들통이

난 참이었다. 그런데 마침 종로 야시에서 미제 화장품 파는 아저씨가 봉아 데려다 주는 일거리를 주선해 주더라. 그래서 건달들도 피할 겸, 돈도 벌 겸 넘어간 건데…… 내 평생 처음 사람대접받고 살게 된 거야. 북조선에서야 종의 자식이라고 주눅 들 일도 없고……. 특히 위원장 동무는…… 나를 믿어 주셨다. 경애처럼 내 처지를 짐작하면서도 캐묻지 않으셨어. 위원장 동무가 그러시더라. 네가 옛날에 누구였는지는 관심 없다. 그저 네가 지금 누구인지가 중요할 뿐이다. 그래서 월경 따위 안 하고 싶었다고. 위원장 동무한테 떳떳하지 않은 일 따위 안 하고 싶었다고. 한데, 일이 왜 또 이렇게 꼬이냐? 철원 애국청년단인지 뭔지 그냥 두고만 볼 수 없고…… 에잇!"

제영이 제 머리를 벅벅 긁어 흐트러뜨렸다.

곧 전차가 덜컹거리며 달려왔다. 경애가 차장에게 돈을 내고 모두 전차에 탔다. 전차가 달리기 시작하자 제영도 다시 들떴다.

"기수 너, 화신 백화점이 어딘지는 아냐? 그것도 내가 일일이 데려다 줘야 하냐?"

"알아, 걱정 마."

기수가 무뚝뚝하게 대답했다.

삼팔선까지 오는 동안 얼마나 입씨름을 했는지 몰랐다. 기수도 황인보의 집 앞까지 따라가겠다는 걸 경애가 말렸다. 기수가 제 식구들 눈에 띄기라도 하면 일이 복잡해질 수 있기 때문이었다. 그래도 기수는 고집을 부렸지만 제영도 경애 편을 들어 결론이 났다. 결국, 경애가 서화영을 만나는 동안 기수는 화신 백화점 앞에서 기다리기로 했다. 그리고 제영이 경애를 황인보의 집까지 데려다 주고 집 앞에서 기다리기로 했다. 기수는 여전히 그 결정이 불만스러운 모양이었다.

초가가 늘어선 황톳길을 달리던 전차는 이제 난전들이 왁자한 거리로 들어섰다. 동대문으로 들어서자 바깥 풍경이 확연히 달라졌다. 줄줄이 늘어선 상점가를 따라 사람의 물결이 끝없이 이어졌다. 자동차들은 전차를 아랑곳하지 않고 난폭하게 달렸고, 인력거꾼들은 전차와 자동차 사이를 아슬아슬하게 누볐다. 전차에는 사람들이 점점 늘어나서 아예 콩나물 시루가 되었다. 전차에 타지 못해서 꽁무니에 대고 욕지거리를 하는 사람들도 있었고, 무임승차를 하려다 차장의 발길질에 나가떨어지는 사람들도 있었다. 경애는 넋이 나간 채 거리를 구경했다. 이곳이 과연 조선 땅일까. 경원선이 끊어지지 않았다면 철원에서 기차로 고작 세 시간 거리라고 했다. 남의 눈을 피해 가며 와야 했던 경애들도 열두 시간 만에 이곳에 당도했다. 그러나 수백 년을 가로지른 듯 낯선 땅이었다.

제영이 경애의 그런 마음을 읽은 듯 말했다.

"딴 세상이지?"

경애가 여전히 거리에 시선을 박아 둔 채 고개를 끄덕였다.

"삼팔선 그까짓 거, 눈에 보이지도 않는 거잖아? 한데 어쩌면 이렇게 다른 세상인지, 내가 경성 떠난 지 고작 반년인데 그새 변한 것 좀 보라지? 놀라운 경성이다. 원더풀이야."

땡땡땡땡땡. 전차가 종을 울리며 멈춰 섰다. 마침내 광화문통이었다. 전차 안에 사람들이 꽉 차 있었지만 청량리 노선 전차의 종점이라 다들 내리기 시작했다. 경애들도 어깨를 잔뜩 좁힌 채 가까스로 내렸다.

저만치 인왕산 앞에 버티고 앉은 미 군정청이 보였다. 일제가 경복궁을 가로막고 지었던 조선 총독부 건물은 이제 미 군정청으로 쓰였다. 성조기가 푸른 하늘을 향해 거세게 펄럭이고 있었다.

승강장은 무척 혼잡했다. 엿장수, 김밥 장수, 떡장수, 국수 장수, 담배 장수⋯⋯. 오십 전만 주면 냉수를 떠다 주겠다는 팻말을 들고 선 아이도 있었다. 부유한 집 딸처럼 보이는 아가씨부터 막일꾼임이 분명한 늙수그레한 사내까지, 온갖 사람들이 오가는 승강장 바로 곁에 동냥하는 사람들이 줄지어 앉아 있었다.

어린애를 업은 채 꾀죄한 얼굴을 연신 굽실거리는 여자를 보며, 경애는 문득 명희를 생각했다. 황인보 나리가 아니었다면 우리 두 모녀 목숨 부지하기 어려웠을 게다. 언젠가 큰언니가 했던 말도 떠올랐다. 그래서, 먹고살려고 황인보 나리의 일을 돕게 된 걸까.

"경애야, 신문 하나 사 보고 싶은데……."

기수가 겸연쩍은 듯 얼굴을 붉히며 말했다. 경애는 무슨 소리인가 하다가 곧 깨닫고 돈을 주었다.

기수가 변명하듯 말했다.

"심상찮은 기사가 보여서 말이야. 이승만이 남조선 단독 선거를 주장했다고……."

기수가 신문 파는 아이를 턱짓으로 가리켰다. 신문이 놓인 좌판을 목에 건 아이가 목청껏 소리치고 있었다.

"호외요! 호외! 이승만 박사가 남조선 단독 선거를 주장했습니다! 이승만 박사의 정읍 연설이 실린 호외요, 호외!"

"해방일보 하나 다오."

기수가 아이에게 말했다.

"해방일보는 폐간되었는뎁쇼. 대신 청년해방일보입니다."

기수가 허겁지겁 신문을 펼쳤다. 경애도 어깨 너머로 기사를 읽었다. 남조선이라도 단독 선거로 정부를 수립해야 한다는 이승만의 발언은 위태로워 보였지만, 경애는 그 기사의 의미가 쉽사리 와 닿지 않았다. 경애는 제영을 돌아보았다.

"심각한 일인가 봐."

제영은 신문을 본체만체, 심통 난 목소리로 말했다.

"신문은 됐고, 빨리 움직이자. 황기수, 주소가 어디랬지?"

기수는 주머니에서 황인보의 주소를 적은 쪽지를 꺼내 제영에게 건넸다. 지난번 편지에 적혀 있던 주소를 따로 적어 둔 것이었다. 그런데 제영이 그 쪽지를 경애에게 다시 주었다.

"내가 길 안내를 맡았으니 너도 하는 일이 있어야지. 주소나 좀 읽어 봐라."

경애가 주소를 읽으려다 말고 문득 제영을 바라보았다.

"너, 까막눈이지?"

"시끄러!"

제영이 버럭 소리쳤다.

황인보의 집은 조선 총독부 옛 청사 부근에 있는 서양식 저택이었다. 기수의 말로는, 기수 형 황기택의 집이 혜화동 한옥이라고 했는데 이곳에 집을 또 마련한 모양이었다.

저택은 붉은 벽돌로 된 2층 건물이었다. 돔처럼 생긴 옥빛 지붕과 그보다 조금 짙은 옥빛의 서양식 맞배지붕을 얹은 대저택이었다. 철원 군청만은 못하지만 식산은행 철원 지점만은 한 것 같았다. 서양식으로 잘 꾸며진 정원에는 잔디가 푸르렀고 작은 연못과 서양식 정자도 있었다. 집을 둘러싼 짙은 회색빛 철제 울타리도 우아했다.

"적산 가지고 장난 좀 쳤구만."

제영이 중얼거렸다.

"건 또 무슨 소리야?"

"적산은 너도 무슨 말인지 알지? 적국의 재산, 그러니까 왜놈들이 놓고 간 땅이며 건물이며 공장 말이야. 그걸 북조선에서는 인민위원회가 몰수했잖아. 하지만 남조선에서는 미 군정이 관리하고 있거든. 땅이랑 공장은 벌써 불하하기 시작했다더라. 근데 주택은 아직 미 군정 관리하에 있을걸? 그렇다고 사람들이 돈 냄새 나는 데를 그냥 두겠냐? 가짜 매매 서류를 꾸미는 거지. 해방 전에 왜놈한테서 산 것처럼 서류를 꾸미고 군정청에서 일하는 조선인 관리들에게 슬며시 뇌물을 먹이는 거야. 어휴, 돈이 돈을 먹는다더니⋯⋯. 왜놈들 밑에서 관리질하던 조선인들은 여전히 미 군정에 붙어서 돈을 갈고리로 긁어모으고, 일정 때부터 부자였던 자들은 이렇게 또 재산을 불리고⋯⋯. 나라 꼴 잘돼 간다!"

제영은 바닥에 대고 침을 퉤 뱉었다. 그러고는 자못 비장한 얼굴로 경애에게 말했다.

"언덕바지에 성당 보이지? 난 저기서 기다릴게. 저기서는 이 집구석 마당도 훤히 들여다보일 테니 잘됐다."

제영이 언덕 쪽으로 사라진 뒤, 경애는 마침내 황인보의 집 초인종을 눌렀다. 정원 저 안쪽에서 현관문 열리는 소리가 나더니 서양 하녀들처럼 하얀 머릿수건을 쓰고 하얀 앞치마까지 두른 젊은 아주머니가 나왔다.

"누구세요?"

"안녕하세요. 저기…… 화영 아씨 뵈러 왔는데요."

아주머니가 경애를 아래위로 쓱 훑어보았다.

"우리 마님?"

여기서는 마님이라고 불리는 모양이었다. 하긴 본마님도 돌아가셨으니. 경애는 그렇게 생각하며 고개를 끄덕였다.

"누군데?"

"경애라고 전해 주세요. 철원에서 아씨를 모셨어요."

아주머니는 잠시 생각하더니 들어오라고 했다. 그러고는 경애를 현관 앞에 세워 놓고 혼자 집 안으로 들어갔다.

곧 서화영이 달려 나왔다.

"정말 경애로구나!"

서화영이 경애의 손을 덥석 잡았다. 하 서방도 따라 나와 놀란 눈으로 경애를 쳐다보았다.

"어쩐 일이니, 여기까지?"

서화영이 물었다. 경애는 하 서방의 눈치를 힐긋 살피고서 대답했다.

"아씨 뵙고 싶어서…… 경성 구경도 할 겸……."

그럴듯한 핑계가 아니라는 생각이 들었지만, 이미 늦었다. 하 서방을 만날 거라는 생각은 미처 하지 못한 탓에 그만 당

황해 버렸다. 다행히 서화영이 경애의 입장을 알아챈 것 같았
다. 하 서방과 아주머니를 돌아보며 천연덕스럽게 말했다.

"경애를 얼마나 기다렸는지 몰라요. 철원 떠나면서 경성으
로 같이 가자고 그렇게 얘기했는데 끝내 안 따라나서지 뭐예
요? 그래서 나중에라도 마음 바뀌면 오라 했는데, 정말 이렇
게 와 줬네요. 어머, 내 정신 좀 봐. 경애야, 들어가자. 들어가
서 얘기하자."

서화영은 사뭇 들뜬 표정으로 경애의 손목을 잡아끌었다.
경애는 주춤주춤 집 안으로 들어갔다.

윤나는 마루가 깔린 거실에는 화려한 소파와 장식장이 놓
여 있었고 그 안쪽으로 커다란 식탁이 놓인 식당도 보였다.
서화영은 경애를 거실과 식당 사이의 복도로 데려갔다. 그 복
도 끝 방이 서재였다. 서재에서는 뒤뜰이 보였다. 대나무 여
남은 그루가 하늘거리며 서 있는 뒤뜰도 아담하고 좋았는데,
붉은 함석 지붕의 창고가 좀 볼썽사나웠다.

"그래, 무슨 일이니?"

서화영의 어조가 심각해졌다. 좀 전의 웃음 띤 얼굴은 찾아
볼 수 없었다.

"아씨, 잘 지내셨어요? 무고하신 거죠?"

경애는 우선 안부를 물었다. 서화영의 얼굴이 전만 못했다.
여전히 아름다웠지만 눈가에 그늘이 짙었다.

"난 잘 있어. 아무튼 지금 그런 얘기 할 때가 아니다. 너, 그냥 날 보러 온 게 아니지?"

경애는 가만히 고개를 끄덕였다.

"삼팔선을 넘어온 거니? 너 혼자? 대체 무슨 일이니? 혹시, 느이 언니 때문이니?"

"아씨! 우리 언니를 아세요?"

서화영이 무거운 한숨을 내쉬며 의자에 앉았다. 경애가 무릎을 바닥에 대고 그녀 앞에 앉았다.

"아씨, 어찌……. 그래요. 언니는 나리께 인사를 여쭙는 게 도리라 했어요. 경성에서 나리께 큰 도움을 받았다 했어요. 그뿐이죠? 그래서 나리를 찾아뵈었던 거죠?"

"나도 자세한 건 모른다. 요즘 나리께서 예전 같지 않으셔. 내게 자꾸 뭔가를 숨기시는구나. 아무튼 경성에 내려온 철원 사람들이 단체를 만들었어. 철원애국청년단이라고. 나리와 황 판사가 그 단체를 움직이는 것 같아. 강미애 씨도 돕고 있고."

경애는 서화영의 다리에 그대로 엎드려 버렸다. 아닐 거라고 믿고 있었다. 아니, 믿고 싶었다. 단서를 찾고 싶은 게 아니었다. 언니는 무관하다는 사실을 확인하고 싶어 밤을 지새워 미친 듯 걸었다. 기수도 같은 마음일 것이었다. 그런데 철원애국청년단, 그 이름이 나와 버렸다.

서화영이 경애의 팔을 부드럽게 잡아 일으켰다.

"무슨 일이니? 그 일이 철원과 무슨 상관이 있는 거니? 단지 곽태성 씨를 통해 이승만 박사에게 선 대려 애쓰는 줄 알았는데. 그래서 황 판사도 이곳저곳에 나서는 모양이고. 그렇지만 철원은 삼팔선 너머의 땅인데……. 휴! 나도 요즘엔 나리의 눈치가 보여 집 안에 갇혀 지내다시피 하고 있단다. 세상이 어찌 돌아가는지 당최 모르겠구나. 아, 혹시 그때 그……."

서화영이 뭔가 깨달은 얼굴로 말을 멈추었다. 그러고는 소파 옆에 놓인 탁자를 골똘히 바라보며 중얼거렸다.

"그래, 그 매매 계약서……."

"계약서요?"

그 순간 서재 문이 벌컥 열렸다.

황인보였다. 하 서방과 운전기사 김 씨도 뒤에 서 있었다. 경애가 얼른 일어나 황인보에게 인사했다. 황인보는 경애를 무시하고 서화영을 노려보았다.

"나리, 일찍 돌아오셨네요."

서화영이 어색하게 웃어 보였다. 황인보는 서화영을 험악하게 노려보며 말했다.

"하 서방이 손님이 오셨다고 전갈을 보냈더군. 그 바람에 로버트 중령과 차를 마시다 말고 뛰어왔으니 이런 결례가 있나."

"나리, 경애가 왔을 뿐인데 손님은 무슨……."

"흥, 지금 내게 철원에서 온 손님보다 더 귀한 손님이 있을까? 자네도 그렇지 않은가? 그래, 이 아이가 대체 무슨 전갈을 가지고 왔던가? 그 홍가 놈이 어떤 소식을 전하던가?"

"나리!"

서화영이 소리쳤다. 하늘빛 치마를 움켜쥔 서화영의 손이 파르르 떨렸다.

"왜? 내가 아무것도 모르는 바보인 줄 알았는가? 바보라서 여태 입 다물고 있는 줄 알았는가?"

"나리, 제가 설명하겠습니다. 그 사람은……."

황인보가 서화영의 말을 자르며 하 서방에게 물었다.

"그자가 철원 빨갱이의 수괴라 하지 않았는가? 무어라? 군당 위원장이라 하였는가?"

"동송면 임시인민위원장이자 조선공산당 철원군당 부위원장이라 했습니다."

하 서방이 대답했다.

서화영이 경애를 돌아보았다. 홍정두에 대한 소식은 금시초문인 듯했다. 그러나 황인보는 진작 모든 걸 알고 있던 것이었다.

"벙어리 홍 서방, 그자를 자네가 내 집에 들였다지? 감히 자네가 내 집에 빨갱이를 끌어들여……."

"나리! 오해하시면 안 됩니다. 동문수학한 의리로 곤경에 처한 사람을 모른 척할 수 없었을 뿐입니다. 나리, 저는……."

"오해라? 대체 무엇이 오해란 말인가? 자네는 내 집에 빨갱이를 끌어들였네! 그 빨갱이가 내 집안을 송두리째 강탈했어! 내 안사람을 죽음으로 내몰았단 말이야!"

황인보가 경애를 가리키며 하 서방에게 말했다.

"저 아이를 광에 가두게."

"나리! 경애는 단지 저를 보러 온 것입니다!"

"자네도 이 방에서 한 걸음도 꼼짝하지 말게! 한 마디만 더 했다가는 자네도 광에 가두고 말 테니! 한이불 덮고 산 정리로 지금까지 봐준 것도 고마워해야 할 게야!"

황인보는 그렇게 말하고 서재에서 나가 버렸다. 김 기사가 경애를 우악스럽게 끌고 나갔다. 하 서방이 뒤따라 나오면서 서재 문을 쾅 닫았다.

14

화신 백화점 앞은 점점 혼잡해졌다. 퇴근하고 백화점에 들르는 사람들, 야시를 준비하는 장사치들, 인파 속에서 뭔가 건져 보려고 어슬렁거리는 건달패들, 동방의 거리를 누비는 미군들……. 분주한 인파 사이에서 기수는 꼼짝 않고 서 있었다. 백화점 앞에 서서 오 분마다 한 번씩 시계만 봤다. 6시가 넘었다. 손목시계의 초침은 날카로운 소리를 내며 냉정하게 달려갔다. 이미 경애와 제영이 돌아왔어야 할 시간이었다. 이렇게 지체되는 것은 일이 잘못되었다는 뜻이었다.

마침내 6시 반이 되었을 때, 제영이 허옇게 질린 얼굴로 달려왔다.

"큰일 났어! 경애가 잡혔어! 갇혔다고!"

제영은 성당 앞에서 황인보의 집을 내려다보고 있었다고 했다. 잘 차려입은 젊은 부인이 경애를 데리고 들어갔고, 얼마 지나지 않아 검은 자동차가 도착했다. 자동차에서 중절모를 쓴 중년 사내가 내리더니 집으로 달려 들어갔다. 그리고 경애가 끌려 나와 광에 갇혔다는 것이었다.

"아무래도 그 사람이 네 아버지겠지?"

기수는 백화점 앞 계단에 주저앉았다. 아버지겠지. 일이 어찌 돌아간 것인지 알 수 없었다. 대체 왜 경애를 광에 가두었단 말인가. 단지 북에서 내려왔다는 이유만으로 그렇게 한 것일까. 아무튼 경애를 구해야 했다. 아버지께 가야 할까. 아버지께 무릎 꿇고 애원해야 할까. 아버지는 내 말을 들어주실까. 어쩌면 그럴 수도, 그렇지 않을 수도 있었다. 그것은 아버지가 경애를 가둔 이유에 달려 있었다.

제영이 연신 손톱을 물어뜯으며 채근했다. 그러나 기수에게도 뾰족한 답은 없었다. 뭔가 답을 찾으려 여기까지 왔는데, 외려 막다른 길로 들어서 버린 꼴이었다.

"생각해 봐. 뭔가 방법이 있겠지. 느이 집이잖아. 너한테 뭔가 방법이 있겠지. 야, 그 화영 아씬지 누군지는 어떤 사람이냐? 넌 전혀 몰라? 혹시 그 여자가 배신한 거 아니야? 대체 뭐지? 누구 도와줄 만한 사람 없어? 느이 집에 네 편 되어 줄 사람 아무도 없어?"

기수의 눈앞에 떠오르는 얼굴이 있었다. 그래, 은국이라면.

기수는 제영을 따라 제 아버지의 집 앞으로 갔다. 초여름 해가 게으른 하품을 하듯 뉘엿뉘엿 기울고 있었다. 기수와 제영은 석양이 붉은 그림자를 드리우는 맞은편 국민학교 운동장으로 들어가 담벼락 아래에 몸을 숨겼다.

은국은 올해 경기 중학교에 들어갔다고 했다. 오늘은 반공일이니 학교는 이미 파했을 터였다. 벌써 집에 들어가 버린 걸까. 그러나 곧 시험이 있을 때였다. 은국의 성정으로 보아 경성 도서관에서 늦게까지 공부하고 돌아올 가능성이 높았다.

은국은 도서관을 좋아했다. 집이 혜화동이라 경성 도서관을 자주 드나들었고 어려서부터 혼자 도서관 아동실에 틀어박혀서 종일 책을 읽는 걸 무척 좋아했다. 아동실에서 열리는 동화회며 영화 상영 같은 행사도 꼭 참가했고, 기수에게 편지를 쓸 때도 도서관 이야기를 빠뜨리지 않았다. 경기 중학교 입학시험을 준비할 때도 종일 도서관에서 공부했다고 들었다. 은국이 자가용 대신 전차로 다니는 걸 자랑삼았다는 사실도 희망의 한 근거였다.

해가 저물자 집 안에 전등불이 켜졌다. 거실의 커다란 창으로 환한 빛이 새어 나오고, 1층의 창문들도 거개가 불을 밝혔다. 2층은 복도 창인 듯싶은 곳에서 희미한 불빛이 새어 나오는 게 전부였다. 그렇게 사위가 완전히 어두워진 9시 무렵, 교복 차림의 은국이 모습을 드러냈다. 그새 키가 훌쩍 커서 제법 중학생 태가 났다. 기수는 교문 쪽으로 살그머니 다가갔다. 기수가 교문에 이르렀을 때, 은국도 교문 앞을 지나고 있었다.

"은국아."

은국이 멈칫하고 서서 주위를 둘러보았다.

"은국아, 나야."

기수가 교문으로 다가섰다. 창살처럼 생긴 교문을 사이에 두고 은국과 기수가 마주 섰다.

"삼촌?"

은국이 다가왔다.

"쉿! 집 안에서 보고 있을지도 몰라. 그러니까 자연스럽게 담장 따라서 죽 걸어와. 모퉁이까지."

기수는 모습이 드러나지 않도록 허리를 굽힌 채 모퉁이까지 빠르게 걸었다. 은국도 모퉁이에 이르렀다. 기수가 일어섰다. 이곳은 집에서 보이지 않을 위치였다. 기수는 은국에게 손을 내밀어 담장을 넘도록 도왔다.

"삼촌, 여기서 뭘 하는 거예요? 언제 경성으로 왔어요? 왜 집에 들어가지 않고……."

은국은 잔뜩 반기다 말고 말꼬리를 흐렸다. 은국도 모르지 않았다. 어둠 속에서도 기수는 은국의 표정을 읽을 수 있었다.

"집에 온 게 아니군요."

은국이 힘없이 말했다.

"미안하다."

"할머니는…… 할머니는 잘 보내 드리셨나요?"

은국의 목소리가 젖어 들었다. 기수도 그만 눈시울이 뜨거워졌다. 어머니가 떠나는 길은 정말로 초라했다. 그 죽음을 애도하는 사람은 아무도 없었다. 병호와 홍정두가 함께 빈소를 지키고 장례를 치러 주었지만 그들은 그저 기수를 도왔을 뿐이었다. 기수조차 그렇게 떠나 버린 어머니가 원망스럽기만 했다. 철원 땅을 호령하던 천세택 차 씨의 죽음은, 그 호령의 메아리만큼 공허했다. 기수에게 어머니의 마지막을 물어 준 사람도 은국이 처음이었다.

"미안하다. 잘 보내 드리지 못했어. 상을 치르긴 했지만…… 내 정신이 아니었다."

"알아요, 삼촌. 삼촌 잘못이 아니잖아요. 할머니 잘못도 아니고 할아버지 잘못도 아니고……. 모르겠어요. 대체 왜 우리 집에 그런 일이……."

은국이 고개를 떨구고 눈물을 쏟았다. 기수도 어느새 울고 있었다. 어머니, 미안해요. 기수는 어머니가 세상을 떠난 뒤 처음으로 서럽게 울었다. 그저 서럽게, 어머니를 일찍 잃은 막내다운 그런 울음이었다.

"뭐 해? 지금 눈물의 상봉 할 때냐?"

제영이 다가와 있었다. 기수는 문득 정신을 차리고 얼른 손등으로 눈물을 닦았다. 은국도 콧물을 훌쩍이며 눈물을 그치려 애썼다.

제영이 낮은 목소리로 다그쳤다.

"정신 차려! 지금 대문 열리는 소리가 났어."

곧 검은 자동차가 대문을 빠져나와 어딘가로 바삐 사라졌다. 아버지가 외출하신 건지도 몰랐다. 그렇다면 기회였다.

"은국아, 날 좀 도와 다오. 지금 집 안에 내 동무가 갇혀 있다. 구해야 한다."

"삼촌 동무가 집 안에……. 왜요? 무슨 일인데요?"

"자세한 건 나도 몰라. 아무튼 나랑 철원에서 함께 온 동무야. 그러니 구해야 한다. 은국아, 네가 도와줘."

은국은 고개를 저으며 뒷걸음질 쳤다.

"삼촌, 이러지 마요. 나 못해요."

"은국아, 제발 도와줘! 넌 날 이해하지 못하겠지만……."

"아뇨!"

은국이 소리쳤다. 그러고는 긴 심호흡으로 격한 마음을 달래고 다시 입을 열었다.

"나, 삼촌 이해해요. 나 어린애 아니에요. 바보도 아니고요. 뭐가 옳고 뭐가 그른지는 알아요. 할아버지가 옳지 않은 일을 하셨다는 것도, 우리 집안이 철원에서 너무도 큰 원망을 샀다는 것도 알아요. 삼촌이 무엇을 꿈꾸는지도 알아요."

"안다면 날 좀 도와 다오."

"그럴 수 없어요. 난 바보가 되기로 했어요. 황씨 집안의 핏줄이니까요. 난 삼촌과 달라요. 세상이 뭐라건, 옳은 것이 뭐건, 내 할아버지고 내 아버지예요. 그분들의 반대편에 설 순 없어요. 그러니까 아무도 도울 수 없어요. 삼촌도 할아버지도 아버지도……."

은국은 어려서부터 그런 아이였다. 식구들에게 그지없이 다정한 아이. 그런 은국에게 집안 어른들을 거스르라는 것은 가혹한 요구였다. 기수도 잘 알았다. 그러나 지금, 기수를 도울 수 있는 건 은국밖에 없었다.

"은국아, 이번 한 번만이다. 동무를 구해야 한다. 만약 내 동무에게 뭔가 안 좋은 일이라도 생긴다면…… 난 아버지를 용서할 수 없어. 죽을 때까지 용서 못 해. 그러니까 제발……."

"삼촌, 어떻게 그런 말을 해요?"

"저기, 집안일에 끼어드는 것 같아서 미안한데. 이봐요, 학생. 좀 도와주쇼. 자동차가 언제 다시 돌아올지 몰라요. 이렇게 지체하다가……."

은국이 거세게 고개 저었다. 기수는 담장 너머를 한 번 살펴본 뒤 다시 은국에게 다가갔다.

"형님이랑 형수님은 집에 계시니?"

은국이 잠시 망설이다 대답했다.

"아버지는 고모와 고모부님 만나러 동경 가셨어요. 어머니는 넷째를 가지셨는데 곧 해산하실 때라 외가에 가셨고요. 은선이, 은경이도 어머니 따라갔어요."

기수는 아까 보았던 또 다른 자가용을 떠올렸다. 아버지의
검은 자가용과 나란히 서 있던 차가 바로 형의 것인 모양이
었다. 그렇다면 방금 나간 자가용에는 아버지가 타고 있을 게
분명했다.

"은국아, 제발 도와줘."

기수의 말투가 다급해졌다.

"아버지의 그분을 철원에서 모시던 애다. 그분을 만나러
간 건데 어찌 된 일인지 모르겠어. 그분이 내 동무를 도울 줄
알았는데……."

"그분 처지가 집안에서 그리 좋지 않아요. 아버지가 그
분을 무척 싫어해요. 할아버지와도 그리 원만해 보이지 않
고……. 그분, 지금 누굴 돕고 그럴 처지가 아닐 거예요."

"그러니까 네가 도와줘야 한다, 응?"

"난 못해요. 할아버지와 아버지의 뜻을 따르지는 않을지라
도, 그분들의 뜻을 거스르는 일은 못해요. 다만, 할아버지의
그분에게 삼촌의 뜻을 전할게요. 삼촌이 동무를 구해 달라고
부탁했다고 전할게요."

"그분만 믿을 순 없다. 그분이 도울 수 없거나 도울 뜻이 없
다면, 네가 도와줘야 한다. 은국아, 제발."

기수가 은국의 팔을 와락 붙잡았다. 은국은 기수의 팔을 조

심스럽게 떼어 내었다.

"죄송해요."

은국은 그대로 담장을 넘었지만 몇 걸음 가다 말고 다시 돌아왔다.

"삼촌, 우리 다시 만날 수 있는 거죠?"

기수는 새벽에 보았던 삼팔선의 풍경을 떠올렸다. 다시 볼 수 있고말고. 경성과 철원은 이다지도 가까운걸. 하지만 기수는 그렇게 대답하지 않았다.

"삼촌, 왜 대답하지 않아요? 우리, 다시 만날 수 있죠? 그렇죠?"

"은국아."

기수는 은국의 슬픈 얼굴을 떠올리지 않으려 애쓰며 말했다.

"내 동무에게 무슨 일이라도 생긴다면, 난 두 번 다시 집으로 돌아가지 않는다."

"삼촌!"

"은국아, 부탁한다."

이윽고 은국의 발소리가 멀어졌다. 곧 대문 열리는 소리가 들려왔다.

15

경애는 얼른 창고 문 맞은편 귀퉁이에 등을 붙이고 섰다.
발소리는 분명 창고를 향해 다가오고 있었다. 가두어 두기만
하고 누구 하나 오지 않을 때도 불안했는데, 막상 발소리가
다가오니 더욱 불안해졌다. 곧 자물쇠가 덜컹거리는 소리가
나더니 문이 열렸다.

서화영이었다.

"쉿! 어서 나와."

서화영은 경애의 손을 꼭 쥐고 저택 벽으로 다가갔다. 불빛
이 새어 나오는 창문 아래를 엉금엉금 기어서 지나가자 건물
앞에 세워진 검은 자동차가 보였다. 서화영은 경애에게 조수
석으로 가라고 눈짓한 뒤 운전석에 탔다. 경애도 후다닥 옆자
리에 올라탔다. 부르릉! 자동차가 기운차게 몸을 떨었다.

바로 그때 현관문이 벌컥 열렸다.

"마님!"

하 서방이 달려 나왔다. 서화영은 그대로 차를 몰았다. 곧

장 돌진하여 철제 대문을 세게 들이받자 덜컹하고 열렸다. 서화영은 급히 운전대를 돌렸다. 경애는 몸이 쏠려 운전석의 서화영에게 넘어졌다. 그리고 다시 몸을 일으키려는 찰나, 자동차가 갑자기 멈춰 섰다.

"어서 타!"

서화영이 창밖에 대고 소리쳤다.

바로 옆의 학교 담장 너머에서 기수와 제영의 얼굴이 불쑥 나타났다. 둘은 어리둥절한 채 멍하니 서 있었다.

"어서 타라니까!"

"마님!"

하 서방이 달려오고 있었다. 기수와 제영은 그제야 황급히 담장을 넘어 차에 올라탔다. 그리고 서화영이 다시 차를 출발시키려는 순간, 하 서방이 두 팔을 벌리고 차 앞을 가로막았다.

"마님! 어서 내리세요, 어서요!"

서화영이 창밖으로 고개를 내밀었다.

"비키게! 그렇지 않으면 이대로 자네를 칠 걸세!"

"마님!"

"자네는 내가 어떤 사람인지 알 거야. 난 피 보는 걸 두려워하는 그런 여인네가 아니네."

하 서방은 물러서지 않았지만 겁먹은 기색이 역력했다. 서화영은 차창 너머 하 서방을 똑바로 쏘아보며 운전대를 양손으로 꽉 붙잡고 가속페달에 발을 올렸다. 부르릉! 자동차가 험악하게 으르렁거리는 순간, 하 서방이 옆으로 몸을 날렸다. 자동차는 바로 그 자리를 빠르게 지나쳐 달려갔다.

골목 끝에 이르자 서화영은 왼편으로 운전대를 크게 돌렸다. 모두가 한방향으로 넘어졌다. 제영이 서화영에게 말했다.

"전조등이라도 좀 켜시는 게 어떨까요? 캄캄한데."

"그렇긴 한데, 나도 어찌 켜는지 몰라서 말이야."

서화영이 말했다.

"네에?"

제영은 울상을 하고서 경애가 앉아 있는 의자를 꽉 붙잡았다.

"운전 못하세요?"

"이제부터 배우면 되지. 몇 번인가 배우려고 애쓴 적은 있어. 자동차가 어찌 달리는 건지는 알아."

서화영은 그렇게 말하고 갈림길에서 오른쪽으로 방향을 꺾었다. 제영이 뒤창으로 거리를 내다보며 말했다.

"삼팔선으로 가시는 거 아니에요? 왜 남쪽으로 방향을 잡으시는지……."

끽! 자동차가 급히 멈춰 섰다. 모두가 앞으로 몸이 쏠렸다. 경애는 차창에 이마를 찧었다.

"미안하구나."

서화영은 가벼운 말투로 얘기하고 운전대를 크게 틀어 자동차를 반대 방향으로 돌려세웠다. 전차가 육중한 몸집을 흔들며 바싹 다가오고 있었다. 자동차는 그대로 앞으로 내달리며 스치듯 전차를 피해 갔다.

서화영은 동두천역 근처에 와서 차를 세웠다. 제영이 제일 먼저 차에서 뛰어내려 길가에 대고 토했다. 경애도 어지러워 비틀거리며 바로 옆 나무에 기대섰다. 기수도 얼굴이 해쓱해 보였다. 어느새 동편 하늘이 조금씩 밝아 오고 있었다. 여기까지 무사히 와서 새날의 태양을 보는 게 신기할 정도였다.

남의 집 담벼락을 들이받은 후 도망쳤고 도랑에 바퀴가 빠져 겨우 빠져나왔으며 경찰이나 미군이 보이면 한참을 돌아오기도 했다. 그래 놓고도 서화영은 태연자약했다.

"다들 고생 많았어. 운전대를 잡은 내가 제일 고생이긴 했지만. 아, 저기 들어가서 국밥이나 한 그릇씩 먹는 게 어떨까?"

다들 기가 막혀 할 말을 잃었다. 쫓기는 처지가 아닌가. 그러나 서화영은 여유롭게 웃기까지 했다.

"나리께서 작정하고 나섰다면 우린 벌써 붙잡혔을 거야. 걱정 안 해도 돼. 근처나 뒤지다 만 것 같으니까. 나리가 집안 어른이라지만, 실제로는 황 판사가 모든 일을 주도하고 있어. 여기까지 우리를 따라오려면 경찰의 도움이라도 받아야 할 텐

데, 황 판사 없이 나리가 그런 일을 벌이지는 않으실 거야. 그
리고…… 나를 그런 지경으로 몰아넣고 싶지도 않으실 테고."

소풍이라도 나선 것 같던 서화영의 얼굴에 처음으로 그늘
이 드리웠다. 그러나 곧 활기를 되찾고서 바로 옆에 보이는
국밥집으로 들어갔다.

동두천역 바로 옆에 있는 국밥집은 기역 자 초가였다. 국
밥이라는 글자가 적힌 하얀 천이 나부끼고 있지만 한산했다.
제영이 몇 번이나 소리쳐 부른 뒤에야 주인 여자가 부스스한
얼굴로 나왔다.

"국밥 되지요?"

서화영이 물었다.

"지금 몇 신데 국밥을 찾아요? 아직 장사 안 해요."

"부탁드릴게요. 너무 시장해서 그래요."

서화영이 가방에서 돈을 꺼내어 평상에 내려놓았다. 국밥
값치고는 넘치게 후한 액수였다. 주인 여자는 잠이 싹 달아난
얼굴로 배시시 웃으며 부엌에 들어갔다. 네 사람은 평상에 둘
러앉았다.

"어제 그 주막도 그렇더니만 이 집도 휑하네. 이 먼지 좀
봐. 장사 통 안 되는 집이네. 맛없을라나?"

제영의 혼잣말에 서화영이 대꾸했다.

"맛이 문제가 아닐 거야. 경원선이 예전 같지 않은 탓이겠

지. 한탄강을 넘지도 못하는 경원선에 무에 손님이 있겠어? 동두천역도 덩달아 저물어 가는 거지."

철원역도 예전 같지 않았다. 갈수록 사람이 줄어든다며 역 주변 장사치들은 앓는 소리를 입에 달고 살았다. 강원 도청도 철원이 아니라 원산으로 옮겨 간다는 소문이었다.

어쨌거나 지금은 경원선을 걱정할 여유가 없었다. 경애는 다짜고짜 물었다.

"어찌 된 건가요?"

서화영이 말했다.

"은국이가 제 아버지 방에서 열쇠 꾸러미를 가져다주더구나. 그리고 하 서방을 2층의 제 방으로 불러들였어. 난 그 열쇠 꾸러미에서 창고 열쇠를 찾아 경애를 꺼내 주고 내친김에 자동차까지 몰고 나온 거지. 은국이 그 아이 덕분이다."

서화영은 말을 멎고서 기수에게 딱한 눈길을 보냈다.

"은국이가 힘들 거다. 워낙 마음이 여린 아이라……. 기수 너도 그럴 테고."

기수가 얼굴을 붉혔다. 서화영이 직접 말을 거는 이 상황이 몹시도 불편한 듯했다. 기수가 벌떡 일어나는데 서화영의 다음 말이 기수를 붙잡았다.

"어쩌면 이 이름이 너희들이 찾는 단서일지도 모르겠구나."

기수가 엉거주춤하다 다시 앉았다.

"사흘 전에 강미애 씨가 집으로 찾아왔어. 마침 황 판사가 동경으로 떠나던 날이었지. 아무튼 세 사람은 서재에서 한참 이야기를 나누고서 급히 집에서 나갔어. 황 판사는 인천항에서 동경으로 가는 배를 타려는 거였고, 나리는 황 판사를 배웅하겠다고 굳이 따라가신 거였지. 강미애 씨는 어디로 간 건지 잘 모르겠고…… 아무튼 다들 무척 분주했어. 그래서 아마 깜빡하고 그걸 챙기지 않았던 모양이야. 서재 탁자 위에 봉투가 하나 있었어. 궁금해서 내용물을 꺼내 봤더니, 토지매매 계약서였어. 철원에 있는 땅을 매매하는 건데 서른 정보나 되는 땅이었어."

"서른 정보요?"

경애와 제영은 동시에 물었다. 그 정도면 대지주 소리를 들을 만했다.

서화영은 고개를 끄덕하고서 말을 이었다.

"응. 토지를 판 사람은 하시모토 미유키. 토지를 산 사람은 기도 히데히로. 그런데 매매 계약서를 작성한 시점이 참 공교롭더라. 쇼와 20년 8월 8일이야."

"쇼와 20년 8월 8일이라면…… 해방되기 며칠 전이네요?"

제영이 물었다.

"응. 소련이 일본에 선전 포고를 한 날이야. 그러니까 기도 히데히로는 하필이면 그런 날, 일본의 패전을 며칠 남겨 두고

서 철원의 그 넓은 땅을 산 거야. 한데 철원은 삼팔선 이북이잖아? 지금쯤 그 땅은 인민위원회가 몰수해서 분배까지 끝냈겠지. 그런데 강미애 씨가 그 서류를 가져와서 나리와 황 판사에게 건넨 거야. 그래, 분명해. 내가 찻상을 봐서 들어갔을 때, 강미애 씨가 그 봉투를 가방에서 꺼내고 있었거든. 이게 전부야. 그 매매 계약서가 뭘 뜻하는지는 나도 몰라. 다만 철원 땅이니 분명 철원과 관련된 일이긴 할 텐데……. 어떡하니? 별 도움이 되지 못한 것 같구나."

또다시 막다른 골목이었다. 황인보와 언니가 철원애국청년단이라는 사실은 확인했지만, 그것이 전부였다. 그 매매 계약서가 중요한 단서일 것 같은데 지금으로서는 더 이상 추적할 수 없었다.

마침 음식이 나왔다.

김이 모락모락 오르는 콩나물 국밥 네 그릇과 김치였다. 서화영이 먼저 숟가락을 들었다.

"맛있겠다."

"그럼요. 원산서 들어온 새우젓이 들어갔는데. 최고야, 최고. 우리 집은 아무거나 갖다 쓰지 않거든."

주인 여자가 말했다.

"원산에서 새우젓이 들어와요?"

경애가 물었다. 원산 새우젓은 유명했다. 예전에는 경원선을 따라 방방곡곡으로 팔려 나갔다.

"그럼, 들어오지. 그깟 삼팔선, 장사치들을 어찌 막나? 몰래 월경해서 가져오는 것이라 값도 몇 곱절로 쳐서 받는걸. 요새 원산에서 오징어 한 축 가져오면 남조선에선 무려 고무신 열 켤레 값이야. 그 고무신을 북조선으로 가져가면 또 쌀한 되 값이라던걸? 어휴, 그거야 보따리 장사치들 얘기고, 나같은 밥장수야 아주 죽게 생겼어. 쌀값도 다락같이 오르지 않겠어? 미국 놈들이 그 배급제인지 뭔지를 한답시고 설치더니만 쌀값만 천정부지로…… 제길."

주인 여자가 투덜거리며 다시 부엌으로 들어가 버렸다.

다들 말없이 국밥을 먹었다. 그리고 서화영이 먼저 다 먹고서 경애들을 차례로 바라보며 말했다.

"어서들 가야지."

"고마워요, 아씨. 저 때문에 아씨가 괜히 곤란해지신 거 아닌지 모르겠어요. 나리가 많이 노여워하실 텐데……."

기수가 슬그머니 일어나서 국밥집 바깥으로 나가 버렸다. 제 아버지의 이야기가 불편한 모양이었다. 서화영은 기수의 뒷모습을 물끄러미 바라보다가 경애에게 눈길을 돌렸다.

"그래, 나리는 화가 많이 나셨겠지. 어쩌다 일이 이렇게 되었는지……. 철원을 떠나던 날, 나리와 나는 더 이상 조선 땅에서 살 수 없을 줄 알았다. 그렇게 되었다면 좋았을 것을…… 구라파(유럽)든 홍콩이든 하와이든 조선이 아닌 곳으로 가게 되었다면 좋았을 것을……."

제영이 흥미로운 얼굴로 침까지 꼴깍 삼켰다. 경애는 그런 제영의 호기심이 어쩐지 불편하고 얄미웠다.

"아씨랑 둘이 할 얘기가 있는데."

경애가 그렇게 말하자 제영은 아쉬운 얼굴로 국밥집에서 나갔다.

"경성으로 돌아가시나요?"

경애가 물었다.

"글쎄다……. 이왕 운전도 익혔으니 혼자 좀 떠돌아다녀 볼까? 경주도 좋고 전주도 좋고, 난 오래된 도시들이 좋더라. 그게 아니면 이대로 일본으로 가 버릴까? 나도 모르겠다. 내 인생이야 늘 뜻하지 않은 곳으로만 흐르니. 아, 그건 그렇고, 홍정두 씨는 잘 지내고 있니? 군당 부위원장이라, 생각보다 출세하지 못했네."

"아씨도 참……. 위원장 동무는 잘 지내세요."

"위원장 동무? 그렇게 부르는 거구나. 거참, 신기하네."

서화영이 장난기 어린 얼굴로 웃었다. 경애는 서화영의 이야기를 하던 홍정두의 쓸쓸한 옆얼굴이 떠올랐다. 위원장 동무는 아씨의 저런 얼굴에 반했던 걸까. 경애가 조심스럽게 입을 열었다.

"위원장 동무에게 아씨의 말씀을 전했어요. 떠나실 때 전하라셨던 그 말씀……."

"그래? 뭐라 하더냐?"

"아씨는 가련한 사람이라고……."

서화영이 소리 내어 웃음을 터뜨렸다.

"미련한 사람 같으니. 그 사람은 똑똑하지만 남녀의 일에 관해서는 여전히 아둔해. 내가 왜 나리 곁에 있는지, 아직도 이해하지 못했구나."

이해할 수 없는 건 경애도 마찬가지였다. 서화영이 경애의 얼굴을 재미있다는 듯 쳐다보며 다시 입을 열었다.

"그래, 난 동경에서 한때 홍정두 씨와 뜻을 같이했어. 하지만 뭐랄까, 난 이상에 목숨을 거는 사람이 아니야. 눈앞의 현실이 더 중요하지. 공산주의의 이상에 공감했을 뿐, 홍정두 씨와 행동을 같이하진 않았지. 하지만 그래서 홍정두 씨의 마음을 모른 척했던 건 아니야. 솔직히, 그리 매력 있는 남자는 아닌데?"

"너무해요, 아씨. 위원장 동무는 정말 좋은 분이세요."

경애의 말투는 건성이었다. 큰언니가 철원애국청년단이라. 철원이 가까워질수록 마음이 무거워졌다. 서화영의 사랑 타령이 귀에 들어오지 않았다. 하지만 서화영은 먼 데로 눈길을 두고서 혼잣말처럼 말을 이어 갔다.

"그럼, 좋은 사람이고말고. 그렇지만 어쩌니. 내가 사랑에 빠진 건 혁명가 홍정두가 아니라 친일파 황인보인 것을. 그래. 홍정두 씨의 오해와는 달리 이건 그냥 사랑이야. 나리가 옳지 않다는 걸 알면서도 어쩔 수 없었어. 사랑이란 때로 그렇게 불청객 같은 거거든. 결코 점잖은 손님이 못 되지. 마땅한 때에 마땅한 사람이 나타나기만 하는 건 아니란다. 그러니 심술궂은 손님이라고 해야 하려나? 홍정두 씨 그 사람만 해도 그렇지 않니? 나를 마음에 담고 있다니, 그 사람에게는 내가 참으로 난감한 불청객일 테니."

경애는 문득 생각에서 깨어났다. 불청객 같은 사랑이라. 그 한마디가 가슴속 어딘가를 건드렸다.

"그러니 경애야, 넌 그런 사랑을 하지 마라. 오래도록 기다려 온 반가운 손님처럼, 그렇게 기꺼운 사람을 사랑하려무나."

오래도록 기다려 온 반가운 손님. 경애는 저도 모르게 해방 다음 날 저녁을 떠올렸다. 배롱나무 집으로 돌아가자 기수가 서 있었다.

이제부터 도련님이라고 부르지 마.

서화영이 경애의 손을 가만히 잡았다. 여전히 작고 따스한 손이었다.

"잘 지내야 한다."

서화영은 더 이상의 작별 인사도 없이 자동차에 올라탔다.

그리고 창밖으로 내민 팔을 흔들면서 서서히 멀어져 갔다. 밤새 달려온 게 헛되지 않았는지 이번에는 흔들리지 않고 똑바로 황톳길을 달려갔다.

"쳇, 비밀 이야기는 잘했냐?"

제영의 목소리에 경애가 돌아보자 기수와 제영이 바로 뒤에 서 있었다.

"암튼 주책이야. 아씨하고 네가 무슨 상관이라고 관심이람?"

경애가 핀잔을 주어도 제영은 여전히 투덜거렸다.

"솔직히 흥미롭잖아. 영화나 소설 같다니까. 아름답고 젊은 첩실과……."

기수가 슬며시 저편으로 가 버렸다. 제영이 그제야 찔끔한 얼굴로 입을 다물었다. 경애는 제영을 한 번 흘겨보고 기수에게 다가갔다. 기수는 나무에 기대서서 어제 산 신문을 들여다보고 있었다. 제영이 다가와 공연한 시비를 걸었다.

"먹물 든 도련님은 한시도 글에서 눈을 떼지 못하나 봐? 그 조카라는 녀석도 영 책상물림이더니만. 나라면 공부 같은 건 안 한다. 그렇게 으리으리한 집 자식이 뭐하러 머리 아프게 글자 같은 걸 들여다보냐? 물려받을 재산만으로도……."

제영이 문득 말을 멎었다. 그러고는 손바닥으로 제 이마를 세게 쳤다.

"건 또 무슨 짓이야?"

경애가 물었다. 제영은 몇 번이고 제 이마를 치다가 갑자기 열을 올려 말했다.

"알았다! 알았어! 그 매매 계약서, 뭔지 알았어!"

경애와 기수가 놀란 눈을 떴다.

"어쩌면 기도 히데히로는 왜놈이 아닌지도 몰라. 생각해 봐. 왜놈이라면 매매 계약서고 뭐고 상관없이 쫓겨났을 거 아냐? 하지만 조선인이라면 어떨까? 대금은 이미 치렀는데, 하필이면 그 땅이 삼팔선 이북이라면? 그냥 재수 옴 붙었다고 손 털어 버릴 순 없잖아. 서른 정보나 되는 땅이니 말이야. 듣자니까 북조선에서 남조선으로 내려간 지주들은 아무리 급해도 땅문서는 챙겨 갔다더라. 나중에라도 되찾겠다 이거지. 한데 매매 계약서, 그건 어쩌면 정식 토지 등기를 못 했다는 뜻인지도 몰라. 아마 그럴걸? 생각해 봐. 8월 8일 자로 땅을 샀으니 고작 며칠 뒤에 해방이 된 거잖아. 그러니까 값을 치르고 계약서까지 작성했지만 땅문서는 없는 거지. 내가 만약 기도 히데히로라면 어땠을까? 굉장히 찜찜했을 거야. 땅이야 몰수당했다 해도, 땅문서마저 없으니 훗날을 기약하기도 어렵잖아. 한데 기수 형이 판사랬지? 그러니까…… 기수 형의 힘을 빌려서 그 매매 계약서로 땅문서를 만들려고 했을지도 몰라. 그래야 훗날에라도 그 땅을 되찾을 수 있을 테니까 말이야."

"왜놈이 아니라 조선 사람이다……. 그렇다면, 창씨한 이름이라는 거야?"

경애가 물었다. 제영이 고개를 끄덕했다. 경애가 기수를 바라보았다. 기수는 다시 쪼그리고 앉아 나뭇가지로 바닥에 뭔가를 갈겨쓰기 시작했다. 한자들이었다. 그러다 문득 손짓을 멈추고는 고개를 들었다.

"기도 히데히로…… 조선식으로 읽으면 기토영박이다."

기수가 그렇게 말하고서 천천히 일어섰다.

"기토영박?"

경애가 물었다. 기수는 허공을 쏘아보며 또 중얼거렸다.

"내 이름 황기수, 그걸 창씨했을 때는 수풀 림 자를 가운데에 넣었어. 조선식으로 읽으면 황림기수. 그러니까 기토영박의 조선 이름은 아마도……."

기수가 충격에 휩싸인 얼굴로 경애를 바라보았다. 기수의 눈길과 마주치는 순간, 경애도 그 의미를 깨달았다. 제영도 놀라서 헉 소리를 내며 숨을 몰아쉬었다.

기토영박. 토라는 글자를 빼면, 기영박. 바로 그 이름이었다.

16

기영박이 기도 히데히로라, 쉽사리 믿을 수 있는 이야기가
아니었다. 증거도 없는 것이나 마찬가지였다. 서화영이 보았
다는 그 토지 매매 계약서와 기수의 추리가 전부였다. 경애와
달리 기수는 아직 서화영을 전적으로 믿지 않았다. 설사 믿
는다고 해도 그 매매 계약서를 곧장 기영박과 연관시키는 건
좀 무리가 있는 것인지도 몰랐다. 기토영박과 기영박이라는
이름은 관련 있어 보이지만, 조선 이름과 전혀 다른 이름으로
창씨하는 경우도 더러 있기 때문이었다. 어느 쪽이든 섣불리
판단하기 어려운 문제였다.

아무튼 그러고 보니 기영박이라는 사람의 과거는 모호한
데가 있었다.

기영박이 철원으로 돌아온 건 해방되고 얼마 되지 않아서
였다. 경애의 기억에 따르면 한 달 남짓 되었을 무렵이었다.
만가대 주민이자 군내 버스 운전사인 박진삼이 철원역 앞에
서 기영박을 태웠다고 했다. 박진삼과 기영박은 어려서 친하

게 지낸 동무였다. 박진삼은 기영박을 한눈에 알아보았다. 유난히 눈이 작고 턱이 뾰족한 탓에 어려서부터 쥐 상이라고 놀림을 받던 그 얼굴은, 나이를 먹었을 뿐 거의 변하지 않았다. 박진삼은 달리던 버스를 멈춰 세우고 어릴 적 동무를 얼싸안았다. 마침 버스에 타고 있던 만가대 사람들이 하나둘 기영박을 기억해 냈다. 기영박은 마을 사람들에게 둘러싸인 채 고향으로 돌아왔다. 그날 천세택 앞마당에서 술판이 벌어졌다. 홍정두도 그를 반가이 맞아 주었다. 기영박의 무용담은 밤이 늦도록 계속되었다.

그게 전부였다. 광복군의 일원으로 버마 전투에 참가해서 손가락 두 개를 잃었다는 그 무용담도, 고향을 떠난 뒤 겪었다는 그 눈물겨운 고생담도, 모두 그날 밤 술자리에서 기영박이 한 이야기였다. 그것의 진위에 대해 그 누구도 의심해 본 적이 없었다. 그러나 철원을 떠날 때부터 해방이 되어 돌아올 때까지, 그 십오 년 동안 기영박이라는 존재를 만나 본 사람도 기영박의 소식을 들었던 사람도 없었다. 결국 따지고 보면 모두 기영박의 주장일 뿐이었다.

기수들은 좀 더 알아보자는 결론을 냈다. 기영박에 대해 더 조사해 본 뒤, 경성 일을 홍정두에게 털어놓기로 했다. 기수가 소련으로 떠날 때까지 남은 시간 동안 세 사람이 은밀하게 그 일을 진행하기로 했다.

철원 읍내에 도착하자마자 세 사람은 약속이나 한 듯 민청 쪽으로 길을 잡았다.

기영박은 북조선 민주청년동맹 철원군 위원장이었다. 이평리 임시인민위원회 위원장에다 북조선공산당 만가대 세포 위원장이기도 했다. 민청과 공산당이 기영박의 근거지인 셈이었다.

그런데 읍내 분위기가 이상했다. 침울하게 가라앉아 있었고 지나치게 조용했다. 그러고 보니 은행이며 우체국 같은 관공서는 태극기를 조기로 달았고 심지어 몇몇 가게들도 조기를 달고 있었다.

기수들은 불안한 걸음을 재촉했다. 어쨌거나 민청으로 가면 뭔가 소식을 알 수 있을 터였다.

그런데 철원 극장을 저만치 남겨 두었을 때, 오른편 식당에서 덕구가 보안대원들과 함께 나오는 게 보였다. 경애가 먼저 달려갔다.

"덕구 오라버니!"

덕구는 경애를 보더니 소스라치게 놀랐다. 다른 보안대원들도 충격적인 뭔가를 발견한 듯 바싹 긴장했다. 그들은 곧장 경애에게 달려왔다. 덕구가 맨 먼저 와서 경애 앞에 섰다. 그러고는 곧장 품에서 권총을 꺼냈다.

철컥!

덕구가 안전장치를 풀고서 권총을 경애에게 겨누었다. 다른 보안대원들도 각자 기수와 제영을 하나씩 도맡듯 권총을 겨누었다. 덕구가 작은 눈을 무섭게 부릅뜬 채 경애에게 말했다.

"강경애, 황기수, 오제영. 너희들을 홍정두 위원장 살해 용의자로 체포한다."

"오라버니…… 무슨 소리를 하는 거야?"

경애가 물었다. 기수와 제영도 덕구의 말을 이해하기 어려웠다. 그러나 토막토막 끊어진 단어들이 인두로 지지는 듯 뜨겁게 머릿속을 파고들었다.

홍정두, 살해.

제영이 온몸을 부들부들 떨며 어딘가를 가리켰다. 경애는 뻣뻣하게 굳어 버린 목을 돌리지도 못하고 천천히 시선만 움직였다. 기수도 그것을 보았다.

당사 임시 사무실 건물 앞에 고개를 숙이고 선 사람들이 있었다. 그들 사이로 하얀 연기가 한 줄기 피어올랐다. 그 연기 저편에, 검은 띠를 두른 액자 속에서 홍정두가 환하게 웃고 있었다.

기수와 제영은 보안대 유치장 안으로 떠밀려 들어갔다. 이미 갇혀 있던 사람들은 더욱 몸을 웅크리고 눈을 내리깔았다. 다들 마룻장 위에 웅크리고 앉아 겁먹은 눈을 끔벅거리고 있었다. 허리가 구부정한 노인부터 홍안의 소년까지, 나이도 처지도 제각각이겠지만 유치장 안에서는 모두가 닮은 얼굴처럼 보였다.

기수는 그들의 얼굴을 분간할 수 없었다. 눈앞이 제대로 보이지 않았다. 유치장으로 끌려들어 가며 보았던 사무실의 그 분향소. 당 사무실 앞의 거리 분향소처럼 검은 띠를 두른 액자 속에서 홍정두가 환히 웃고 있었다. 매캐한 향이 피어올라 그 웃음을 지워 내고 있었다.

"그예 너도 들어왔구나."

익숙한 목소리에 기수가 고개를 돌렸다. 원석이었다. 그 옆에 은봉도 있었다. 고양이와 쥐 사이 같더니 어쩐 일인지 은봉은 원석의 등에 제 등을 딱 붙인 채 웅크리고 앉아 있었다. 그런데도 원석은 은봉을 밀어내지 않고 그냥 두었다.

"여기서 보게 될 줄 알았다. 네가 설마 그런 짓을 했겠냐. 그러니 곧 돌아올 줄 알았어. 이리로 들어올 줄도 알았고."

원석은 며칠 사이에 딴사람이 된 것 같았다. 용암처럼 들끓던 성정은 어디로 갔는지, 세상사 모두 손에서 놓아 버린 노인 같은 얼굴이었다.

그러나 기수는 원석의 변화도 알아채지 못했다. 그나마 원석의 존재는 이제 또렷이 다가왔다. 꽉 막혀 버렸던 목구멍에서 겨우 소리가 나왔다.

"어찌 된 일이냐."

"글쎄, 어디서부터 얘기해야 하나……. 이 모든 일이 어디서부터 어떻게 잘못된 건지 모르겠다."

원석이 쓰게 웃었다. 그 순간이었다. 제영이 난데없이 원석에게 덤벼들어 멱살을 쥐고 악을 써 댔다.

"말해, 이 자식아! 어떻게 된 일이야! 위원장 동무가 돌아가시다니, 이게 어떻게 된 일이냐고!"

"자식이, 왜 이래……."

원석은 성가시다는 얼굴로 제영을 떼어 내었다. 한 손으로 밀었을 뿐인데 제영은 그대로 나가떨어졌다. 철원 여중 교사인 중년 사내가 제영을 얼른 붙잡았다.

"놔! 이거 놓으라고!"

제영은 애먼 사람에게 발길질하며 난동을 부렸다. 교사의 손에서 빠져나와 창살을 양손으로 움켜쥐고 소리를 질러 댔다.

"문 열어! 어서 열어! 문 열라고, 이 새끼들아아!"

그러다 제영은 스르르 무너지듯 주저앉아 울음을 터뜨렸다. 원석이 제영을 딱하게 쳐다보며 다시 입을 열었다.

"늙으나 젊으나…… 여기 들어오면 어째 하는 짓들이 비슷하구나. 다들 이게 무슨 일이냐고 난동을 부리다가 지금은 이렇게 입 닥치고 널브러져 있잖아."

바로 옆의 노인이 거슬린다는 얼굴로 헛기침을 했지만, 원석은 개의치 않았다.

"하긴 뭐, 오제영 저놈은 우리보다 더하겠지. 홍정두 위원장 조카라고 했던가?"

소문이 그렇게 난 모양이었다. 둘이 같이 사는 데다 제영이 워낙 홍정두를 따라서 그런 말이 나온 모양이었다.

"철원 바닥이 온통 초상집이다. 남녀노소 할 거 없이 이런 난리가 없어. 국상이야, 국상. 공산당에 악감정 있는 사람이 아니라면 다들 그럴걸. 곽은봉, 넌 어떠냐?"

원석이 팔꿈치로 은봉의 등을 쿡 쳤다. 은봉은 몸을 더 작게 웅크리고 벽으로 몸을 틀었다. 원석은 피식 웃고서 다시 말했다.

"아무튼 너도 오제영도 그만 진정해라. 정도의 차이는 있지만, 여기 들어온 사람들 거개가 그래. 이렇게 용의자라고 잡혀 와 있지만, 홍정두 위원장의 죽음을 애통해하는 사람들도 꽤 많더라니까. 뭐, 나 같은 놈도 잡혀 왔으니까……."

원석의 눈자위가 붉어지는가 싶더니 눈물이 투두둑 떨어졌다. 원석은 떨리는 입술을 앙다물고 눈을 끔벅거렸다.

기수는 비로소 원석이 어딘가 이상하다는 걸 느꼈다. 유치장이 아니라 운동장에 갇혔대도 갑갑해서 날뛰고 말 원석이었다. 거기다 '나 같은 놈'이라니. 기수의 의아한 눈빛에 원석이 다시 말했다.

"우리 고모도 돌아가셨다. 홍정두 위원장이 돌아가시던 그 날 밤……. 홍정두 위원장은 천세택 사당에 목이 매달렸다고 하더라. 우리 고모는 원산시당 사무실의 부위원장 자리에 앉은 채 면도칼에 목이 베여서……. 딱 십 분이었단다. 아무도 없이 고모 혼자 남겨진 시간이 딱 십 분이었다는데, 온몸의 피가 다 빠져나가기에는 충분했나 보더라. 고모가……. 나는…… 고모를……."

원석이 아래턱을 움찔거리며 다시 눈물을 흘렸다.

"이런, 제길…… 창피스럽게……."

원석은 주먹으로 내처 눈가를 문질러 댔지만 눈물은 쉬이 그치지 않았다.

옆에 앉아 있던 우편국장 신 씨가 무거운 한숨을 내쉬었다. 그는 일제 때부터 우편국장이었다. 해방이 되고 이제 다 끝장난 줄 알았지만 사죄의 글을 쓰는 것으로 용서받았다. 그 역시 생계형이라 하여 일제에 협조한 행위를 사면받고 우편국장 자리에 남을 수 있었다. 물론 토지는 몰수당했지만 그것만으로도 신 씨는 만족했다. 홍정두와도 제법 편하게 지냈고, 올봄에는 조선공산당에 입당했다. 그러나 사건이 터지자 연행되고 말았다.

신 씨처럼 친일 경력이 있는 자들, 토지를 몰수당한 자들, 월남한 가족이 있는 자들, 교회에 열심히 다니던 자들 그리고 공산당을 비방하고 다니던 자들은 닥치는 대로 체포되었다. 원석도 평소의 겁 없는 언행 탓에 연행되었다. 고모를 잃었지만, 그조차 사면의 이유가 되지는 못했다.

"어쩔 수 없는 일이다. 고모 장례식도 못 보게 생긴 건 가슴 아프지만…… 내가 보안대라도 이렇게 했을 거다. 철원애국청년단, 그 찢어 죽일 놈들에 대해 단서 하나 없단다. 원산에서 우리 고모를 해친 건 원산민주동지회라나, 그놈들에 대해서도 마찬가지야. 그러니 수상쩍은 자들은 죄다 잡아들일 수밖에 없잖아. 이렇게라도 잡아야 한다. 다 잡아서 죽여 버려야 한다고. 나 하나 억울한 것쯤 아무 상관 없다. 기수, 너도 그럴 거야. 너랑 오제영이랑 그 인민서점 강경애 말이다. 너희들, 위원장 동무가 돌아가신 그 밤에 사라졌잖아. 그러니 의심을 사는 것도 당연하지."

"너 뭐라고 했어?"

제영이 버럭 소리쳤다.

"그렇게 미친 말처럼 날뛰지 마."

원석이 어린애 달래듯 말했다. 제영이 원석 앞으로 바싹 다가앉았다.

"위원장 동무가 언제 돌아가셨다고? 우리가 사라진 날이라고?"

"그래, 인민서점에 불이 났던 날. 너희들은……."

제영이 기수의 멱살을 와락 움켜쥐었다.

"들었지? 너 때문이야. 너희들이 나를 끌고 갔잖아. 내가 집에 있었더라면 위원장 동무는……."

"진정해, 인마. 그날 어차피 인민서점에 불이 나는 바람에 민청원이랑 보안대원들은 모두 읍내에 있었다더라. 너희들이 어딜 다녀온 건지는 모르지만, 철원에 있었다 해도 오제영 넌 어차피 집에 없었을 거야."

원석이 그렇게 말하며 제영의 팔을 떼어 내려 했다. 그러나 제영은 믿기지 않는 힘으로 원석을 밀치고 기수의 멱살을 더 바싹 움켜쥐었다.

"너 때문이야. 너 때문에 내가…… 나 때문에……. 위원장 동무는 나를 그토록 믿어 주셨는데 난, 난……. 쓸모없는 놈…… 하필이면 그런 날, 위원장 동무를 혼자 두고……. 나란 놈은 정말이지……."

제영이 다시 눈물을 쏟으며 무너져 내렸다. 힘없는 손으로 멱살을 쥔 채 고개를 숙이고 통곡하기 시작했다. 툭. 제영의 손이 아래로 떨어졌다. 제영의 손등 위로 기수의 눈물방울이 후두둑 떨어져 내렸다. 기수는 제 눈물을 물끄러미 바라보았다.

17

경애가 흠칫 어깨를 떨었다. 딱딱하고 차가운 마룻장이 느껴졌다. 실신했던 걸까, 잠이 들었던 걸까. 잠이 들었다면 대체 어디서부터가 꿈이었던 걸까.

집 말이다, 너희 집. 이평리 만가대에 있는. 홍정두의 우렁우렁한 음성이 다시 들려왔다. 경애의 세상을 단숨에 뒤바꾼 그 한마디, 거기서부터가 꿈이었던 걸까. 일본이 패망하였다는구나. 서화영의 그 쓸쓸한 목소리, 거기서부터가 꿈이었던 걸까. 고 홍정두 신위. 보안대 사무실 분향소에 놓여 있던 그 위패, 거기서부터 꿈이었던 걸까. 경애는 무릎 꿇고 바닥에 이마를 댄 채 꼼짝도 못했다. 일어나면, 이대로 깨어나면, 대체 어떤 현실을 마주하게 될지 두려웠다.

"경애야, 괜찮아?"

귀에 익은 음성이 들려왔다. 이건 분명 현실이었다. 은혜로구나. 은혜가 내게 이렇게 다정히 말을 걸어 주는 세상. 적어도 인민서점은 꿈이 아니었다. 경애는 서서히 몸을 일으켰다.

"괜찮은 거야?"

은혜가 걱정스러운 눈빛으로 경애를 바라보고 있었다. 벽에 등을 대고 움츠려 앉은 여자들은 다른 세상에 속해 있는 듯 은혜와 경애에게 무심했다.

"바로 앉아 봐. 여기, 기대서 좀 앉아 봐."

은혜가 옆으로 좀 물러앉아 자리를 만들어 주며 경애의 팔을 부드럽게 잡았다. 경애는 은혜의 손길에 이끌려 그 옆에 등을 기대고 앉았다.

"물이라도 좀 달라고 할까?"

은혜가 다시 물었다. 경애가 고개를 옆으로 돌렸다. 은혜의 동그란 눈동자가 바로 앞에서 반짝이고 있었다. 경애는 갑자기 오싹해졌다. 정체 모를 섬뜩한 기운에 소름이 돋았다. 은혜의 눈동자에는 뭔가 예전과 다른 기운이 깃들어 있었다. 뜨거운 광기인 듯도 싶고 차가운 냉기인 듯도 싶었다. 경애는 어깨를 움츠리며 조금 떨어져 앉았다.

바로 그때 덕구가 유치장으로 다가왔다.

"강경애, 나와."

덕구가 유치장 문을 열었다. 끼익 하고 듣기 싫은 소리를 내며 철문이 열렸다. 경애는 무거운 몸을 질질 끌듯 마루 끝으로 가서 신발을 신고 내려섰다.

덕구는 경애를 취조실로 데려갔다. 유치장에서 취조실로 가는 모퉁이를 돌자 사무실에 마련된 빈소가 보였다. 매캐한 향 냄새가 코 속을 파고들며 경애는 다시 눈시울이 뜨거워졌다.

집 말이다, 너희 집. 이평리 만가대에 있는. 벙어리 홍 서방이 말을 하던 그 기적의 날, 그날부터 지금까지 경애는 살아본 적 없는 세상을 살았다. 그런 세상을 누군가는 해방이라 했고 누군가는 공산주의라고 했다. 그리고 경애는 그것을 홍정두라는 이름으로 알고 있었다.

"어서 가."

덕구가 경애를 잡아끌었다. 여전히 퉁명스러운 말투지만 한결 누그러졌다. 소리 없는 경애의 눈물이 덕구의 분노를 조금이나마 가라앉혀 준 모양이었다. 덕구는 취조실 문을 열고 손끝으로 경애의 등을 가볍게 밀었다. 취조실 안에는 승애와 기영박이 탁자에 나란히 앉아 있었다.

기도 히데히로. 기토영박. 기영박. 홍정두. 철원애국청년단. 우박처럼 쏟아져 내리는 생각에 경애는 눈앞이 어지러웠다. 뭘까. 진실은 대체 뭘까. 경애는 어지러운 마음으로 기영박을 바라보았다.

"앉아."

승애가 말했다. 경애는 발을 질질 끌며 다가가 맞은편에 앉았다.

"어딜 다녀온 거냐?"

승애가 딱딱하게 물었다. 경애는 탁자 위에 놓인 제 손끝만 쳐다보았다. 기영박에 대해 좀 더 알아낼 때까지 일단 덮어 두자. 세 사람은 그렇게 결론 내렸지만 그건 홍정두의 죽음을 몰랐을 때의 일이었다.

　"난 조선공산당 철원군당 선전조직원 강승애라고 한다. 철원군 인민위원회 상임집행위원회의 결정에 따라 홍정두 살인 사건 특별수사대 부대장의 임무를 맡았다. 지금 나는 특별수사대 부대장으로서 너를 취조하고 있는 것이다. 강경애, 지난 이틀간 어딜 다녀온 거냐."

　경애는 언니의 얼굴을 다시금 바라보았다. 전에 본 적 없는 얼굴이었다. 차가운 분노로 딱딱하게 굳어 버린 그 표정은 날선 칼 같았다. 바로 곁에는 기영박이 캐묻듯 경애를 쏘아보고 있었다. 경애는 일단 경성에서의 일을 숨기기로 마음먹었다.

　경애가 승애의 눈길을 피하며 입을 열었다.

　"금강산 다녀온다고 쪽지 남겼잖아."

　"금강산, 가지 않은 거, 다, 안다."

　승애가 한마디 한마디 끊어서 말했다. 기영박이 나섰다.

　"강경애 동무, 지금 그렇게 둘러댈 때가 아니야. 홍정두 위원장 동무가 돌아가셨어. 이게 무슨 뜻인지 모르겠나? 우린 범인을 잡고 말 거야. 그러기 위해서라면 무슨 일이든 할 수 있어. 거짓말이나 비밀, 그런 건 용납할 수 없어. 설사 그게 강

경애 동무라 해도, 나 자신이라 해도 마찬가지야."

과연 저 사람이 기도 히데히로일까. 철원애국청년단과 관련 있는 걸까. 그게 도대체 말이 되는 소리일까. 경애는 입을 꼭 다물었다.

기영박이 다시 말했다.

"어서 사실대로 말해. 오제영, 황기수, 그리고 강경애 동무. 셋이 어딜 다녀온 거지? 위원장 동무가 돌아가시던 그날 밤, 동무들은 금강산에 간다는 거짓말을 하고서 종적을 감추었어. 이건 결코 묵과할 수 없는 일이야. 어서 말해. 어딜 다녀온 거지?"

경애는 치미는 감정을 애써 누르고 힘겹게 말했다.

"금강산에 다녀왔어요."

잠시 조용해졌다. 그러다 승애가 뒤에 놓인 탁자에서 커다란 서류 봉투를 집어 들더니 내용물을 쏟아 냈다. 미제 감기약과 돈 봉투 그리고 명희의 사진이었다.

"이게 다 뭐지?"

경애는 명희의 사진을 바라보았다. 부옇게 눈앞이 흐려졌다. 가련한 우리 조카. 내가 지금 모든 걸 말하면 큰언니는 두번 다시 철원 땅에 오지 못하게 되는 걸까. 그럼 나는, 작은언니는, 명희를 영영 만나지 못하게 되는 걸까. 명희는 아버지도 없이, 이모들도 없이, 할아버지 할머니도 없이, 그 낯설고

숨 가쁜 경성 땅에서 자라게 되는 걸까.

"여기."

승애가 돈뭉치를 손가락으로 짚었다.

"돈다발을 묶은 종이에 찍힌 인장이 보이지? 조선은행 경성 지점. 얼마 전 누군가 당사 건립 모금함에 돈다발을 넣었다. 그 돈다발에도 같은 인장이 있었어. 조선은행 경성 지점. 그리고 이 약은 진짜 미제 약이라고 하더구나. 미군들이 주로 먹는 거고, 군부대 밖에서는 굉장히 비싼 데다 쉽게 구하기도 힘든 거라고. 그리고 이 사진, 이 아이는 대체 누구지? 너 대체 무슨 짓을 한 거야? 어디서 무슨 짓을 하다가 돌아온 거지? 위원장 동무가 돌아가셨는데 끝내 거짓말만 하는 네 태도는 대체 뭐지? 너 대체 뭐야?"

승애의 분노가 가파르게 달아올랐다. 그러나 말투는 기계적으로 찍어 내는 것처럼 높낮이도 없었고 속도도 일정했다. 경애는 언니가 두려웠다. 언니의 분노가 두렵고 걱정스러웠다. 그 분노가 언니 자신을 벼랑으로 내모는 것 같았다. 더 이상 입 다물고 있을 수가 없었다. 그렇다고 기영박 앞에서 다 털어놓을 수는 없었다.

"둘이서 얘기하고 싶어. 언니랑 둘이서만."

경애가 말했다. 승애는 분노를 터뜨렸다.

"지금 뭘 하자는 거야? 네 마음대로 사람을 골라서 얘기할

302

수 있는 상황인 줄 아는 거야?"

"강승애 동무, 진정해요. 뭔가를 알아내는 게 중요한 거지. 좋아, 내가 자리를 비키도록 하지."

기영박이 일어서서 덧붙였다.

"마침 민청 회의가 있어서 나가 봐야 하니, 승애 동무가 맡아서 취조하도록 해요."

기영박은 그대로 취조실에서 나갔다. 기도 히데히로. 기토 영박. 기영박. 철원애국청년단. 홍정두. 경애는 다시 수수께끼 같은 말들에 휩싸였다. 승애가 경애의 정신을 잡아채듯 말했다.

"그렇게 넋 놓아 버린다고 끝날 일이 아니다. 자, 다시 한 번 묻겠다. 어딜 다녀온 거지?"

경애는 잠자코 명희 사진만 바라보았다.

"금강산 타령은 그만해라. 벌써 철원역에 탐문이 끝났다. 역무원 진태규 동무는 정확하게 기억하고 있어. 그날, 인민서점에 불이 나서 난리가 났던 그날은 철원역에서 금강산행 전차를 탄 사람이 다섯 명밖에 없었다고 했다. 금요일인데 이상하게 손님이 적었고, 그중에 너희 셋이 없었다는 것도 기억해냈다. 말해라, 어딜 다녀온 거지?"

경애는 명희 사진을 제 앞으로 가까이 끌어다 놨다. 명희를 보고 싶은데 자꾸만 눈앞이 흐려졌다.

"언니. 우리 명희, 이쁘지? 참 이쁘지?"

"우리 명희?"

"언니도 알잖아. 외톨이가 된다는 거, 정말 힘들어. 우리 명희 곁에는 엄마가 있지만…… 그래도 큰언니랑 명희 단둘이 그 경성 하늘 아래에서 얼마나 외로울까. 아버지를 그렇게 험하게 잃고 엄마랑 단둘이…… 우리 명희가 너무 가엾잖아. 그래서 큰언니가 돌아오기만 바랐어. 큰언니가 다시 고향으로 돌아오기를…… 내가 기다리면, 내가 마음을 다해 기다리면…… 그런 날이 올 줄 알았어……. 그래서 말할 수 없었어. 언니한테 말 안 해서 미안해……. 위원장 동무가 돌아가셔서…… 미안해……. 다 미안해……. 이제 이렇게 큰언니에 대해 말해 버린 것도 미안하고…… 명희, 우리 명희한테 제일 미안해. 언니, 나는……."

경애는 손으로 입을 틀어막고 흐느껴 울었다. 눈물을 쏟으면서도 명희 사진 위로 점점이 떨어지는 제 눈물을 소맷부리로 조심스럽게 닦아 내었다.

"큰언니가 다녀간 거니?"

한 치의 흔들림도 없던 승애의 목소리가 떨렸다.

"천세택에 처음으로 삐라가 뿌려진 날이었어. 큰언니가 내게 돈 봉투와 미제 약을 주고 갔어. 그리고…… 읍내에 처음으로 삐라가 뿌려진 날, 인민서점 계산대 위에 편지와 사진이 놓여 있었어. 나를 데리러 온다고…… 나를 경성으로 데려가고 싶다고…….”

“그걸 어떻게 여태 숨길 수 있어!”

승애가 소리쳤다.

“미안해. 내가 잘못했어. 난 큰언니 믿었어. 아니, 믿고 싶었어. 그런데 더는 그럴 수가 없어서……. 그래서 내가 직접 알아봐야겠다는 생각이 들었어. 경성에 간 건…….”

“경성?”

경애는 경성에서의 일을 실토했다. 황인보가 주도하는 철원애국청년단, 그리고 거기에 큰언니가 깊이 관련되었다는 사실까지. 그러나 그 토지 매매 계약서에 대해서는 함구했다.

승애는 충격에 빠진 듯 한동안 말이 없었다. 경애 앞에 놓인 명희 사진을 가져가 잠시 들여다보았다. 그러다 사진과 약과 돈을 다시 봉투에 넣은 다음 경애에게 물었다.

“큰언니 사진 가진 거 있니?”

경애가 고개를 들었다. 승애의 두 눈이 붉게 충혈되어 있었다.

“강미애는 철원애국청년단을 지원하는 남조선의 간자다. 홍정두 위원장 살인 사건 용의자이기도 하고. 당장 긴급 수배를 내려야 해. 그러니 사진이 있으면 내게 넘겨라.”

딱 한 장 있었다. 하얀 기모노를 입고 신사에서 결혼식을 올리는 언니의 사진. 춘천으로 시집간 뒤, 미애는 고무신 한 켤레와 결혼사진을 경애에게 보냈다. 경애는 그 사진을 모서리가 나달나달해지도록 들여다봤고 그 고무신은 이듬해 여름이 될 때까지 아까워서 신지도 못했다.

"사진 있지?"

승애가 다시 물었다. 경애는 말없이 고개를 끄덕였다.

"이만 유치장으로 돌아가라. 경성 갔던 일을 자백한 건 잘했다. 그렇다고 너희들을 당장 석방할 순 없어. 너희들은 홍정두 위원장 동무가 살해되던 날 밤에 거짓 편지를 남기고 사라졌다. 아직까지 용의 선상에 있다는 걸 잊지 마라."

승애는 문을 열고 덕구를 불렀다. 덕구가 다시 경애를 데리고 나갔다. 그리고 유치장으로 돌아가다 분향소가 보이는 곳에 이르렀을 때, 경애는 발이 붙은 듯 멈춰 섰다. 덕구도 마음이 약해졌는지 재촉하지 않았다. 경애는 주춤주춤 분향소 앞으로 다가갔다.

"솔직히, 나도 안다. 네가 위원장 동무를 해쳤을 리 없지. 그렇지만 지금은 그런 걸 따질 상황이 아니야. 하필이면 그날 없어져 가지고……."

하필이면 그날, 경애는 덕구의 말에 다시 울음을 터뜨렸다. 하필이면 왜 그날이었을까. 그날 경성으로 가지 않았다면, 제영을 데리고 가지 않았다면, 그랬다면 뭔가 달라졌을까. 봉아

를 위원장 동무에게 데려갔다면, 봉아가 잠들어 버렸다는 이
야기라도 해 주러 갔다면, 그랬다면 위원장 동무를 구할 수
있었을까. 그날…… 인민서점 앞에서 이야기를 나눈 게 마지
막이었다. 경성으로 가기 전에 천세택에 들렀더라면, 그랬더
라면 적어도 한 번은 더 볼 수 있었을 텐데……. 박 의원 집
담벼락에서 돌아서지 않았더라면……. 그래, 그날 밤 거기.

천세택을 향해 다가가던 은혜의 모습. 그리고 천세택 쪽에
서 허겁지겁 달려오던 은봉.

"오라버니."

덕구는 경애의 창백한 얼굴을 보고 놀랐다.

"왜 그러냐, 너?"

어쩌면, 은혜는 홍정두 위원장을 본 마지막 목격자인지도
몰랐다. 은봉도 그럴지 몰랐다. 그리고 어쩌면, 그 둘은 사건
과 뭔가 관련이 있는지도 몰랐다.

"위원장 동무 돌아가시기 전에 마지막으로 만난 사람이 누
구죠?"

"거야 소련군 장교들이지. 읍내에서 돌아간 뒤 천세택 바
깥마당에서 이야기를 나누었고 장교들은 별채로 들어갔다
고. 그건 왜 묻는 건데, 응?"

"오라버니, 혹시…… 은혜는 뭐라고 했나요? 위원장 동무
를 언제 마지막으로 보았다고 했나요?"

"은혜? 곽은혜? 글쎄……. 아, 그래. 그날 아침 학교 가는 길에 버스 정류장에서 인사를 나눈 게 마지막이라고 하던데."

"그날, 위원장 동무가 돌아가시던 밤…… 은혜는 어디서 뭘 하고 있었대요?"

"얘가 무슨 말을 하는 거야, 지금?"

덕구가 정색했다. 경애가 재우쳐 물었다.

"오라버니, 날 믿고 얘기해 줘요. 중요한 일이에요."

"집에 있었다고 하던데? 제 어머니의 증언도 있고, 박진서 목사 부인의 증언도 있고."

"거짓말."

"뭐?"

덕구가 되묻는 순간, 기수가 모퉁이를 돌아 모습을 드러냈다. 보안대원에게 이끌려 취조실로 가는 중이었다.

보안대원이 한 팔로 기수를 붙잡은 채 취조실 문을 열었다. 기수를 들여보낸 보안대원이 문을 닫으려 손잡이에 손을 올렸다. 그 순간, 경애는 덕구를 와락 밀치고 취조실로 뛰어들었다. 경애는 등 뒤로 문을 닫고 잠가 버렸다.

"잠깐만 시간을 줘, 잠깐만."

경애가 다급하게 말했다. 쾅쾅쾅! 밖에서 거칠게 문을 두드렸다. 승애는 영문을 모르는 채 놀란 얼굴로 일어섰다. 그러나 기수는 경애가 무슨 말을 하려는지 짐작이 간다는 듯 희미하게 고개 저었다. 승애가 그 고갯짓을 알아챘다.

"뭐야. 너희들, 아직도 나한테 숨기는 게 있는 거지?"

"맞아, 언니. 숨기는 게 있어. 그걸 지금 다 말하려는 거야.
믿기 어렵겠지만……."

"경애야."

기수가 경애의 말을 막았다.

"황기수!"

승애가 소리쳤다.

바깥은 더 소란스러워졌다. 열쇠를 찾아온 건지 덜그럭거
리는 소리가 요란했다. 경애가 급히 말했다.

"언니, 삼십 분이면 돼. 기수야, 너도 모르는 얘기가 있어.
우리 셋이 얘기해야 해. 다른 사람 아무도 없이 우리 셋만 있
는 지금. 내가 다 얘기할게. 언니, 제발 부탁이야. 언니도 알잖
아. 기수와 내가 위원장 동무를 해쳤을 리 없다는 걸 알잖아.
아니, 우리를 믿지 않아도 좋아. 딱 삼십 분만 내 이야기를 들
어 줘. 그러고 나면 뭐든 시키는 대로 다 할게. 제발 부탁이야,
제발."

콰당!

덕구가 문을 왈칵 열어젖혔다. 경애가 앞으로 나동그라졌다.

"경애야!"

기수가 경애에게 달려갔다.

"장덕구 동무, 잠시만 기다리세요."

승애가 말했다. 덕구와 보안대원들이 의아한 눈빛을 주고받았다.

"삼십 분이면 돼요. 잠깐만 자리를 비켜 주세요."

덕구와 보안대원들은 내키지 않는 얼굴로 취조실에서 나갔다. 다시 문이 닫히고 취조실은 팽팽한 침묵에 휩싸였다.

이윽고 승애가 말했다.

"일어나."

경애는 바닥에서 일어나 의자에 앉았다. 기수가 그 옆자리에 앉자 승애도 맞은편에 자리를 잡았다.

"딱 삼십 분이다."

"기수야, 내가 아직 가슴이 떨려서 그러는데, 그 매매 계약서 이야기는 네가 해 줘."

기수가 먼저 서화영에게 들은 이야기를 전했다. 그리고 기도 히데히로라는 이름으로부터 기영박이라는 조선 이름을 추리했다는 사실도 밝혔다. 승애는 모두가 그럴 법한 반응을 보였다.

"말도 안 돼."

"그래서 말 못 한 거야. 우리가 생각해도 말이 안 되는 것 같아서. 어쩌면 전혀 근거 없는 착각인지도 몰라. 그래서 우리끼리 좀 더 알아보려고 했어. 그런 다음 얘기하려고 했어."

"그런데?"

승애는 남은 이야기가 더 있다는 걸 알아챘다. 기수도 경애에게 긴장된 눈길을 보냈다.

"이건 기수도 모르는 얘기야. 왜냐하면 그때는 나도 무심코 지나쳤거든. 기수야, 그날 경성으로 떠나기 전에 내가 언니에게 쪽지 남기려고 집으로 돌아갔던 거 기억하지?"

경애는 그렇게 그 밤의 일을 모두 털어놓았다. 밤 11시 무렵, 천세택으로 가던 곽은혜. 그리고, 천세택 쪽에서 허겁지겁 도망치듯 달려오던 곽은봉.

"11시…… 11시…… 11시……."

승애는 주문처럼 되뇌며 깊은 생각에 빠졌다. 그러다 문득 경애를 바라보며 혼잣말처럼 중얼거렸다.

"도립 병원 의사는 위원장 동무의 사망 추정 시각을 자정 전후라고 했어. 그런데 11시…… 틀림없는 거니?"

"틀림없어요. 경애가 돈을 챙겨 와서 마을을 떠날 때, 제가 시계를 보고 시간을 말했어요."

기수가 말했다.

"그때가 11시 반이었어."

경애가 덧붙였다.

"그렇다면…… 곽은혜와 곽은봉이 사건과 관련 있을지도 모르겠구나."

승애의 눈빛이 날카롭게 빛났다. 경애가 그 눈빛에 화답하
듯 고개를 끄덕였다.

"그래, 위원장 동무를 마지막으로 목격한 사람일지도 몰
라. 그런데 이상한 건, 은혜가 그날 밤 천세택에 갔다는 사실
을 숨겼다는 거야. 켕기는 일을 하지 않았다면 그럴 이유가
없잖아."

기수가 경애의 말을 반박했다.

"꼭 그렇게 생각할 건 아니야. 그냥 겁이 나서 숨겼을 수도
있어. 의심받을까 봐 지레 겁먹고서."

경애가 고개를 저으며 다시 말했다.

"그럴지도 몰라. 하지만 확인해 볼 필요는 있어. 은혜나 은
봉이가 사소한 거라도 알고 있다면, 도움이 될 거야. 사건과
관련이 있다면 철원애국청년단에 대해서도 뭔가 알겠지. 어
쩌면 기도 히데히로에 대해서도."

승애는 자리에서 일어나 창가로 다가갔다. 창가에서 바깥
을 내다보며 잠시 생각에 잠겼다. 그리고 다시 돌아와 결심한
얼굴로 말했다.

"일단 곽은혜를 다시 취조해 보마."

"은봉이부터 만나 보세요."

기수가 말했다. 승애가 묻는 듯 바라보자 기수는 생각에 잠
긴 표정으로 설명했다.

"전 은혜를 잘 알아요. 은봉이도 잘 알고요. 은혜는 우리로서는 이해하기 힘들다고 할까, 감당하기 힘들다고 할까…… 그런 데가 있어요. 그래요. 걘 핏속까지 진짜 양반이에요. 저랑은 달라요. 양반이 대단하다는 게 아니라, 은혜가 스스로를 그렇게 여긴다는 거예요. 몰아세우고 따진다고 입을 열진 않아요. 은혜가 말하지 않겠다고 마음먹는다면 누구도 어쩔 수 없어요."

"그래서 곽은봉이 먼저다?"

승애가 물었다.

"네. 은봉이는 생각보다 많은 걸 알고 있을지도 몰라요. 걘 공기처럼 존재감 없지만 언제나 모든 걸 살피고 있어요. 어려서부터 그런 느낌이 들었어요."

승애가 잠시 고민하다가 말했다.

"말도 안 되는 소리라는 거 알지만, 기수가 날 좀 도와줘야겠다. 기영박 동무가 회의를 마치고 돌아오기 전에 곽은혜와 곽은봉 취조를 끝내는 게 좋을 것 같아. 여기서 기다려라. 곽은봉을 먼저 데려오마."

승애가 문을 열고 덕구를 불렀다.

취조실은 두 개의 공간으로 나뉘어 있었다. 한쪽은 경애가 취조받았던 큰 방이고, 다른 한쪽인 작은 방과는 커다란 유리창이 달린 벽으로 구분되어 있었다. 두 방 사이의 유리창에는 두꺼운 재색 커튼이 쳐져 있었다. 경애는 승애와 함께 작은 방 유리창 앞에 놓인 의자에 나란히 앉았다.

곧 덕구가 은봉을 취조실로 들여보냈다. 은봉은 겁에 질린 얼굴로 기수에게 물었다.

"기수야, 이게 무슨 일이야? 왜 우릴 같이 불러?"

은봉의 목소리가 스피커를 통해 작은 방까지 들렸다. 커튼을 조금 열어 둔 틈으로 큰 방이 보였다. 그러나 큰 방에서는 캄캄한 작은 방을 볼 수 없었다. 그런데도 은봉의 눈길은 유리창을 연신 흘금거렸다. 그 너머에 누군가 있다는 걸 아는 듯한 눈길이었다.

"일단 앉아."

기수가 말했다.

은봉은 잔뜩 어깨를 움츠린 채 도둑고양이처럼 눈알을 굴리며 의자 끝에 간신히 엉덩이를 걸쳤다. 은봉의 눈길이 계속해서 유리창 너머를 더듬고 있는데, 기수가 기습적으로 물었다.

"천세택에서 왜 도망쳤어?"

은봉은 화들짝 놀라 그만 의자에서 굴러떨어질 뻔했다. 기수가 다그쳤다.

"위원장 동무가 돌아가신 그날 밤, 왜 도망쳤어? 천세택에서 무슨 짓을 한 거야?"

"무, 무슨 소리야? 난, 난 일찍 잤어!"

"거짓말 마. 경애가 널 봤어. 너, 천세택서 뭘 하고 있었어? 위원장 동무에게 무슨 짓을 한 거야?"

"왜, 왜 이래? 황기수, 나, 나한테 왜 이래? 난 아무것도 몰라. 날 보내 줘."

"곽은봉, 나한테 털어놓지 않으면 일이 더 커질 거야. 강승애 동무를 불러야겠어? 보안대원들을 불러야겠어? 그걸 원해?"

"난 몰라. 몰라. 모른다고."

"누굴 위해 뭘 숨기려는 거야? 은혜를 위해서? 네가 왜?"

은혜라는 이름에 은봉의 얼굴이 더욱 하얗게 질렸다.

"그날, 은혜와 너, 둘 다 천세택에 있었어. 경애가 은혜도 봤어. 그러니까 말해. 그렇지 않으면 너도 은혜랑 같이 곤경에 빠지게 될 거야."

은봉은 입술을 부들부들 떨며 물었다.

"말하면, 날…… 풀어 줄 거야? 난…… 괜찮은 거야?"

"난 그런 약속은 못 해. 하지만 사실대로 자백한다면 적어도 선처받겠지. 은혜가 저지른 일에 너까지 연루되진 않겠지. 난 알아. 넌 아무 짓도 하지 않았어. 하지만 넌 뭔가 알고 있어, 그렇지?"

"나, 난, 난 항상 뭔가 알고 있어."

은봉은 무섭게 몸을 떨며 혼잣말처럼 중얼거렸다.

"기수 네가 적색독서회를 한다는 것도 내가 맨 먼저 알았을걸? 난 항상 그랬어. 사람들은 나를 벽에 걸린 거울처럼 생각하거든. 내가 거기 있다는 걸 다들 잊어. 그래서 난 거울처럼 벽에 걸려서 다 보고 듣고 기억해."

은봉은 비밀스러운 이야기를 하듯 목소리를 낮추었다. 그러고는 유리창을 힐금 보고서 말을 이었다.

"그날, 은혜는 거기에 갔어. 그리고 여자 하나, 남자 넷. 복면을 쓴 다섯 사람이 있었어. 은혜가 홍정두 동무를 큰 사랑채로 데려갔어. 그리고 복면 사내들이 몽둥이를 휘둘렀어. 내가 본 건 그게 전부야. 정말이야. 그걸 보고 그대로 도망친 거야. 더 이상 봐서는 안 된다는 걸 알았거든. 정말이야! 정말이에요!"

은봉이 갑자기 달려와 두 손으로 쾅 소리 나게 유리창을 짚었다.

"믿어 주세요! 미리 얘기했어야 했던 거죠? 하지만 어쩔 수 없었어요. 무서웠어요. 말할 수 없었어요. 이제 난 어떻게 되는 건가요? 살 수 있는 건가요?"

승애가 작은 방 문을 열고 나갔다.

은봉이 털썩 무릎을 꿇었다.

"살려 주세요. 난 아니에요. 철원애국청년단도 아니고 아무것도 아니에요. 살려 주세요."

"곽은봉 동무, 의자에 앉아요."

"살려 주세요. 이렇게 죽고 싶진 않아요. 내 잘못도 아닌 일로 당하며 사는 건 진절머리가 나요. 살려 주세요! 용서해 주세요. 내가 아는 건 전부 다 말했어요. 정말이에요."

"알았으니 일단 유치장으로 돌아가도록 해요."

승애가 그렇게 말하고 문가로 가려는데 은봉이 승애의 다리를 와락 붙잡았다.

"난 정말 다 말했어요. 더 이상은 몰라요. 은혜한테 물어보세요. 우리 할아버지한테 물어보세요. 그 사람들이 더 많이 알아요. 난 정말……."

승애가 몹시 놀라더니 쪼그리고 앉아 은봉과 눈을 맞추며 물었다.

"할아버지라니? 곽치영 동무를 말하는 건가?"

"그들이 할아버지 이부자리 밑에 쪽지를 두곤 했어요. 내가 봤어요. 은혜가 그 그림도 그렸어요. 삐라에 실린 그림들……. 그날도 쪽지가 있었어요. 암호라서 뭔지는 모르지만 아무래도 심상찮은 일이 벌어질 것 같아서 은혜 뒤를 밟은 거예요. 내가 아는 건 이게 전부예요. 정말이에요. 믿어 주세요."

홍정두의 죽음에다 삐라의 그림까지, 은혜는 생각보다 깊이 관여하고 있는 게 분명했다. 그렇다면 기영박이라는 이름에 대해서도 뭔가 할 말이 있을지 몰랐다.

18

"곽은혜, 나와."

덕구가 유치장으로 와서 이름을 불렀을 때, 은혜는 또 꺽지네가 찾아온 것이라고 생각했다. 체포되던 날부터 오늘까지, 꺽지네는 끼니때마다 밥을 싸 들고 찾아와 눈물 바람을 했다. 모든 게 쇤네 잘못입니다요. 그날 쇤네가 옥 서방 그자를 따라나섰다면, 그자가 감히 그런 짓을 하지 못했을 텐데……. 은혜는 꺽지네의 어리석은 눈물이 짜증스러웠다. 만약 꺽지네가 따라나섰다면 옥 서방은 꺽지네를 죽였을지도 몰랐다. 어떻게든 떨궈 내고 제가 하려던 일을 했을 터였다. 꺽지네의 잘못은 옥 서방을 따라나서지 않은 게 아니었다. 꺽지네의 죄는, 감히 거역했다는 것이었다. 감히 은혜의 뜻을 거슬렀고 감히 곽씨 문중의 땅을 탐했다. 그리고 지금은 감히, 자신이 곽씨 일가의 명운을 좌지우지했던 거라 착각하고 있었다.

그러나 은혜는 꺽지네를 내치지 않고 꼬박꼬박 만났다. 이 곳은 보안대였다. 보는 눈이 많았다. 유치장에 갇혀 있긴 하지만 특별히 은혜가 의심 사고 있는 것은 아니었다. 아직은 그들이 원하는 사람이 되어 주어야 했다. 그리고 꺽지네에게 어머니와 할아버지를 잘 모시라고 당부할 필요가 있기도 했다.

그러나 덕구는 은혜를 면회실이 아니라 취조실로 데려갔다. 은혜는 바싹 긴장했다. 한 차례 취조가 끝났는데 다시 부르는 건 무슨 뜻일까. 조짐이 좋지 않았다.

"오라버니, 왜 저를 또 부른 거지요?"

오라버니라는 말에 덕구는 헤벌쭉 웃었다.

"나도 몰라. 그렇지만 은혜 동무야 지은 죄도 없으니 걱정 마."

덕구가 취조실 문을 열었다. 승애는 창가에 서 있었다. 은혜가 취조실로 들어가고 덕구가 문을 닫았다. 그래도 승애는 은혜가 들어왔다는 사실조차 모르는 사람처럼 창 너머 먼 하늘을 응시했다. 은혜도 문가에 선 채 꼼짝할 수 없었다.

이윽고 승애가 등을 보이고 선 채 낮은 목소리로 입을 열었다.

"마지막으로 남기신 말은 없었나?"

은혜는 와락 소름이 돋았다. 저 앞뒤 없는 말은 대체 무슨 뜻일까. 설마……. 은혜는 마음속으로 고개를 젓고 천진한 말투로 되물었다.

"무슨 말씀이세요?"

승애가 돌아섰다.

"위원장 동무가 마지막으로 남기신 말씀이 뭐냐고 물었다. 넌 그 자리에 있었으니 보았을 테지? 홍정두 위원장 동무의 최후는 어땠을까. 혁명가 홍정두, 넌 그가 어떤 사람인지 모를 거야. 열다섯 살부터 조국과 인민의 해방을 위해 달려온 그가 얼마나 강한 사람인지 상상도 못 할 거야. 그 사람은 너희들이 죽인다고 죽는 사람이 아니다. 여기."

승애가 두 걸음 걸어와 손가락으로 탁자를 짚었다.

"그분이 앉아 있다. 네 눈에는 보이지 않나? 여기 그리고 저기 또 저기."

승애는 출입문과 창밖 그리고 작은 방과 연결된 유리창을 차례로 가리켰다.

"그러나 이제 우리는 그분을 볼 수가 없다. 그분의 목소리를 들을 수도 없다. 네가 그분을 본 마지막 사람이다. 말해라. 위원장 동무는 아무 말씀도 남기지 않았나? 어떤 모습으로 어떻게 떠나셨지?"

승애의 눈은 은혜의 눈동자를 꽉 붙잡고 놓지 않았다. 그날의 홍정두, 밧줄에 매달린 채 죽어 가던 그 홍정두의 눈과 같았다. 은혜는 다리를 와들와들 떨기 시작했다. 잊었다고 생각했는데, 지웠다고 생각했는데, 착각이었다. 댓돌 위의 핏자국과 홍정두의 눈동자가 고스란히 눈앞에 떠올랐다. 천박한 자들이 짐승처럼 또 다른 짐승의 목숨을 거두는 현장. 그곳에서 겁에 질려 떨고 있는 제 모습. 곽은혜일 리가 없는, 그러나 저와 꼭 닮은 겁에 질린 계집애. 제 모습에 대한 치욕감이 두려움을 차츰 억눌렀다.

이건 곽은혜가 아니다. 이렇게 강승애 따위에게 추궁당하는 건 곽은혜가 아니다. 곽은혜는 경성에 있다. 난 나를 되찾고 말 것이다.

은혜는 냉정을 되찾고서 입을 열었다.

"강승애 동무, 저한테 왜 이러시는 건가요? 무슨 오해가 있는지는 몰라도……."

"곽은혜, 너."

승애가 오른손을 들어 엄지를 꼽아 보였다. 그리고 하나하나 손가락을 꼽으며 말을 이었다.

"복면을 쓴 여자 하나. 그리고 마찬가지로 검은 복면을 쓴 남자 하나, 둘, 셋, 넷. 그러니까 모두 여섯이군."

승애가 손가락을 하나하나 꼽을 때마다 은혜의 눈앞에 그들의 얼굴이 차례로 스쳐 갔다. 승애는 마치 은혜와 같은 장면을 본 것처럼 자신 있게 구체적으로 이야기하고 있었다. 목격자가 있는 걸까. 그렇다고 여기서 포기할 순 없었다. 경성으로 가려면 여기서 빠져나가야 했다. 그러기 위해 그 모든 수모를 견딘 것이 아닌가.

"무슨 말씀을 하시는지 모르겠어요. 전······."

"위원장 동무를 어떻게 속인 거지? 비합(비합법) 투쟁으로 잔뼈가 굵은 분이다. 김삼룡 동지만큼이나 주도면밀해서 일제 고등경찰이 혀를 내둘렀던 분이다. 열다섯 살부터 혁명에 투신하여 단 한 번 체포되었을 뿐, 누구도 위원장 동무를 잡지 못했다. 한데 너 따위가 감히······ 위원장 동무가 어떻게 너 따위에게······."

승애는 한순간 평정심을 잃었다. 은혜는 승애의 눈빛을 읽었다. 그래, 그렇게 생각하겠지. 하잘것없는 계집아이. 집안의 후광 말고는 아무것도 없는 나약한 부르조아지의 딸. 그러나 똑똑히 알아 둬라, 강승애. 너희들은 감히 우리의 상대가 되지 못하느니. 은혜는 승애의 흔들리는 모습 앞에서 오히려 점점 차분해졌다.

"억울합니다. 아무 근거도 없이 이렇게 죄인 취급을 하시니."

"무슨 빌미로 그 밤에 천세택에 갔고, 무슨 핑계를 대고 민주 선전실까지 유인했을까. 말해 봐. 이건 말이 안 된다. 위원장 동무가 어떻게 너 따위에게 속아 넘어가서······."

승애는 말을 잇지 못하고 의자에 앉았다.

은혜는 다시 떨기 시작했다. 검정 치마가 들썩이도록 몸이 떨렸다. 승애는 너무 많이 알고 있었다. 누굴까. 어디서 얼마

만큼 이야기가 새어 나간 걸까. 그러나 버텨야 했다. 이 고비를 넘기고 여기서 빠져나가야 했다. 그는, 손가락 두 개가 없는 그는 아직 건재했다. 유치장에서 빠져나갈 수만 있다면 경성이 지척이었다.

"정말 억울합니다. 갑자기 왜 이러시는 건가요? 저는 아무 것도 모릅니다. 저 역시 위원장 동무 일로 큰 충격을 받았어요. 죄 없이 잡혀 와 있는 게 억울하지만 범인을 잡기 위해서는 어쩔 수 없다고까지 생각하고 있어요. 그런데 저를……."

"너 정말 대단하구나."

승애가 손으로 이마를 짚고 호흡을 골랐다. 그러고는 싸늘하게 식은 얼굴로 말했다.

"그렇다면 대질 심문을 할 수밖에 없구나. 이렇게까지 하고 싶진 않았는데 어쩔 수 없는 노릇이지."

"대질 심문이라니요?"

그날 함께 거사를 치렀던 사람들 가운데 단장과 강미애를 제외한 나머지 네 사람은 모두 유치장에 갇혀 있다. 나를 제외한 세 남자, 그중 누가 분 걸까. 은혜는 불안하게 눈동자를 굴렸다.

승애가 문을 열고 덕구를 불렀다.

"도립 병원에 전화해서 만가대로 구급차를 보내라고 해요."

은혜가 자지러지듯 돌아섰다.

"강승애 동무…… 무슨 짓을 하려는 거죠?"

승애는 돌아보지도 않고 취조실 밖으로 나가 버렸다. 쾅! 문이 닫히며 유리창이 부르르 몸을 떨었다.

곽치영은 눈물처럼 땀을 쏟았다. 바퀴 달린 침대에 누워 취조실로 들어올 때, 이미 모시 한복이 몸에 척 감길 만큼 땀에 젖어 있었다. 초여름이라고는 해도 아직 구슬땀을 쏟을 만큼 덥지는 않았다. 취조실에는 특유의 서늘함도 감돌고 있었다. 그러나 곽치영은 온몸으로 땀을 쏟으며 은혜를 간절하게 쳐다보았다. 살려 다오, 아가. 살려 다오.

"당장…… 그만둬……."

은혜가 숨을 몰아쉬며 승애에게 말했다. 승애는 은혜를 외면한 채 의자에 등을 기대고 앉아 곽치영에게 물었다.

"곽치영 동무는 말을 하지 못한다는 걸 압니다. 하지만 나는 어떻게든 방법을 찾고 말 겁니다. 이 사건에서 가장 중요한 목격자니까요. 곽치영 동무는 내가 알고 싶어 하는 것들을 알고 있으니까요. 아, 잊었군요. 곽치영 동무의 손녀, 곽은혜 동무가 더 많은 걸 알고 있지요. 하지만 한사코 입을 다무니 곽치영 동무를 취조할 수밖에요. 장덕구 동무."

문가에 서 있던 덕구마저 잔뜩 질린 얼굴로 얼른 다가왔다.

"곽은혜 동무는 취조가 끝났으니 유치장으로 데려가요."

"이러지 마."

은혜가 승애 앞으로 덤벼들 듯 다가섰다. 승애가 차가운 눈길로 은혜를 쏘아보았다.

"난 아무것도 모른다고 했잖아! 아무것도 모른다고! 그런데 왜 우리 할아버지야……. 할아버지가 지금 어떤 상태인지 당신 눈에는 안 보이는 거야? 어떻게 이럴 수가 있어? 어떻게 이런 짓을 할 수가 있어? 당신, 정말……."

승애는 은혜를 외면하고 다시 덕구에게 말했다.

"어서 데려가요. 취조에 방해가 되니."

"그만해! 어서 할아버지를 보내 줘! 어서!"

"그렇다면 곽은혜 동무, 내게 뭔가 할 말이 있나?"

"우리 할아버지를 보내 줘. 할아버지를 괴롭히지 마……. 당신도 사람이라면 어떻게 이런 짓을……. 당장 관둬! 어서! 어서 할아버지를 보내 주라고!"

은혜는 승애의 양어깨를 움켜쥐고 미친 듯 소리쳤다. 승애는 은혜의 서슬에 몸이 마구 흔들리면서도 은혜의 시선을 붙잡고 놓지 않았다. 덕구가 달려들어 은혜를 떼어 냈다.

승애가 구겨진 옷을 손으로 툭툭 털며 말했다.

"곽은혜 동무, 다시 한 번 말하지만, 난 절대 포기하지 않아. 시간이 얼마가 걸리든 상관없어. 곽치영 동무에게서 반드시 진실을 알아내고 말 거야. 아니, 진실을 알게 될 때까지 곽치영 동무를 취조할 거야. 이 취조를 끝낼 수 있는 건 내가 아니라 곽은혜 동무 자신이라는 걸 명심해. 할아버지를 돕고 싶다면 내게 악을 쓰는 대신…….”

승애가 말을 멈췄다. 은혜도 격렬하게 쏟아 내던 울음을 멈추었다. 덕구가 놀란 눈으로 곽치영을 돌아보았다.

지독한 냄새가 풍겨 나왔다. 분명 곽치영에게서 풍기는 냄새였다. 곽치영이 덮고 있는 하얀 시트 한가운데가 누렇게 젖어 들고 있었다. 그게 무엇인지 모두가 동시에 깨달았다.

“으…… 으…… 으…….”

곽치영의 입에서 비명과도 같은 신음이 새어 나왔다. 그대로 고함치고 몸부림치고 차라리 죽음으로 달려가고 싶다는, 바로 그런 신음 소리였다.

“아아아아아악!”

은혜가 비명을 지르며 주저앉았다. 침대로 엉금엉금 기어가 무릎을 꿇은 채 몸을 일으켜 할아버지의 얼굴을 끌어안았다.

“죄송해요. 죄송해요, 할아버지. 다 제 잘못이에요. 저 때문에…… 죄송해요…… 죄송해요…….”

은혜는 가슴을 난도질당한 것 같았다. 아랫것들 앞에서 짐승처럼 겁에 질려 보이지 못할 꼴을 보이는 할아버지의 고통이 쇠꼬챙이처럼 가슴을 후벼 팠다.

승애가 차분한 목소리로 말했다.

"장덕구 동무, 도립 병원에 연락해서 간병인 동무를 불러와
요. 아, 환자를 씻기고 옷을 갈아입혀야 한다는 것도 일러 주
도록 해요. 그 전에 곽은혜 동무부터 유치장으로 데려가도록."

"저기, 강승애 동무. 아무래도……."

덕구가 주저주저하는데 승애가 날카로운 눈빛으로 쏘아보
았다. 덕구가 은혜에게 다가갔다.

"곽은혜 동무, 일단 유치장으로 돌아가서……."

덕구가 은혜의 팔을 잡았다. 은혜가 그 팔을 홱 뿌리치고
일어서려다 그대로 주저앉았다. 움켜쥔 주먹으로 바닥을 짚
으며 겨우겨우 승애에게 기어갔다.

"다 말할게……. 우리 할아버지를…… 그만 보내 줘. 할아
버지를 괴롭히지 마……. 시키는 대로 다…… 할게. 뭐든 다
할게."

"복면을 쓰고 있던 자들의 이름."

"강미애, 박춘복, 이대우, 조진석."

"한 사람 더."

은혜는 그의 목소리를 떠올렸다. 날 알아본 건가? 그자의
웃음 띤 목소리에는 분명 살기가 있었다. 그러나 이제 죽음조
차 두렵지 않았다. 할아버지가 겪고 있는 수모에 비하면 죽음
은 사치였다.

"기…… 영…… 박."

은혜가 말했다. 앞으로 고꾸라지듯 엎드려 울음 섞인 목소리로 말을 이었다.

"이제 그만해, 제발……."

"으…… 으…… 으……."

곽치영의 입에서 다시 단말마와 같은 신음 소리가 새어 나왔다. 그의 삭정이 같은 몸뚱이가 움찔움찔 들썩거렸다. 모두 놀라서, 승애마저도 놀란 눈으로 곽치영을 바라보았다. 무서운 경련을 일으키던 곽치영의 육신이 풀썩 무너져 내리듯 멈추었다. 은혜가 비명을 질렀다.

"할아버지!"

곽치영의 지릅뜬 눈동자에서 눈물이 흐르고 있었다. 그 밖에는 모든 것이 멈춰 버렸다.

19

곽치영의 사망은 충격적인 사건이었다.

보안대장은 승애의 가혹한 처사에 격노했다. 홍정두 사건 특별 수사대 대장을 맡고 있는 기영박도 승애를 몹시 비난했다. 승애는 그날로 특별 수사대 부대장에서 해임되었다. 보안대장은 곽치영의 상을 치르기 위해 은혜와 은봉을 석방하겠다고 말했다. 승애가 나서기도 전에 기영박이 반대했다. 상주인 곽은봉만으로 충분하다는 것이었다. 개인사를 빌미로 석방하기 시작하면 수사에 지장이 있다고 했다.

승애는 직위 해제되었지만 덕구와 은밀하게 일을 추진했다. 병호도 남몰래 그 일을 도왔다.

승애와 덕구는 남의눈을 피해 기영박의 집을 뒤졌지만 별다른 걸 찾아내지 못했다. 그런데 덕구에게서 넘겨받은 보안대 자료를 뒤지던 병호가 뭔가를 발견했다. 북조선 전역의 민족 반역자 수배 기록이었다. 기도 히데히로. 민족 반역 행위로 수배 중인 자로서 평안도경 소속의 하찮은 조선인 순사였

다. 하지만 그게 전부가 아니었다. 기도 히데히로는 순사 노
릇을 하며 만든 종잣돈으로 미두(米豆, 현물 없이 쌀을 사고파는
일)에 손을 대 큰돈을 모았다. 그리고 그 돈으로 평양에서 가
장 악명 높은 고리대금업자가 되었다. 빚을 갚지 못하는 사람
들은 멕시코의 농장이나 만주의 사창가로 팔아넘겼다. 그러
다 원한을 사서 손가락 두 개를 잘리기도 했다는 것이었다.

그제야 승애는 보안대장에게 모든 사실을 보고했다. 보안
대원들이 기영박의 소재를 파악하고 달려갔을 때, 기영박은
천세택 민주 선전실에서 마을 노인들과 이야기를 나누던 중
이었다. 노인들은 물론 체포하러 간 보안대원들마저 몹시 충
격받은 얼굴이었는데 정작 기영박은 태연했다.

"멍청한 것들."

기영박은 수갑을 차며 그렇게 이죽거렸다.

보안대는 기영박의 집을 다시 뒤졌다. 이번에는 아예 서까
래를 뜯어낼 만치 철저한 수색이 이루어졌다. 결국 작은방 아
궁이 아래에서 비밀 공간을 찾아냈다. 아궁이 바닥에 쇠로 된
상자가 숨겨져 있었는데, 그 속에서 철원애국청년단 입회서
뭉치가 나왔다. 삼십 명도 넘는 사람들이 피로써 손도장을 찍
어 맹세한 것들이었다.

뚜렷한 증거와 과거의 행적이 드러나자 기영박은 모든 사
실을 순순히 자백했다. 자신이 바로 철원애국청년단 단장이

며 홍정두 살해를 모의하고 실행했다고. 그것은 결코 참회 따위가 아니었으며 오히려 즐기는 것처럼 보이기까지 했다.

"굳이 말하자면, 기영박도 하시모토 미유키에게 당한 셈이야. 하시모토 그자는 군수업자의 아들이라더군. 그래서 전세를 누구보다 빨리 파악했을 거야. 전황이 나빠지자 그 땅을 은밀히 팔아넘기고 일본으로 떠나 버린 거지. 하시모토 미유키 명의로 된 그 땅은 인민위원회가 몰수했고. 일본인이 남긴 적산으로 파악됐어. 기영박으로서는 원통했겠지. 그래서 월남하는 길에 철원에 들렀는데 박진삼 동무와 마주친 거야. 당황해서 자신의 과거를 지어냈는데 의외로 다들 너무 쉽게 속아 넘어갔고. 그래서 철원에 남기로 결심한 거야. 제힘으로 제 땅을 되찾겠답시고. 만약 이자를 잡지 못했다면 앞으로 또 어떤 일을 벌였을지……."

승애는 고개를 절레절레 저었다.

경애도 기수도 제영도 말이 없었다. 승애도 승리의 기쁨 따위 찾아볼 수 없는 얼굴이었다. 철원애국청년단은 일망타진한 셈이지만 남은 상처가 너무 컸다.

투두두둑! 갑작스럽게 굵은 빗방울이 듣기 시작했다. 하늘은 종말의 날인 듯 어둡게 가라앉아 있었다.

"그간 고생 많았다."

승애는 그렇게 말하고 보안대 안으로 들어갔다.

경애들은 보안대 현관 처마 아래에 우두커니 서 있었다. 길 잃은 아이들처럼 막막했다. 장막처럼 드리운 빗줄기에 갇히기라도 한 것처럼 꼼짝할 수 없었다.

그런데 타박거리는 발소리가 장막을 들추듯 다가왔다. 도롱이를 쓴 봉아였다.

"언니!"

경애가 빠른 걸음으로 계단을 내려갔다. 봉아가 경애를 와락 끌어안았다.

"아이고, 다 젖겠네!"

연천댁이 쓰고 있던 도롱이를 펼쳐 경애를 감쌌다.

"덕구가 너희들 나올 거라고 연통을 넣었더라. 세상에……이게 다 무슨 일이라니?"

연천댁의 얼굴이 젖어 들었다. 세상을 온통 적시는 빗줄기와 험한 세월을 건너고도 마르지 않은 눈물이 한데 뒤섞였다. 연천댁은 젖은 얼굴에 웃음을 머금고 계단 위의 기수와 제영에게 손짓했다.

"어서들 가자. 어차피 한바탕 씻어야 되니 까짓 비 좀 맞지, 뭐. 뭐 해, 어서 와. 느이들 먹이려고 따뜻한 두부 사 놨어. 어서 가자, 어서."

경애가 봉아의 손을 꼭 잡고 앞장서 걸었다. 이 아이는 이제 어쩌나. 위원장 동무만을 그토록 찾았는데. 봉아는 이제 홍정두 대신 경애의 손을 잡기로 한 모양이었다. 작은 손에서 어떻게 이런 힘이 나오는지 놀라울 정도로 경애의 손을 꽉 쥐었다.

배롱나무 집에 도착하자 연천댁은 부엌에서 따뜻한 두부를 들고 나왔다. 가뭄 든 논바닥처럼 쩍쩍 갈라진 손끝으로 두부를 조심스럽게 쪼개서 경애들의 입에 일일이 넣어 주었다. 따뜻하고 고소한 두부 맛에 경애는 그만 또 왈칵 눈물을 쏟았다. 두부 한 모에 기뻐했던 그 평온한 나날들. 홍정두의 호탕한 웃음소리가 들려오던 그 새로운 날들.

"언니, 울지 마."

봉아가 손바닥으로 경애의 눈물을 닦아 주었다.

"그래, 언니가 참 바보 같지? 우리 봉아는 이렇게 씩씩한데."

봉아가 고개를 야무지게 주억거렸다.

"그럼, 난 씩씩하지. 혁명가의 딸이잖아."

"뭐어?"

경애가 힘없이 웃었다.

"위원장 동무가 늘 그러셨어. 난 혁명가의 딸이라고. 그러니까 씩씩해야 한다고. 조국과 인민의 해방을 위해 싸우는 혁명가의 딸이라는 사실을 잊지 말라고. 자랑스러워하라고."

봉아의 작은 입에서 나오는 말치고는 생경했다. 그러나 그저 외워서 따라 하는 말이 아니라 봉아의 마음 깊은 곳에서

우러나오는 말이었다. 봉아에게 그 말들은 제 부모와 홍정두
의 목소리였다.

"어째 오늘은 아무도 없네요."

기수가 무명 수건으로 젖은 머리칼을 닦으며 말했다.

"응. 내일이 우리 홍 서방…… 위원장 동무 장례식이잖아.
마을마다 행진해서 온다는데 민청원들이 앞장서야지. 다들
일찌거니 집으로 돌아가서 해 지기도 전에 읍내가 텅 비었다.
아이고, 느이들이 이렇게 오늘 나와 줘서 얼마나 고마운지 모
르겠다. 나 혼자서는 어찌 감당했을꼬……."

연천댁이 치마 끝으로 눈물을 찍어 냈다. 처마에서 빗줄기
가 하염없이 떨어져 내렸다.

"사는 게 아주 몸서리가 난다. 내 나이 이제 오십……. 살아
도 살아도 어찌 이리 퍽퍽하냐. 사람 죽어 나가는 건 어째 봐
도 봐도 익숙해지지가 않는다. 내 나이 열네 살에 시집가서부
터, 아니지, 내 나이 다섯 살 때부터 아래위 동기 셋을 줄줄이
잃었다. 그리고 서방 잃고 자식 잃고……. 무슨 놈의 세상이
걸신 든 것처럼 생목숨을 그리 잡아먹고도 아직도 성에 안
차는 모양인지. 징글징글해서 못 살겠다. 우리 홍 서방, 딱해
서 어쩌누……. 굽이굽이 저승길을 원통해서 어찌 가누…….
유치장에서 죽었다는 그 양반도 가련타. 살아서 왕후장상이
면 뭣할 것이며 천석지기 만석지기면 뭣할 것이냐. 느이들은

334

아직 젊어 모르지? 사람이 잘 사는 것보다 어려운 게 잘 죽는 거다. 살아서 호의호식하는 것보다 어려운 게 곱게 가는 거다. 그런 꼴로 죽어 나가다니 세상에……. 승애도 이번에는 지나쳤다. 사람 목숨 가지고……."

"지나치긴 뭐가 지나쳐요?"

빗물이 듣는 것도 아랑곳 않고 마루 끝에 걸터앉아 있던 제영이 불쑥 말했다. 그러고는 누군가에게 따지는 것처럼 빗줄기를 쏘아보며 말을 이었다.

"진작에 다 죽었어야 했어요. 양반들, 지주들…… 가진 놈들은 해방이 되던 날에 돌로 쳐 죽여야 했다고요."

"그러면 못쓴다. 독 품고 살면 그 독이 너를 잡아먹는 법이야."

"잡아먹어 보라지요. 내가 그리 순순히 당하나."

제영이 제 얼굴을 쥐어박듯 주먹으로 눈물을 훔치고 또 말했다.

"저놈들이 언제 우리를 사람 취급하던가요? 굶어 죽고 병들어 죽고 맞아 죽어도 눈 하나 깜빡하던가요? 없이 산다고, 천한 피라고, 소 돼지처럼 취급하잖아요. 그런데 뭐가 사람 목숨이에요? 왜 우리는 사람 도리 따져 가며 살아야 하는데요? 언제까지 이렇게 당하고 살아야 하는데요?"

"이놈아, 손에 쥔 게 전부가 아니다. 그래, 우리네 가진 게 뭐 있냐? 천하게 태어나서 근근이 목숨이나 이어 가는 신세…… 그렇다고 사람 도리까지 놔 버리면 우리한테 뭐가 남냐? 있이 사는 치들은 가진 게 많아 사람 도리 내버려도 배부를지 모르겠다만, 우린 다르다. 평생 손아귀에 땅 한 뙈기 가져 본 적 없다만, 난 하늘 아래 부끄러운 거 하나 없다. 나중에 황천길을 가도 염라대왕님 앞에서 큰소리칠 거다. 난 사람 도리 지키며 살았다고."

"염라대왕은 무슨……."

"죽어 염라대왕이 아니라 내 마음이 그렇다는 거다. 그래서 승애가 심했다는 거고, 승애가 걱정된다는 거다. 모진 척해도 승애 맘이 나랑 다를까? 승애가 손에 쥔 게 뭐가 있냐? 여태 제 잇속 돌보지 않고 세상 사람들 위해서 싸웠다는 거, 그거 하나 아니냐? 사람이 사람답게 살았다는 거, 그거 하나 아니냐? 한데 그 모진 꼴을 보았으니……."

연천댁의 깊은 한숨이 안개처럼 피어올랐다. 다들 안개에 길을 잃은 듯 막막하게 앉아 있었다. 연천댁이 끙 하고 무릎을 짚고 일어서며 다시 말했다.

"나야 뭐가 뭔지 모르겠다만…… 요새 장거리에서 듣자니 분위기가 영 뒤숭숭하더라. 현물세를 걷기 시작하는 모양인데, 어찌나 깐깐하게 구는지 농사꾼들이 불만이 많다고들 하더라. 아이고…… 언제쯤 세상이 조용해지려는지."

연천댁은 입 속으로 무어라 더 중얼거리며 부엌으로 들어갔다. 바로 그때, 끼익 소리와 함께 대문이 열렸다. 원석과 병호였다.

"황기수, 괜찮냐?"

병호가 달려와 기수를 와락 끌어안았다.

"자식…… 무슨 호들갑이냐?"

기수가 쑥스러워하며 병호를 슬며시 밀어냈다. 그러고는 원석에게 눈길을 돌렸다. 원석은 민청원도 아닌 데다 지금껏 민청에 출입하는 법이 없었다. 원석이 겸연쩍은 얼굴로 말했다.

"그냥 가겠다는데 병호 녀석이 하도 성화를 부려서……."

"자식, 거짓말하네. 네가 황기수 어딨냐고 목이 부러져라 두리번거리고 있었잖아."

병호가 놀리듯 말하자 원석이 발끈했다.

"내가 언제?"

연천댁이 부엌에서 내다보며 놀리듯 말했다.

"아이고, 내일모레 장가갈 녀석들이 아웅다웅은."

원석이 고개를 깊이 숙여 인사하고 병호를 따라 대청마루로 올라왔다. 병호가 걱정스러운 표정으로 기수에게 물었다.

"너, 소련 가는 일 틀어졌다면서?"

"소문도 빠르다. 아무튼 철원 바닥에서 병호 네가 모르는 일이 있긴 한 거냐? 뭐, 그렇게 됐다."

기수는 담담한 얼굴이었다. 석방되기 전, 보안대장에게 통고받은 것이었다.

홍정두의 죽음 이후, 철원은 이전 같지 않았다. 마을마다 빈집이 꽤 늘었다. 야반도주하듯 도망치는 것이었다. 홍정두 사건으로 곤욕을 치른 사람들도 그랬고, 체포는 면했지만 체포의 빌미가 있던 사람들도 그랬다. 토지개혁 때 한바탕 월남을 했는데, 그때 내려가지 못한 사람들이 움직이고 있었다. 이제 철원은 친일 악질 지주의 아들 황기수가 소련 유학생이 되기 위한 추천장을 받기는 어려운 세상이 되었다.

"칠일장을 치르는 거니까…… 홍정두 위원장 돌아가시고 딱 일주일 된 거지? 근데 칠 년, 아니 칠십 년은 지나 버린 것 같다."

병호가 한탄하듯 말했다. 그러고는 좀 미안한 얼굴로 원석에게 물었다.

"너희 고모는 장례식 벌써 했댔지?"

"응. 오일장이라서 엊그제. 묘라도 써 주지, 시집 안 간 딸이라고 화장해서 원산 앞바다에 뿌렸단다. 쳇, 살아서도 떠돌아다녔는데 죽어서도 고향에 못 돌아오고……. 우리 집구석 하는 일은 아무튼 뭐 하나 마음에 드는 게 없다."

원석은 불만 가득한 얼굴이지만 열을 올리지는 않았다. 고모의 죽음을 겪은 뒤, 원석을 달구던 엔진 하나가 꺼져 버린 것 같았다.

누구 하나 때려죽이고 싶은데, 대체 누굴 패야 할지도 모르겠다. 우리 누이 덮친 소련 놈들을 죽이려니 고모가 울고, 우리 고모 죽인 반동 놈들 때려죽이려니 우리 누이가 울 것 같고……. 내 주먹은 그냥 나쁜 놈 때려죽이라고 있는 건데, 이렇게 갈피를 못 잡고 나 혼자 미쳐 나간다.

유치장에서 원석은 기수에게 그렇게 말하며 허허 웃었다. 원석에게서는 절대 볼 수 없을 것만 같던 그런 웃음이었다.

빗줄기가 점점 거세졌다. 바람까지 불어와 대청마루까지 비가 들이쳤다. 다들 조금씩 안으로 들어앉는데, 원석이 문득 뭔가 떠오른 얼굴로 또 말을 꺼냈다.

"참, 기수야, 병호야. 나 아까 태규 봤다."

"태규?"

기수와 병호가 동시에 물었다. 태규는 적색독서회를 함께 했던 동무였다. 그러다 해방이 된 뒤, 독실한 기독교 신자인 할머니와 어머니를 따라 억지로 월남했다.

"응. 남조선에서는 도저히 못 살겠더란다. 친일파 놈들, 우익 놈들이 갈수록 기승 떠는 꼴을 못 봐주겠더라나. 그 자식 성질이 얼마나 불같냐? 거기서도 데모하겠다고 만날 나다녀서 결국 그 어머니랑 할머니가 도로 올려 보내셨대. 남조선에 있다가는 오대 독자 명줄 놓치게 생겼다고. 함흥에 있는 외숙

부 댁으로 간다더라. 마침 그쪽으로 가는 차가 있다면서 인사
도 못 하고 간다고 미안하다 전해 달랬어. 한데 말이야."

원석은 한숨을 휴 내쉬고 말을 이었다.

"태규를 딱 마주쳤는데 내 마음이 요상하지 뭐냐? 남조선
에서 올라왔다, 그렇게 생각하는 순간 경계심이 들더라고. 이
자식은 왜 왔지? 정체가 뭐지? 수상한 생각까지 들더라. 기분
참 더럽던걸. 대체 삼팔선 그까짓 게 뭐라고 내가 동무를 수
상하게 여긴단 말이냐? 이제 남쪽에서도 그럴 거 아니냐? 이
게 뭐냐, 대체?"

부엌에서 끼이잉 하고 가마솥 열리는 소리와 함께 구수한
냄새가 풍겨 왔다. 모처럼 고깃국이라도 진하게 끓이는 모양
이었다.

경애도 부엌으로 갔다. 고맙게 살아남아 준 동무들에게 뜨
뜻한 밥상이라도 차려 주고 싶었다. 하루가 또 저물어 가고
있었다.

20

콰과과광!

폭음이 보안대를 뒤흔들었다. 시커먼 연기가 유치장으로 스며들었다. 사무실 쪽에서 고통스러운 비명이 들려왔다.

곧 복면을 쓴 사내들이 뛰어 들어와 유치장 문을 열기 시작했다. 철커덩! 철커덩! 차례로 유치장 문이 열렸다. 철커덩! 한 사내가 은혜가 갇힌 유치장 문을 열었다.

같은 방에 있던 다른 이들은 모두 석방되고 은혜 혼자 남아 있었다. 은혜는 연기가 스며드는 유치장 입구에 선 채 움직이지 못했다. 대체 무슨 일이 벌어지고 있는지 알 수 없었다.

그런데 복면을 한 누군가가 은혜 앞으로 달려왔다.

"곽은혜 아가씨!"

미애였다.

"어서 나오세요, 어서!"

은혜는 미애의 손에 이끌려 유치장에서 나왔다.

사무실은 난장판이었다. 사제 폭탄이 터진 자리는 움푹 꺼져 있었고 유리창은 모두 깨져 나갔다. 책상과 집기들이 불타고 있는 바닥에 보안대원 두 사람이 쓰러져 신음하고 있었다. 철원애국청년단이라는 사실이 탄로 나 아직 수감되어 있던 사람들이 서로를 밀치며 바깥으로 뛰어나갔다.

은혜는 보안대 입구에서 무춤했다. 깨진 거울 속에 불꽃이 너울거리고 있었다. 그리고 그 불꽃 속에 작고 더럽고 힘없는 계집아이가 서 있었다.

해방되던 날, 초록색 양장 차림으로 인력거에 타고 읍내 길을 지나던 그 고귀한 여학생. 그 아침으로부터 고작 일 년이었다. 그사이에 고귀한 곽씨 집안 아가씨는 어디론가 사라졌다. 대신 작고 더럽고 힘없는 계집아이가 뻔뻔하게도 그 자리에 서 있었다.

"뭘 꾸물거리는 거야!"

기영박이 은혜 앞으로 튀어나와 소리쳤다. 그의 손에 권총이 들려 있었다.

은혜는 움찔하고 뒤로 물러섰다. 배신자. 은혜가 그를 밀고했다고 이른 사람은 없을 테지만, 곽치영의 죽음으로 모든 건 명백했다.

그런데 미애가 두 사람 사이로 비집고 들어오며 기영박에게 말했다.

"곽태성 나리께서 기다리고 계십니다."

342

기영박이 이를 부드득 갈았다. 그리고 뒤미처 나오는 사람
들에게 서두르라고 호통치고서 은혜에게 말했다.

"아비 잘 만난 덕에 목숨 건진다는 걸 알아야 할 거요. 또한
내게 큰 빚을 졌다는 것도. 삼팔선을 넘는 순간부터, 그 빚을
갚으시오. 곽태성이라는 이름 세 글자로 두고두고 갚으시오."

"서둘러야 합니다."

미애가 말했다.

기영박이 먼저 달려 나갔다. 삼팔선을 넘는 순간부터. 은혜
는 기영박의 그 말이 뜻하는 바를 온몸으로 느낄 수 있었다.
작고 더럽고 힘없는 계집아이. 그러나 그 보이지 않는 장벽을
넘는 순간, 은혜는 다시 곽은혜일 수 있었다.

"가자."

은혜가 혼잣말처럼 중얼거리며 급히 걸음을 옮겼다. 할아
버지의 원통한 주검을 두고 가다니, 아직 묘소에 절도 올리
지 못했는데. 삼우제도 치르지 못했는데. 어머니의 미친 듯한
기도 소리도 떠올랐다. 그러나 곽은혜가 곽은혜일 수 없는 이
땅에 한시도 더 머무를 수 없었다. 어머니를 지켜 주세요. 은
혜는 철이 든 후 처음으로, 마음을 다해 신께 간구했다. 한사
코 주님에게 매달리는 어머니의 신앙이 부디 헛되지 않기를
빌며 거리로 나섰다.

늦은 시간이라고는 하지만 읍내는 지나치게 어두웠다. 해

방 직전 등화관제 훈련을 하느라 강제로 소등했을 때 같았다. 비는 그쳤지만 먹구름이 하늘을 온통 가리고 있어 별빛 한 줄기 새어 들지 못했다.

"읍내 전체에 전기를 끊었어요."

미애가 빠른 말투로 얘기했다.

어둠 저편에서 요란한 발걸음 소리가 울려 퍼졌다. 폭음을 듣고 사람들이 달려오는 것 같았다.

기영박이 권총을 사방으로 겨누며 계단을 내려갔다. 먼저 빠져나간 사람들은 저마다 살길을 찾아 뿔뿔이 흩어지고 없었다. 기영박이 앞장서고 은혜와 미애가 뒤따랐다. 유치장 문을 열었던 두 복면 사내가 뒤를 지키며 따라왔다.

그런데 현관 계단을 내려와 돌기둥 사이의 정문을 통과하려는 순간이었다.

"꼼짝 마!"

보안대 뒤편에서 보안대원 한 사람이 달려오며 소리쳤다. 그와 동시에 총성이 울렸다.

탕!

복면 사내 가운데 하나가 총을 쏘았다. 보안대원은 옆구리에서 피를 쏟으며 쓰러졌다. 은혜는 입 속 가득 비릿한 피 맛을 느꼈다. 할아버지의 주검을 지켜보며 울음을 토했던 순간의 바로 그 느낌. 은혜는 바닥에 고인 빗물로 흘러나오는 사내의 피를 지켜보았다. 죽어라, 죽어 버려라. 온몸의 피를 다 쏟고 죽어도 너희들의 죗값을 치르기는 부족할 테니. 갚아 주리라. 모두 갚아 주리라.

"서둘러!"

기영박이 다시 달리기 시작했다. 은혜와 다른 이들도 그의 뒤를 따라 보안대 옆 골목으로 뛰어들었다.

기수가 벌떡 일어났다. 원석과 제영도 단숨에 잠에서 깨어났다. 연천댁이 행랑채에서 버선발로 달려 들어왔다.

"이게 무슨 소리냐? 천둥소리냐? 아니지? 그런 거 아니지?"

경애도 뒤미처 안방으로 들어왔다.

"폭음 아니야?"

경애가 물었다. 제영과 기수가 눈빛을 주고받았다. 심상찮은 굉음이었다. 천둥소리는 결코 아니었다. 그러나 폭음이라고 확신할 순 없었다. 원석이 말했다.

"폭음이다. 우리 집이 은구데이에서 멀지 않잖아. 어려서부터 다이너마이트 소리를 얼마나 들었는데. 분명 폭음이었다. 가까이에서 폭탄이 터진 거야."

"내가 나가 볼게."

기수가 몸을 움직이려는데 연천댁이 막아섰다.

"안 된다. 나가지 마라. 인제 사람 상하는 건 더 못 보겠다.

일단 두고 보자."

"아주머니, 그냥 보고만 올게요. 이대로 가만있을 수는 없잖아요."

바로 그때, 누군가 배롱나무 집 대문을 거세게 두드렸다. 연천댁은 놀라 바닥에 주저앉았고, 누가 말리기도 전에 경애가 달려 나가 대문을 열었다.

"동무!"

경애의 놀란 목소리와 함께 우당탕거리는 소리가 들려왔다. 모두 단걸음에 마당으로 달려 나갔다. 보안대원 하나가 옆구리에 피를 흘리며 쓰러져 신음했다.

"동무! 동무! 무슨 일이에요?"

기수가 그를 일으키며 다급히 물었다. 보안대원은 고통에 일그러진 얼굴로 입을 열었다.

"보안대가 습격당했소. 폭탄이 터지고…… 유치장에 가둬 둔 반동들이 다 도망쳤어……. 내일이 위원장 동무 장례식이라 보안대에 사람도 별로 없는데……. 어서 가야 돼……. 기영박…… 그놈도 도망쳤소."

"안 돼!"

제영이 버럭 소리치며 달려 나가려 했다. 보안대원이 얼른 제영의 바지 자락을 붙잡았다.

"그놈들은 무장했소, 여기."

보안대원이 품에서 권총을 꺼내어 내밀었다.

"총 쏠 줄 아는 사람 없소?"

기수는 저도 모르게 원석을 돌아보았다. 원석은 고개 저었다. 총은 만져 본 적도 없는 얼굴이었다. 그런데 제영이 불쑥 손을 내밀었다.

"내가 쏠 줄 알아요."

"거짓말 마."

경애가 말했다. 제영은 그 말을 무시하고 총을 낚아채듯 손에 잡았다.

"거짓말 아니야. 미군 놈들 심부름하고 다니던 시절에 쏴 본 적 있어. 명사수는 아니지만 미군 놈들한테 칭찬깨나 받았던 솜씨라고."

"무슨…… 소리요, 이게?"

미군이라는 말에 보안대원이 놀라 물었다. 원석도 의아한 얼굴로 기수를 돌아보았다. 그러나 제영은 설명 따위 하고 싶지 않은 얼굴로 성큼성큼 앞서 걸어 나갔다.

"걱정 마세요, 동무. 사정이 있어서 그랬던 거예요."

기수가 대충 둘러대고 대문으로 걸어갔다. 그런데 원석도 함께 따라나섰다. 기수가 돌아보자 원석이 머쓱한 얼굴로 말했다.

"왜? 민청원 아니면 낄 수 없는 거냐?"

"그런 건 아니지만······."

"사나이는 동무를 혼자 사지로 보내지 않는 법이다. 그리고 총이라면 몰라도, 맨주먹으로 싸우는 일이라면 너희 둘이 합해도 나 하나만 못할 거다."

원석은 그렇게 말하고 먼저 바깥으로 나가 버렸다. 뒤미처 기수도 밖으로 나가 보니 제영과 원석은 1미터 정도 간격을 두고 읍내 길 쪽으로 걸어가고 있었다.

"조심해라. 조심해야 한다."

연천댁이 맨발로 대문 밖까지 달려 나와 소리쳤다. 경애가 연천댁을 감싸 안고서 말없이 기수를 바라보았다.

"걱정 마세요. 더 이상은 안 당해요."

기수는 그렇게 말하고 빠른 걸음으로 제영과 원석에게 다가갔다.

셋은 담벼락에 등을 붙이고 큰길 쪽으로 조금씩 나아갔다. 읍내 길이 훤히 보일 때쯤, 어둠에 몸을 숨기고 보안대 쪽으로 움직이는 한 떼의 청년들이 보였다. 그중 한 사람의 얼굴이 눈에 익었다. 공산당 간부였다.

"동무!"

기수의 낮은 목소리에도 그들은 기민하게 반응했다. 모퉁이로 몸을 숨기고 얼른 총을 겨누었다. 기수가 제영과 원석에게 눈짓했다. 셋은 양손을 머리 위로 올리고 모습을 드러내었다. 공산당 간부도 기수를 알아보았다. 다른 청년들에게 경계를 풀라는 신호를 보내고서 다 같이 읍내 길을 가로질러 기수들에게 다가왔다.

"황기수 동무, 맞지?"

기수가 꾸벅 인사했다.

"어디서 오는 길이야? 민청?"

"네."

"이게 전부인가?"

그는 답답한 얼굴로 기수들을 차례로 보았다. 유도로 단련한 원석은 몹시 다부진 몸집이었지만, 얼굴은 아직 애티가 났다. 비썩 마른 제영이나 누가 봐도 책상물림인 기수는 말할 것도 없었다. 제영이 그 눈길에 불쾌한 기색을 보이며 말했다.

"걱정 마십쇼. 저희도 한몫하고 싸울 작정이니까요. 총도 쏠 수 있고요."

제영이 뒤춤에 꽂아 두었던 권총을 꺼내 보였다.

"흠, 아무튼 동무들이라도 있어서 다행이군. 하필이면 장례식 때문에 다들 마을로 일찍 돌아간 판국에……."

"하필이 아니라 일부러 오늘 밤을 택한 거 아니겠습니까?"

그와 함께 온 청년 하나가 말했다.

"그렇겠지. 그 바람에 당 사무실에도 우리 넷밖에 없었으니까. 기영박 그놈이 상황을 훤히 알고 일을 꾸민 거겠지."

바로 그때, 배롱나무 집 뒤쪽에서 개 짖는 소리가 메아리를 울렸다.

  "왜 저쪽이 소란한 거지? 남쪽으로 갈 거면 화지리 쪽으로 길을 잡았을 텐데!"

  "학저수지를 돌아서 한탄강으로 가려는 건지도 몰라요. 아예 관우리 쪽으로 해서 빙 둘러 가려는지도 모르고요. 한탄강에 철선이 있잖아요. 철선을 타면 삼팔선까지 단숨에 갈 수 있을 겁니다."

  제영이 말했다.

  다들 한탄강 쪽으로 고개를 돌렸다. 머릿속으로 익숙한 길이 펼쳐졌다. 보안대 뒷길을 통해 감리교회를 지나 도피안사를 거쳐 학저수지를 돌아간다. 그리고 뱃길을 이용한다……. 이쪽에서는 짐작하기 어려운 수였다. 그렇다면 그들로서는 시도해 볼 만한 일이었다.

  "좋아. 그럼 혹시 모르니 동무들은 그쪽으로 가 봐요. 우리는 남쪽으로 가는 큰길로 가 볼 테니. 골목을 샅샅이 뒤질 순 없으니 차라리 그 너머 벌판으로 빠져요. 밤이라 소리가 잘 울려 퍼질 거요. 벌판을 따라 동쪽으로 가면서 골목 안쪽의 동태를 주의 깊게 살피시오. 뭔가 있다면 따라잡을 수 있을 게요. 만약 조금이라도 수상한 낌새를 보거든 지체 없이 총을 쏘시오. 기영박 그자를 살려 보낼 수는 없소! 최 동무, 동무가 이 민청 동무들과 같이 가시오."

그는 기수들만 보내는 게 아무래도 미덥지 않은지 최재원
이라는 청년을 함께 보냈다. 기수들도 마다하지 않았다.

그렇게 다시 움직이기 시작했다. 기수들은 배롱나무 집 앞
으로 돌아왔다. 골목 막다른 곳에 있는 집의 담장을 넘고 마
당을 가로질러 다시 담을 넘었다. 거기서 오른쪽으로 골목을
따라 나아가면 보안대 뒷문 근처를 지나는 길로 통했다. 그
길로 가다가 보안대 뒷문 못 미쳐 왼편으로 빠져나가면 금강
산 전철이 지나가는 벌판이었다.

그렇게 방향을 잡고 달려가는 동안, 사방에서 개 짖는 소
리가 들려왔다. 잔뜩 흥분해서 짖어 대는 소리에다 그 메아리
까지 뒤섞여 이제는 대체 어디서 들려오는 건지 가늠할 수도
없었다.

그런 소란이 일어났는데도 사람들은 창문을 굳게 닫아걸
었다. 이제 다시 못 들은 척, 못 본 척, 모르는 척하지 않으면
살아남을 수 없는 시절이 되었다고 느끼는 듯했다. 기수들은
어둡게 침묵한 골목을 따라 달렸다. 그러다 갈림길이 나타났
다. 하나는 벌판으로 통했고, 하나는 골목을 따라 이어지다
보안대 후문과 만났다.

최재원이 말했다.

"동무들, 여기서 두 패로 나눕시다. 등잔 밑이 어둡다고 하

지 않소? 보안대 근처도 빠뜨려서는 안 될 것 같아. 나와 동무
는 벌판 쪽 그리고 황기수 동무와 동무는 보안대 쪽."

총을 가진 최재원과 제영을 중심으로 패가 나뉘었다. 최재
원과 원석은 벌판으로 달려갔고 제영과 기수는 골목을 따라
나아갔다. 그렇게 보안대 후문에 이르렀지만 아무런 낌새도
없었다. 그런데 다시 벌판으로 나아가는 길과 만나는 모퉁이
에 가까워졌을 때였다.

"쉿!"

기수가 그렇게 경고하며 담벼락에 등을 붙였다. 앞서 가던
제영도 재빨리 움직였다.

분명, 모퉁이 저편에서 인기척이 느껴졌다. 여러 명의 사람
들이 발소리를 죽이며 다가오고 있었다. 제영이 권총을 겨눈
채 앞으로 조금씩 움직였다. 기수가 바싹 붙어서 뒤따랐다.

철컥!

기수는 그대로 얼어붙었다. 뒤통수에 차가운 총구가 느껴
졌다. 그리고 음산한 목소리가 들려왔다.

"총 내려. 안 그러면 이 자식 대가리를 날려 버릴 테니까."

제영이 서서히 총을 내렸다.

사내가 총구를 기수 머리에 댄 채 옆으로 움직였다. 기수가
눈알을 굴리자 사내의 얼굴이 보였다. 낯선 얼굴이었다. 그리
고 앞쪽에서 귀에 익은 목소리가 들려왔다.

"황기수 아니야?"

기영박이었다. 그리고 은혜와 또 다른 사내와 한 여자가 있었다. 그녀에게는 어릴 때 얼굴이 그대로 남아 있었다. 귀하신 도련님이 이게 무슨 꼴이래요? 치맛자락으로 기수 얼굴에 묻은 먼지를 조심스레 닦아 주던 그 얼굴. 기수는 미애를 한눈에 알아보았다.

"황기수, 강승애를 움직인 건 바로 너라고 하던데?"

기영박이 이죽거리며 다가왔다. 그러고는 제영 앞에 우뚝 멈춰 섰다.

"오제영, 넌 또 뭐야? 그새 빨갱이 물이 든 건가? 홍정두 뒤꽁무니를 졸졸 쫓아다니더니 빨갱이 세상에서 행세깨나 하는 맛이 제법이던가?"

"내 손에 죽을 줄 알아."

제영이 으르렁거렸다.

"하하하하, 계집애 같은 줄 알았더니 배포가 제법일세?"

"어서 가야 합니다."

미애가 말했다.

"그렇지. 갈 길이 바쁘지. 이봐, 도중철. 둘 다 해치워."

"안 돼요!"

미애가 기수 앞으로 성큼 나섰다.

"뭐 하는 짓이야!"

은혜가 날카롭게 소리쳤다. 미애를 지나쳐 기수 바로 앞까지 다가왔다.

"황기수, 네가 무슨 짓을 했는지 알아?"

"미안하다. 하지만 다시 돌아가도 난 똑같은 일을 할 거다."

은혜가 기수를 쏘아보며 뒤로 손을 내밀었다.

"총 이리 줘."

"아가씨!"

미애가 은혜 앞을 가로막았다.

"비켜!"

"그럴 수는 없습니다. 저는 황인보 나리의 명을 따르는 사람입니다. 이분은 황인보 나리의 아드님입니다. 황기택 판사님의 동생이라고요. 기수 도련님을 해쳤다가는 그 댁에서 가만있지 않을 겁니다. 공산주의자건 뭐건, 이분은 그 댁 아드님이세요."

미애가 기영박을 돌아보았다.

"경성으로 가실 거라면 황인보 나리의 뜻을 거슬러서는 안 됩니다. 도련님을 해친다면 그 대가를 호되게 치러야 할 겁니다."

"감히 나를 거스르겠다는 거야? 너 따위가?"

은혜가 다시 소리쳤다.

"아가씨, 목소리를 낮추세요. 여긴 아직 철원입니다. 우린 쫓기는 처지예요."

"그럼 네가 대신 죽어."

미애가 고개 숙여 사죄했다.

"용서하세요. 저는 아가씨도 기수 도련님도 모두 무사히 모시고 가야 합니다. 그게 제 일입니다."

미애가 다시 기영박을 돌아보았다.

"어서 가야 해요. 추격이 점점 거세질 거예요."

기영박은 분기를 달래느라 거친 숨을 토해 냈다. 그리고 떫은 웃음을 머금고 기수에게 다가와 빈정대기 시작했다.

"흥, 천세택 막내 도련님. 공산주의자? 만민이 평등하다지? 하지만 똑똑히 봐. 이게 세상이야. 오늘 거사로 보안대에 있던 빨갱이 둘이 뒈졌지. 한데 황기수, 넌 살아남게 되었어. 왜? 황인보의 아들이니까. 황기택의 동생이니까. 알겠나? 이런 게 세상이야. 살아 있는 내내 네 아버지에게 감사해라. 네가 어디서 뭘 하든 넌 천세택 막내 도련님이야. 그 덕에 살아남을 수 있고, 그 덕에 잘난 척할 수 있는 거지. 오래오래 살면서 똑똑히 깨달아."

"날 죽여!"

기수가 소리쳤다. 총을 겨누고 있던 도중철이 총신으로 기수의 뒤통수를 후려쳤다. 기수는 신음 소리를 내며 쓰러졌다.

"잘 봐라, 황기수. 천세택 막내 도련님을 살려 주는 대신 이 천한 목숨은 내가 거둘 테니."

기영박이 제영에게 총을 겨누었다.

탕!

어디선가 총알이 날아왔다. 기영박이 움찔하고 허공을 휘젓듯 총구를 사방으로 겨누었다. 미애가 어깨에서 피를 흘리며 비틀거렸다. 제영이 그대로 기영박에게 몸을 날렸다. 탕! 다시 총소리가 들려왔다. 모퉁이 저편에서 쏘는 것이었다. 기영박 일행은 사정권에 들어 있었다.

"제길!"

기영박이 욕지거리를 내뱉으며 제영에게 발길질을 했다. 그러나 제영은 총을 든 기영박의 손을 움켜쥔 채 한데 나뒹굴었다. 도중철이 제영에게 총을 겨누었다. 탕! 다시 총알이 날아와 도중철의 곁을 스쳐 지나갔다. 도중철이 질겁하며 한발 비켜서고는 그대로 제영의 옆구리를 걷어찼다. 제영이 옆으로 나가떨어졌다. 도중철이 기영박을 일으켜 세웠다.

탕! 탕!

미애 옆에 서 있던 사내가 가슴에서 피를 뿜으며 쓰러졌다.

"이런, 씨발……. 가자!"

기영박이 그렇게 외치고 먼저 달리기 시작했다. 은혜가 그 뒤를 따르고 도중철이 미애를 부축하며 달렸다.

그들이 골목 저편으로 사라지자마자 최재원과 원석이 모

퉁이를 돌아 달려왔다.

"기수야!"

원석이 기수를 일으켰다. 뒤따라오는 최재원은 다리를 심하게 절룩거렸다. 허벅지에서 피가 흐르고 있었다.

"괜찮으십니까?"

기수가 물었다.

"괜찮지 않아. 하지만 죽거나 뭐 그럴 정도는 아니다."

최재원이 그렇게 말하며 총에 맞고 쓰러진 기영박 부하의 턱 아래를 손으로 짚어 보았다.

"죽었군."

최재원은 고통스러운 얼굴로 바닥에 앉았다. 원석이 그 모습을 바라보며 무겁게 입을 열었다.

"어느 놈인지 갑자기 뛰어들어서 칼로 찌르고 도망쳤어. 유치장에서 탈출한 놈들 가운데 하나인 것 같은데, 놓쳐 버렸다."

원석은 자책하듯 고개를 떨궜다.

"동무 잘못이 아니오. 젠장, 내가 좀 더 사격에 자신이 있었다면 기영박, 곽은혜, 그것들을 다 없애 버리는 건데……. 동무들이 맞을까 봐 제대로 쏠 수가 있어야 말이지."

최재원은 주먹으로 바닥을 치며 이를 갈았다. 분한 마음에 통증도 잊은 듯했지만, 출혈이 꽤 심했다.

"원석아, 일단 최재원 동무를 병원으로 모시고 가. 난 기영박을 쫓을 테니까."

기수는 그렇게 말하고 죽은 사내의 손에서 권총을 낚아
챘다.

"야, 너 총도 못 쏘면서……."

원석이 채 말을 끝내기도 전에 기수는 기영박이 달려간 골
목 저편으로 사라졌다.

"황기수!"

제영의 목소리가 메아리를 울렸다.

경애는 도립 병원 앞에서 우뚝 멈춰 섰다. 한밤을 날카롭게
찢어발기는 저 소리는 총성이 분명했다. 총성은 잇달아 들려
왔다.

연천댁은 부상당한 보안대원을 병원에 데려다 주고 곧장
돌아오라고 몇 번이나 당부했다. 기수가 그러지 않든? 더 이
상은 당하지 않는다고. 연천댁은 그렇게 말했지만, 경애는 그
래서 더 불안했다. 여태 기수가 빈말하는 걸 본 적이 없었다.
총이든 무엇이든, 기수를 막을 수는 없을 것 같았다. 그래서
더 두려웠다.

경애는 읍내 길을 따라 천천히 걸었다. 총성이 들려오던 방
향을 가늠하며 조금씩 나아갔다. 보안대는 아직 불타고 있었
다. 사람들이 뒤늦게 달려와 불을 끄느라 허둥대고 있었다.

대체 누가 이런 짓을 했을까. 삐라가 없어도 짐작할 수 있었다. 철원애국청년단이 기영박을 구하려고 일을 벌인 게 분명했다. 그렇다면 언니도 지금 저 총격의 현장에 있을지 몰랐다.

경애는 제자리에서 맴돌며 어두운 세상을 둘러보았다. 이미 추격이 본격적으로 시작된 것 같았다. 남쪽으로 가는 큰길로 한 떼의 청년들이 달려가고 있었다. 그 맨 뒤에 병호가 보였다. 경애가 뛰어가 병호를 붙잡았다.

"기수 못 봤어?"

"기수? 못 봤는데…… 같이 있었던 거 아니야?"

병호가 놀라 물었다. 병호는 어머니가 걱정하실까 봐 배롱나무 집에서 먼저 돌아갔다가 폭음에 놀라 달려온 것이었다. 기수의 행방이라면 병호가 더 궁금하던 차였다.

"아까 제영이랑 원석이랑 같이 나갔어."

"그래? 그럼 어디 다른 쪽으로 갔나? 이쪽으로 가는 사람들 사이에서는 못 봤어. 좀 전에 인원 점검했거든. 새우젓고개로 가는 사람들 사이에도 없던데……. 아무튼 나도 어서 가야겠다."

병호는 그렇게 말하고 행렬을 따라잡기 위해 달려갔다.

경애는 보안대 앞에서 사방으로 뻗어 나가는 길을 번갈아 쳐다보았다. 기수는 어디로 갔을까. 큰언니는 어디에 있는 걸까. 철원역 방향일 리는 없었다. 재송평 방향으로 빠지지도 않았을 것 같았다. 그렇다면 연천이나 포천 쪽이었다. 병호가 말하기를 남쪽 길을 수색하는 인원에는 기수가 없다고 했다.

경애는 당사 공사 현장을 지나 월하리 쪽으로 이어지는 길을 향해 눈을 돌렸다. 아까의 총성도 저 방향 어디였다. 경애는 미친 듯 두근대는 가슴을 진정하려 애쓰며 걷기 시작했다. 별빛 한 점 없는 밤, 전기까지 나가는 바람에 읍내는 온통 어두웠다. 초가에서 드문드문 호롱불 빛이 새어 나오기도 했지만, 세상은 이 모든 일을 외면하고 깊은 잠에 빠져든 것 같았다.

그렇게 감리교회 앞에 이르렀을 때였다. 건너편에서 웬 사내가 툭 튀어나와 교회 안으로 뛰어들었다. 이 깊은 밤에 교회라니. 게다가 그 몸놀림에서 긴장감이 풍겨 나왔다. 경애는 사내의 뒤를 따라 조심스럽게 교회로 들어갔다.

경애는 담벼락에 몸을 붙이고 가다가 교회 마당을 재빨리 가로질러 교회 건물까지 다다랐다. 벽에 등을 붙이고 모퉁이까지 가서 그 너머를 훔쳐보았다. 아까의 사내가 초조한 태도로 어딘가를 바라보고 있었다.

감리교회 뒤로는 야트막한 야산이 있고 그 산을 넘어가면 분지처럼 산에 둘러싸인 벌판이었다. 거기에서 교회까지 야산을 휘감아 돌아오는 좁은 길이 있었다.

사내는 바로 그 길을 지켜보고 있었다. 오래지 않아 산모퉁이를 따라 한 떼의 사람들이 나타났다. 기영박과 곽은혜 그리고 도중철과 강미애였다.

"어서 갑시다!"

기영박 일행을 기다리던 사내가 그렇게 말하며 먼저 움직였다.

그 순간 경애가 그들 앞에 모습을 드러내었다. 미애가 휘청거리며 도중철에게 기대었다.

"경애야……."

경애는 홀린 듯 언니에게 다가갔다.

기영박이 즉시 총을 겨누었다.

"강경애, 어떻게 여기서 널 만나게 되는 거지? 하늘이 내 편인 건가?"

"이러지 마요. 내 동생이에요."

미애가 애원했다.

"그래서? 이번에도 자비를 베풀라는 건가? 이봐, 강미애. 당신 동생이 무슨 짓을 했는지 잊었어? 황기수와 함께 경성으로 가서 이 모든 일을 시작한 장본인이야. 우리 철원애국청년단을 이 지경으로 만든 원흉이라고! 그런데 황기수도 강경애도 처단하지 않고 그냥 내빼라는 거야?"

"살려 줘요. 내가 목숨 걸고 당신을 구했잖아요. 살려 주세요."

미애가 기영박 앞에 무릎 꿇고 사정했다. 그리고 두 손을 비비며 은혜에게 돌아앉았다.

"살려 주세요, 아가씨. 제발…… 제 충심을 봐서 살려 주세요. 제발 살려 주세요."

"언니…… 그 피는……."

경애가 놀라 두 손으로 제 입을 틀어막았다. 어둠 속에서도 핏빛이 선연했다. 핏자국은 어깨를 타고 흘러내려 등허리까지 이어졌다.

"언닌 다쳤어요! 병원에 가야 해요, 어서요!"

"시끄러! 언니를 살리고 싶다면 당장 닥쳐!"

기영박이 낮은 목소리로 으름장을 놓았다.

"안 돼요. 저 몸으로 삼팔선을 넘을 순 없어요!"

경애가 울부짖자 기영박이 조소 띤 얼굴로 말했다.

"그러면 네 언니를 두고 갈까? 빨갱이들이 차지한 도립 병원으로 데려가 보시지. 네 언니가 북조선에서 살아남을 수 있다고 생각해? 홍정두를 죽였는데? 이렇게 우리 모두 도망치고 나면 네 언니가 홍정두의 목숨값을 치러야 할 텐데?"

경애는 울음을 터뜨리며 주저앉았다. 언니가 미웠다. 이토록 언니가 미웠던 적이 없었다.

"언니, 왜 그랬어…… 왜 이렇게 된 거야……. 왜…… 왜……."

나는 그저 아주 작은 걸 바랐을 뿐인데, 어째서 이런 일이 일어나는 걸까……. 금학산 아래 초가삼간, 내 아버지가 손수 지으신 우리 집 그리고 언니들, 그것이면 족했는데. 집 말이 다, 너희 집. 이평리 만가대에 있는. 홍정두의 그 목소리가 들려오던 날로 돌아가고 싶었다. 그리고 다시 시작한다면, 지금이 아니라 평온한 어떤 다른 날에 다다를 수 있을까. 이곳이 아니라 대야잔평이 내려다보이는 우리 집 작은 툇마루에 언니들과 함께 앉을 수 있을까. 대체 뭘 어떻게 하면 그런 날로 갈 수 있을까. 나는 그저 아주 작은 꿈을 품었을 뿐인데. 경애는 엎드린 채 흐느껴 울었다. 위원장 동무, 어떻게 해야 하나요. 위원장 동무를 죽인 자들이 도망치고 있는데, 내 언니가 피를 흘리며 도망치고 있는데, 나는 어떻게 해야 하나요.

"경애야, 어서 빌어. 어서 살려 달라고 빌어, 어서!"

미애가 애원하듯 소리쳤다.

"싫어."

경애는 엎드렸던 몸을 단숨에 일으켰다.

"싫어! 싫어!"

"조용히 해! 너 미쳤어? 아가씨, 살려 주세요. 제발 살려 주세요."

미애는 다시 은혜를 잡고 매달렸다. 은혜는 미애를 뿌리쳤다.

"이거 놔!"

그리고 모두가 알아챌 사이도 없이 도중철의 손에 들려 있던 총을 낚아채서 경애에게 겨누었다.

"안 돼!"

기영박이 소리쳤다. 도중철이 다급히 은혜의 팔을 붙잡았다. 탕! 총성이 울렸다. 은혜가 손에 들었던 권총이 하늘로 날았다. 핑! 총알은 흙바닥에 박히며 신음 같은 소리를 냈다. 권총이 바닥에 나뒹굴었다.

"이게 무슨 짓이야! 여기서 총소리를 내서 어쩌겠다는 거야!"

기영박이 은혜를 잡아먹을 듯 다그쳤다.

"죽여 버려! 다 죽여 버려! 그리고 어서 가, 어서 이 지긋지긋한 땅을 떠나자고!"

은혜가 악을 썼다.

"네가 설치지 않아도 내가 알아서 해! 네 목숨 건져서 경성으로 데려가 줄 사람은 바로 나라는 걸 똑똑히 명심해!"

기영박은 은혜의 코끝에 집게손가락를 겨누고 말했다. 그리고 도중철에게 다시 명령했다.

"어서 없애 버려."

도중철이 바짓단을 걷어 올리자 칼집이 나타났다. 도중철은 칼을 빼 들고 경애에게 다가왔다.

"꼼짝 마."

미애가 기영박에게 총을 겨누었다. 두 팔이 와들와들 떨렸지만 시커먼 입을 벌린 총구는 모두를 위협하고 있었다.

"강미애, 정신 차려. 지금 다 같이 죽자는 거야?"

"경애를 해칠 거면, 그래, 차라리 다 같이 죽어요."

기영박이 맨땅을 세게 걷어찼다. 그러고는 경애에게 다가가기 시작했다.

"머, 멈춰. 정말 쏴 버릴 거야."

"닥쳐. 이년 목숨은 살려 줄 테니 허튼짓하지 마."

미애가 총구를 무섭게 떨며 다시 애원했다.

"살려 줘. 내 동생을 살려 줘요, 제발……."

"닥치라고 했지."

기영박은 미애에게 그렇게 말하고서 총구로 경애의 뒤통수를 세게 내리쳤다. 픽! 경애는 그대로 정신을 잃었다.

기수는 감리교회 바로 뒤편 언덕을 휘감는 길을 따라 달리고 있었다. 처음엔 벌판으로 길을 잡았지만 허탕이었다. 그렇다면 감리교회 쪽인가. 그렇게 달려가고 있을 때, 총성이 들렸다. 희미하지만 사람 목소리도 들리는 것 같았다. 뒤쪽에서는 발소리가 어렴풋이 들려왔다. 아까 헤어진 일행들이 뒤따라오는 모양이었다. 그렇다고 그들을 기다릴 여유는 없었다. 한 번도 총을 쏘아 본 적은 없지만 방법은 알 것 같았다. 겨우고 방아쇠를 당긴다.

기수는 권총을 단단히 움켜쥐고 모퉁이를 돌아 교회 바로 뒤에 다다랐다.

바로 그때, 저만치 앞서 달려가는 사람들이 보였다. 기영박과 그 일행이 분명했다. 그들은 어느새 모퉁이를 돌아 시야에서 사라졌다. 앞뒤를 잴 것도 없었다. 여기서 놓치면 끝이다. 기수는 정신없이 달렸다. 종일 내린 비로 진창길이었다. 운동화가 진창을 두드리며 척척척 요란한 발소리를 냈다. 기수는 그것조차 깨닫지 못했다. 기영박이 지척에 있다. 절대 놓치지 않는다. 무슨 일이 있더라도.

탕!

총성이 울렸다. 기수는 아랫배가 뜨겁게 타오르는 걸 느꼈다. 가야 하는데, 어서 뛰어야 하는데, 다리가 서서히 꺾였다. 그대로 툭, 무릎을 꿇고 바닥에 주저앉았다. 총을 쏘아야 하는데, 어서 쏘아야 하는데, 손에 힘을 줄 수가 없었다. 기수는 흔들리는 팔을 툭 떨구었다.

"제기랄."

기영박이 욕지거리를 내뱉으며 바위 뒤에서 모습을 드러냈다.

"기수 도련님?"

미애가 비틀거리며 바위에 기대섰다.

"내가 안 쐈다면 저놈이 날 쐈을 거야, 안 그래?"

기영박이 모두를 차례로 쳐다보며 말했다.

기수는 자꾸만 까무러지는 정신을 되잡으려 애쓰며 눈에 힘을 주었다. 빗물로 번들거리는 황톳길 저편, 불안하게 모여 선 사람들 틈에 은혜가 있었다. 눈앞이 자꾸 흐려졌지만 이상하게도, 은혜는 알아볼 수 있었다.

곽은혜. 유치원 시절, 너무 어여뻐서 말을 걸 수도 없었던 아이. 은혜가 왜 이런 곳에 서 있는 걸까. 은혜에게 묻고 싶었다. 꼭 그랬어야 했느냐고. 아버지에게 묻고 싶은 말이기도 했다. 세상에 소리쳐 묻고 싶은 말이기도 했다. 궁예 성터로 원족(소풍)을 갔던 유치원 시절의 그 어느 날, 은혜는 노란 치마를 입고 노란 머리핀을 꽂고 있었는데……. 그날, 아버지는 동경에서 요요를 사다 주었는데, 아버지의 요요 실력은 정말 일품이었는데, 그런데…… 그날은 어디로 갔을까……. 요요를 들고 나가 경애에게 자랑을 했는데, 경애가 단숨에 요요를 익힌 걸 보고 약이 올라서 그만 요요를 우물에 던져 버렸는데……. 도련님이라고 부르지 마……. 경애에게 그렇게 말한 순간, 그 순간이 바로 내겐 해방이었는데…… 그날은 어디로 간 걸까……. 어디서부터 길을 잃은 걸까……. 정신을 차려야 하는데…… 그런데…… 너무 졸려서…….

기수는 그대로 앞으로 고꾸라졌다.

기영박이 빠른 걸음으로 다가왔다. 발끝으로 기수를 툭툭 건드려 보고는 모두를 돌아보고 말했다.

　"잘 들어. 황기수를 쏜 건 내가 아니다. 아까 총에 맞아 거꾸러진 천부길, 그자가 황기수를 쏜 거야. 그래서 내가 천부길을 죽인 거고, 알겠나? 이게 우리가 황인보 나리에게 전할 소식이야. 자, 강미애. 너부터 어서 황기수를 쏴."

　"무슨 소리를 하는 거예요?"

　도중철이 불안하게 주변을 두리번거리며 말했다.

　"단장님, 어서 가야 합니다. 총소리를 냈으니 저들이 언제 따라잡을지……."

　"닥쳐! 여기서 빨갱이들에게 죽으나 경성으로 가서 황씨 집안 손에 죽으나 매한가지야. 내가 너희들 말만 믿고 빈손으로 사지에 기어 들어갈 것 같아? 다들 한 방씩 쏴! 손에 피를 묻히면 배신할 수 없을 테지. 어서! 지체하다가 다 같이 죽기 싫으면 서둘러!"

　은혜가 기영박의 손에서 총을 낚아챘다. 망설임 없이 다가가 기수의 등을 겨누고 총을 쏘았다. 탕! 권총의 반동에 은혜가 휘청거렸다. 도중철이 은혜를 잡아 주고서 총을 넘겨받아 쏘았다. 그리고 또 다른 사내. 끝으로 미애가 숨을 몰아쉬며 마지막으로 총을 쏘았다. 탕! 기수의 등에서 냇물처럼 피가 흘렀다.

기영박은 길가에 침을 퉤 뱉고서 걷기 시작했다. 다들 그 뒤를 따라 빠르게 걸었다.

　그 순간 제영이 모퉁이 저편에서 모습을 드러내었다. 제영은 몸을 숨길 생각도 않고 기영박의 뒷모습에서 눈을 떼지 않은 채 기수에게 다가왔다. 제영의 청색 운동화가 기수의 핏물 위에 섰다. 제영은 바로 그 자리에 무릎을 세우고 앉았다. 얇은 바지 안으로 기수의 피가 뜨겁게 스며들었다. 제영은 기수의 손끝에 매달려 있는 총을 집어 들고 앞으로 겨누었다.

　딱 한 번, 과녁을 정확하게 명중시킨 건 딱 한 번이었다. 그러나 제영은 지금 이 순간 자신이 성공하리라는 것을 알았다. 완벽한 어둠에 휩싸인 세상에서 기영박의 뒷모습만 하얀 표적으로 눈에 들어왔다. 제영은 방아쇠를 당겼다.

　탕!

　기영박의 하얀 등에서 피가 솟구쳤다.

1947

북조선로동당 철원군 당사가 완공되었다. 일 년에 가까운 공사 기간 동안 마을마다 쌀을 걷어 성금을 내고 집집마다 일손을 보태야 했다. 그사이에 조선공산당은 남과 북으로 나뉘어졌고, 다시 북조선공산당은 조선신민당과 합당하여 북조선로동당이 되었다.

수백 명이 들어가도 너끈할 광장을 내려다보는 우람한 3층 석조 건물이었다. 벽돌로 하나하나 쌓아 올리고 콘크리트로 겉을 마감하여 회색빛이었으나, 푸른 기와와 아치 형태의 중앙부 덕분에 심심한 색이 오히려 단아한 매력으로 느껴졌다. 월하리에서 철원역까지, 죽 뻗은 읍내 길을 따라 크고 작은 석조와 목조 건물들이 잇닿아 있었고 지난가을의 풍작으로 살림들이 넉넉해지면서 새로 지은 초가와 기와집들이 잔잔한 물결처럼 이어졌다. 이제 갓 국민학교에 입학한 코흘리개들의 합창처럼 어눌하면서도 생기 있는 거리였다. 광장보다 몇 계단 높이 자리 잡은 철원군 당사는 그 거리에서 가장 높왔다. 당사 옥상에 올라가면 남북으로 뻗어 가는 경원선과 동서로 달리는 금강산선 그리고 철원의 드넓은 벌판을 한눈에 내려다볼 수 있었다.

독수리가 겨우내 그 하늘을 맴돌았다. 독수리들은 까마득한 어느 시절부터 한 해도 거르지 않고 겨울이면 철원을 찾았다. 겨울에도 미지근한 샘이 솟아오르는 샘통을 찾아든 재두루미며 쇠기러기들의 자태도 아름다웠지만, 독수리의 위용을 따라갈 순 없었다. 독수리는 가장 높은 하늘에서 양 날개를 활짝 펼치고 바람을 탔다. 그토록 까마득한 하늘에서는 이 모두가 한낱 지상의 것들일 텐데, 독수리는 간절히 찾는 것이라도 있는 양 겨우내 그 하늘을 맴돌고 있었다.

"언니이!"

봉아가 하나로 질끈 묶은 머리채를 달랑거리며 광장으로 뛰어왔다.

경애는 비로소 고개를 바로 했다. 한참 동안 독수리를 올려다보고 있어서인지 좀 어지러웠다. 눈을 몇 번 깜빡이는 사이에 봉아가 바로 앞까지 와 있었다.

"뭐야. 언니가 애써 땋아 주었는데 풀어 버렸어?"

경애가 가볍게 눈을 흘겼다. 아침에 분명 양 갈래로 꽁꽁 땋아 주었는데 그새 또 풀어 버린 모양이었다.

"촌스러워, 그 머리는."

봉아는 외려 핀잔을 주었다.

"어찌 그리 빠르니?"

승애도 다가왔다. 커다란 배낭을 등에 지고 있었다.

"그건 뭐야?"

"응, 곽 위원장 동무가 평양에 있는 아들한테 전해 달라고 부탁해서. 아휴, 짐 가방 맡기면서 아들내미 김일성 대학 다니는 자랑은 또 얼마나 하는지⋯⋯."

"하루 이틀 일인가, 뭐? 읍내 사람들도 다 혀를 내둘러. 그래, 언제 출발해?"

"지금! 바로!"

봉아가 오른팔을 위로 치켜들었다. 경애는 와락 서운해졌다.

"기집애, 그렇게 좋으니? 언니랑 헤어지는 게 서운하지도 않니?"

"어허! 지금 그런 사사로운 감정이 문젠가? 이 몸은 만경대 유자녀 학원에서 훌륭한 혁명 전사가 될 거라 이거지. 그래서 반동들은 때려잡고 남조선을 해방시킬 거라 이거야."

봉아는 짐짓 장난치듯 굴었지만, 경애는 그 눈빛에서 증오를 읽었다. 어머니에 대한 그리움마저 이제 그 어머니를 가둔 땅에 대한 증오가 되었다.

경애가 걱정스러운 표정을 짓자 봉아는 헤헤 웃으며 경애 팔에 매달려 어리광을 부렸다.

"당연히 서운하지. 그렇지만 울며불며 헤어지면 언니 속상할까 봐 괜히 이러는 거지. 내 연기력 어때?"

아이들은 하루가 다르다더니 봉아는 나날이 영악해졌다. 열한 살이 되고서는 경애가 그 입심을 당해 낼 수 없었다. 봉아는 또 팩 토라진 시늉을 하며 말했다.

"그러니까 언니도 같이 평양으로 가면 좋잖아. 암튼 강씨 고집 아니랄까 봐서."

봉아와 승애는 평양으로 떠나게 되었다. 승애는 평양에 새로 생긴 평양 학원에 들어가기로 했다. 군사 학교였다. 보안대가 습격당한 다음 날 아침, 경애가 도립 병원에서 깨어났을 때 승애는 이미 그렇게 마음을 굳힌 뒤였다. 봉아는 만경대 혁명 유자녀 학원에 들어가게 되었다. 봉아 아버지는 중국 혁명군과 함께 일제에 맞서 싸우다 전사했다. 봉아 어머니는 아직 살아 있지만 남조선에서 이십 년 형을 선고받은 터라 언제 석방될지 기약이 없었다. 봉아는 입학 자격이 충분했다.

승애는 경애더러 같이 떠나자고 몇 번이고 권했다. 그러나 경애는 매번 완강하게 고개 저었다.

그 밤으로부터 며칠 뒤, 미애는 포천의 어느 논에서 시신으로 발견되었다. 사인은 과다 출혈이었다. 추측건대 상처 입은 채 헤매다 혼자 죽어 간 듯했다. 그리고 감리교회 바로 근처에서 기영박의 시체도 발견되었다. 은혜는 종적을 찾을 수 없는 것으로 보아 무사히 삼팔선을 넘은 것 같았다.

한 달 전에는 제영도 경성으로 갔다. 여전히 종살이를 하고 있는 어머니를 모시러 간 것이었다. 떠나기 전에 엄청난 고백을 하는 얼굴로 털어놓기를, 제영의 진짜 이름은 '오복'이라 했다. 오복을 다 받으라는 뜻으로 할아버지가 지어 주신 이름인데, 집을 나올 때 그 이름을 버렸다는 것이다. 이제 어머니를 철원으로 모시고 오면 진짜 제 이름으로 살 거라고 했다. 그런데 사나흘이면 돌아올 거라더니 무슨 일인지 아직도 소식이 없었다.

그리고 이제 승애와 봉아도 떠나고 있었다.

어쩌면 경애도 굳이 철원에 남아 있을 이유가 없는지 몰랐다. 이번에 혼자 남겨지면, 배롱나무 집으로 떠나던 그 어린 날보다 더 외로울지도 몰랐다. 달콤한 꿈일수록 아침의 헛헛함은 크게 마련이었다.

그러나 경애는 떠날 수가 없었다. 모두가 떠나 버린 이 자리, 그러나 모두가 여전히 이곳에 머무르고 있는 것 같았다.

당사 앞에 마련된 무대 쪽에서 오르간 반주 소리가 들려왔다. 곧 있을 공연을 위해 창가대 어린이들이 마지막 연습을 시작하는 것이었다.

"흥, 내가 빠지니 영 형편없구만."

봉아가 입술을 비죽거렸다. 경애가 봉아의 머리를 장난스레 쥐어박고서 승애에게 말했다.

"당사 완공 기념 대회 보고 가면 좋을걸. 봉아도 마지막으로 창가대 공연하고."

"그래도 어쩌니? 기차 타고 가자면 하세월이니."

승애도 영 아쉬운 얼굴이었다.

평양까지 기차를 타고 가자면 이틀이 꼬박 걸렸다. 그런데 마침 평양으로 가는 차편이 있어서 얻어 타기로 했다. 자동차로는 반나절이면 충분했다.

"보안대 앞에서 출발한댔지? 가자."

경애가 봉아 손을 잡고 먼저 걸음을 뗐다. 승애가 당사를 잠시 바라보다가 두 사람을 따라 광장에서 빠져나왔다.

철원색이라 불리던 그 명성은 옛말이 되었다. 삼팔선으로 경원선이 반 토막 나자 번화의 물결이 썰물처럼 빠져나갔다. 결국 도청도 원산으로 옮겨 가게 되었다. 이백 개가 넘는다던 요릿집은 절반 이상 문을 닫았고, 전국에서 거래량으로 다섯 손가락 안에 든다던 관전리 장터도 그저 작은 도시의 장거리 수준에 불과해졌다. 지난해 가을에는 철원 극장에서 최승희 무용 공연이 있었는데, 그런 큰 공연은 이제 마지막일 거라고 다들 한탄했다. 전국 판소리 대회가 열리곤 하던 철원 극장은 철 지난 소련 영화를 틀거나 정치 강연 장소로 이용되는 게 고작이었다.

겨울바람이 스산한 읍내 거리에서 경애는 승애와 봉아를 떠나보냈다. 승애는 창밖으로 팔을 내밀어 경애의 손을 꼭 쥐었다 놓았다. 봉아는 여태 그렇게 신을 내더니 차가 움직이기 시작하자 울음을 터뜨렸다. 지프차는 봉아의 울음소리를 그림자처럼 늘어뜨리며 멀어져 갔다.

경애는 인민서점 문을 열었다. 늘 그랬듯 일월의 추운 날씨에도 유리문을 활짝 열어 둔 채 청소부터 했다. 바닥을 꼼꼼하게 쓴 다음 대걸레로 닦고 책장도 일일이 먼지를 털고 또 걸레로 닦았다. 그러고 나면 서점은 윤나게 반짝거렸다. 불이 나고 새로 지은 지 벌써 반년도 넘었지만, 어제 지은 것처럼 멀끔했다. 그러다 보면 손이 시려 손가락이 곱았지만 경애는 하루도 그 일을 거르지 않았다.

다른 건 잘 몰랐다. 그러나 어찌 살아야 하는지는 잘 알았다. 자신에게 주어진 하루를 열심히 살아가는 일만은 누구보다 잘할 자신이 있었다.

"추워 죽겠는데 뭔 짓이냐?"

연천댁이 서점으로 들어오며 유리문을 닫았다.

경애가 서점 가운데에 놓인 난로에 불을 피웠다. 연통이 새 것이라 그런지 연기 하나 없이 금세 온기가 퍼졌다. 주전자에 물을 담아 올려 두었더니 곧 수증기가 폭폭 뿜어져 나왔다.

연천댁이 난로에 손을 데우며 넌지시 말을 걸었다.

"경애야, 넌 이제 어쩔 셈이냐?"

"뭘요?"

경애가 그렇게 되묻고서 갑자기 웃음을 터뜨렸다. 연천댁이 눈을 끔벅끔벅했다. 경애는 한참을 소리 내어 웃다가 말했다.

"기억 안 나세요? 그날도 아주머니는 그렇게 묻고, 난 이렇게 대답했는데."

"그날?"

"네. 화영 아씨 떠나고 그다음 날 아침에요. 아주머니 연천으로 떠나실 때."

연천댁도 기억해 내고서 반갑게 박수를 쳤다.

"맞다! 그랬지. 애, 경애야. 그러고 보니 그게 고작 재작년 일이다. 아직 일 년 반밖에 안 됐지? 근데 어째 그사이에 하 세월이 흐른 것 같다. 하이고…… 그날 아침에 나는 우리 똘이 만날 생각에 하늘로 둥둥 떠오른 것처럼 연천으로 달려갔는데."

연천댁이 그리운 눈으로 바깥을 돌아보았다. 이제 아들 이야기를 하면서도 웃을 수 있었다.

"넌 어땠냐?"

"저요? 글쎄요……. 아주머니도 떠나신다고 하니까 아, 또 혼자가 되는구나, 그랬죠."

"그래? 그러면, 지금은?"

연천댁의 눈길이 은근해졌다.

"뭐예요. 하실 말씀 있으면 제발 곧장 하시라고 했잖아요."

"아니, 뭐……. 승애도 떠나고 봉아도 떠나고…… 네 가슴이 허전하지 않을까 걱정되어 가지고……."

물론 경애는 허전했다. 봉아와 승애 때문이 아니었다. 빈집에서 때로 쓸쓸하겠지만 그들은 평양에서 잘 지낼 터였다. 그건 그리움일 뿐이었다.

경애가 허전한 것은 다른 이유였다. 가슴속에 그 무엇으로도 메울 수 없는 빈자리들이 있었다. 아버지, 어머니, 큰언니, 홍정두 그리고 기수.

도립 병원에서 깨어났을 때, 덕구가 기수의 죽음을 알려 주었다. 그 순간 경애는 제 가슴에 또 하나의 빈자리가 생기는 걸 느꼈다. 그것은 다른 무엇으로도 메울 수 없는 기수만의 자리였다. 아버지의 자리가 그랬고 어머니의 자리가 그랬던 것처럼. 내 가슴에 기수의 자리가 있다는 걸 어째서 이제야 알았을까. 경애는 그게 서러워 오래도록 울었다. 그러다 울음이 잦아들 때쯤에는, 실은 기수의 자리를 알고 있었다는 사실을 깨달았다. 다만 그래서는 안 된다고 생각했을 뿐이었다. 도련님이라고 부르지 말랬는데. 경애는 그게 또 미안해져서 오래도록 울어야 했다.

경애는 혼자 있을 때면 기수를 생각하곤 했다. 참으로 안타까운 것은, 그리운 만큼 기억나는 게 많지 않다는 사실이었다. 좀 더 잘 봐 둘걸. 그랬다면 빈자리에 그려 넣을 이야기들이 많았을 텐데. 아버지를 생각해도, 어머니를 생각해도, 큰언니를 생각해도, 늘 그런 안타까움으로 빈자리를 바라보아야 했다. 바보같이. 경애는 스스로를 탓하며 쓸쓸하게 웃곤 했다.

"이놈의 기집애가!"

연천댁이 경애의 어깨를 쥐어박았다. 경애가 지난가을에 부쩍 크는 바람에 머리까지는 손이 닿지 않았다. 일 년 전에 지은 솜저고리가 작아져서 손목이 껑충하니 다 드러났다.

"왜 때려요."

경애가 어리광 피우듯 말끝을 늘였다.

"어린 게 무슨 한숨이야? 복 나가게스리."

"제가 뭘 어려요? 이렇게 다 컸구만."

경애가 연천댁 머리 위에 손바닥을 대고 제 가슴 쪽으로 쓱 움직였다. 연천댁의 키는 딱 경애 가슴 높이였다. 경애가 쿡 웃었다.

"기집애, 무슨 귀한 걸 숨겨 놓고 혼자 먹기에 키는 이리 크냐?"

"왜요? 그런 거 있으면 아주머니도 드시고 키 크시게요?"

"아주 대놓고 갖고 놀아라. 에효, 세월이 어쩌나 도둑놈같이 재빠른지, 이내 흰머리 좀 보자지. 청춘은 기척도 없이 왔다가 기척도 없이 가 버리고……. 넌 좋겠다."

그런가. 경애는 소매 아래로 드러난 제 손목을 내려다보았다. 아직도 몸이 자라고 있다니 믿기지 않았다. 한평생이 되기에 족할 만한 시간을 이미 겪어 버린 것 같은데.

"그래, 다 컸다 치자. 올해로 열일곱이니 다 컸지, 뭐. 너는 어린애가 아니다 이거야, 응? 그런데 이러고 혼자 살면 남 보기에도 영 안 좋아요. 사람들이 나를 네 엄마는 아니라도 이 모쯤은 되는 줄 아는데, 다들 나를 욕해요."

"그래서요?"

경애가 빙글빙글 웃었다. 무슨 말이 나올지 훤했다.

"애, 좋은 혼처가 있다."

연천댁은 음모라도 꾸미는 듯 눈을 가늘게 떴다.

"일단 사진부터 봐요."

경애가 솔깃해하자 연천댁이 되레 당황했다.

"애 좀 봐. 무슨 처녀 애가 부끄러워하지도 않니?"

"부끄러울 게 뭐예요? 처녀가 시집간다는데. 아무튼 사진부터 보자고요."

"사진은 왜?"

"저, 인물 따지는 거 모르세요?"

"하이고, 그까짓 인물 뜯어먹고 살 일 있냐?"

"그럼요. 반찬 대신 인물 뜯어먹고 살면 되죠. 사람이 어떻게 밥만 먹고 사나."

"요게!"

연천댁이 주먹을 휙 치켜들었다. 경애는 혀를 날름하고서 얼른 밖으로 나왔다. 연천댁도 깔깔 웃으며 따라 나왔다.

어느새 사람들이 꽤 많이 늘었다. 마을마다 깃발을 앞세우고 농악대가 장단을 두드리며 당사로 몰려가고 있었다. 당사 때문에 성금을 걷고 일손을 각출할 때는 불만들도 많았다. 이제 또 연천으로 가는 큰길을 만든다는 소식에 벌써부터 불평하는 소리들이 들려왔다. 그러나 위용을 드러낸 새 시대의 모습에 모두가 축제 분위기였다. 당사는 우리네 손으로 만들어 가는 새날의 증거였다. 경애도 연천댁과 행렬에 섞여 당사로 향했다. 날마다 보던 건물인데 오늘따라 새롭게 가슴이 뛰었다.

깃대에는 태극기가 펄럭였고 건물은 현수막으로 거의 다 가려지다시피 했다. 김일성 위원장과 스탈린 대원수의 커다란 초상화가 걸렸고, 그 옆에 세로로 구호를 쓴 붉은 현수막들이 이어졌다.

무상 몰수 무상 분배! 토지는 농민에게!

국가는 인민의 어머니! 사회 보장법 실시!

평등한 조선의 남녀 평등법 실시!

산업 시설 국유화로 공장을 노동자에게!

북조선에서 그간 이룬 개혁 조치들을 적은 구호들이었다.

"지금부터 북조선로동당 철원군 당사 건립 기념 군민 대회가 있겠습니다!"

요새는 아예 사회 전문이 되다시피 한 원석이 마이크에 대고 소리쳤다. 사람들이 환호성을 보내는 가운데 하얀 셔츠에 빨간 리본을 목에 두른 아이들이 무대 위로 올라왔다. 오르간 반주와 함께 노래가 시작되었다.

원수와 더불어 싸워서 죽은 우리의 죽음을 슬퍼 말아라

깃발을 덮어 다오 붉은 깃발을 그 밑에 전사를 맹세한 깃발을

더운 피 흘리며 말하던 동무 쟁쟁히 가슴속 울려온다

동무야 잘 가거라 원한의 길을 복수의 끓는 피 용솟음친다

"강경애 동무, 여기 있었네? 서점에 손님 온 것 같던데."

제일 옥돌장 지배인이 알려 주었다. 경애는 연천댁을 남겨

두고 서둘러 인민서점으로 돌아왔다.

손님은 어린아이였다. 단골이라 잘 알았다. 지난해 늦깎이로 인민학교에 들어간 아이인데 요즘 책 읽는 재미에 한창 빠져 있었다. 봉아와 동갑인 열한 살이라 했는데, 봉아보다 머리 하나는 더 컸다.

"동무, 이 책 다른 걸로 바꿔 주세요."

경애가 어이없이 웃었다. 한두 번이 아니었다. 책은 읽고 싶은데 돈이 부족하니 이렇게 매번 꼼수를 부렸다. 안 읽은 척하고 바꿔 달라고 우기는 것이었다. 이번에도 한 권 값을 내고 거의 열 권째였다. 그러면 경애는 또 모르는 척 바꿔 주곤 했다.

그런데 이번에는 장난기가 동했다. 경애가 짐짓 엄격한 얼굴로 말했다.

"동무, 인민서점 점원을 속이는 건 인민위원회를 속이는 것과 같소. 모르오?"

아이의 얼굴이 빨갛게 달아올랐다.

"죄송해요."

경애가 쿡 하고 웃었다. 아이가 눈을 동그랗게 떴다.

"가자. 같이 갈 데가 있어."

경애는 아이 손목을 잡고 배롱나무 집으로 갔다. 모두 당사로 몰려가서 텅 비어 있었다. 아이는 빈집의 침묵에 더 주눅이 들어 목을 잔뜩 움츠렸다. 경애는 아이의 머리를 살갑게 쓰다듬어 주고서 대청마루로 올라가 건넌방 문을 열었다.

오래된 책 냄새가 퍼져 나왔다. 서화영의 서재였던 이곳은 이제 민청 도서관이 되었다. 그새 책이 더 많아져서 책장마다 빈 자리가 없었다.

"봐, 여기 책 많지?"

아이 얼굴이 환해졌다. 이 방에는 여느 아이가 읽을 만한 책이 별로 없지만, 책을 좋아하는 이 아이는 얼마든지 읽을거리를 찾아낼 수 있을 것이었다.

"여기 있는 책은 마음대로 봐도 돼요?"

"응. 여기 아주머니가 한 분 계시는데, 내가 소개시켜 줄게. 그럼 네 마음대로 책을 읽게 해 주실 거야. 잘하면 먹을 것도 챙겨 주실걸."

아이는 뜻밖의 행운을 믿지 못하겠는 듯 황홀한 눈으로 책을 둘러보았다. 경애가 금빛 비단 방석이 덧대어진 의자에 앉아 아이에게 손짓했다. 아이가 다가왔다.

"이름이 뭐니?"

"김미자."

"그래, 미자야. 난 경애야. 경애 언니."

미자가 고개를 끄덕였다. 그러고는 금세 또 책들에 눈을 빼앗긴 채 말했다.

"이렇게 책이 많은 건 처음 봤어요. 고마워요, 동무. 전……."

미자는 다시 두 볼이 빨개졌다. 그러고는 잠시 머뭇대다 말했다.

"전 작가가 될 거예요. 톨스토이 같은."

"네가 톨스토이를 안단 말이니?"

"그럼요."

미자가 으쓱한 얼굴로 웃었다.

경애는 의자에서 팔을 뻗어 책장에 꽂힌 톨스토이의 책을 한 권 빼들었다. 『전쟁과 평화』. 일본어로 쓰인 책이었는데, 맨 앞 장에 서화영의 서명이 있었다. 서가 어딘가에 조선어판도 있다는 사실이 기억났다. 김미자라는 이 맹랑한 아이가 아씨의 서재에서 톨스토이를 읽는다고 하면 아씨는 뭐라실까. 분명 깔깔대고 한참 웃으시겠지. 경애는 문득 서화영이 그리워졌다.

일본이 패망하였다는구나.

지금 경애는 서화영의 그 목소리가 울리던 바로 그 의자에 앉아 있었다. 의자 팔걸이를 가만히 쓰다듬어 보았다. 문밖으로 대청마루와 마당이 한눈에 들어왔다. 난 홍정두라고 한다. 그 거짓말 같았던 아침의 뜨거운 햇살을 생각하니 아직도 눈이 시렸다. 토지는 밭갈이하는 농민에게! 마당에 깔아 놓은 멍석 위에서 목청껏 외치던 그날이 떠올랐다. 기수에게 소련어 교재를 주고 싶은 마음에 뭐라고 소리치는지도 모르고 건성으로 큰 소리만 냈는데. 경애는 혼자 빙긋이 웃다가 문득 미자를 바라보았다.

"미자야, 내가 소설보다 더 재미난 이야기를 아는데, 네가 그걸 써 볼래?"

미자가 흥미로운 얼굴로 다가왔다.

"제가요?"

"그래. 언니는 머리가 나빠서 자꾸 잊어버리거든. 다른 사람들도 그러고. 재미난 이야긴데 자꾸 잊어버리니까 아깝잖아. 그러니까 네가 써 달라고."

"좋아요. 제가 톨스토이처럼 유명한 작가가 돼서 써 드릴게요."

"그럼 내일부터 학교 끝나거든 서점으로 와. 언니가 조금씩 얘기해 줄게."

미자는 고개를 끄덕하고 또 얼른 책장으로 다가갔다.

경애는 일어나서 유성기 옆에 놓인 레코드를 뒤적였다. 「희망가」가 실려 있는 레코드는 맨 구석에 꽂혀 있었다. 유성기를 틀자 정겨운 잡음과 함께 그 밤을 울렸던 노래가 흘러나왔다.

이 풍진 세상을 만났으니 나의 희망이 무엇이냐

부귀와 영화를 누렸으면 희망이 족할까

푸른 하늘 밝은 달 아래 곰곰이 생각하니

세상만사가 춘몽 중에 다시 꿈같도다

경애는 미자와 함께 다시 거리로 나왔다. 골목을 빠져나오
자 당사 쪽에서 우렁찬 함성 소리가 들려왔다. 이어서 힘찬
반주가 울려 퍼졌다. 미자는 책을 한 아름 안고서도 당사로
가고 싶은지 그쪽을 기웃기웃했다. 경애가 그 마음을 눈치채
고 웃으며 말했다.

"책 맡아 줄 테니까 가서 보고 와."

미자는 책을 경애에게 맡기고 당사 쪽으로 잔달음질 쳤다.
그러더니 얼마 가지 못해 부리나케 되돌아왔다. 미자가 쑥스
러운 얼굴로 물었다.

"점원 동무, 서점에 계속 있을 거지요?"

"오늘?"

"네. 그리고…… 앞으로도."

미자가 얼굴을 붉히는 게 귀여워서 경애는 소리 내어 웃
었다.

"걱정 마. 난 언제까지고 인민서점에 있을 거니까. 그리고
그냥 언니라고 불러도 돼."

뜻밖에도 미자가 정색했다.

"싫습니다. 우리는 다 같은 인민 아닙니까? 평등한 조선의."

"그렇지만 언니 쪽이 더 듣기 좋은걸."

"그래도 싫습니다, 점원 동무."

미자는 그렇게 말한 뒤 방긋 웃고 다시 달려갔다.

경애는 미자의 뒷모습을 물끄러미 바라보았다. 짧게 친 단발머리 아래로 드러난 가는 목이 안쓰러웠다. 나도 저렇게 뛰어다녔던 걸까. 경애는 심부름을 하느라 읍내 길을 잔달음질치던 날들이 떠올랐다. 문득 코오피를 한번 마셔 보고 싶다는 생각이 들었다. 심부름을 다니며 코오피 향을 그렇게 좋아했는데, 여태 마셔 보지 못했다. 오늘은 서점을 닫고 나서 연천댁과 함께 가베점에 가 봐야겠다는 생각이 들었다. 경애는 인민서점을 향해 돌아섰다.

바로 그 순간이었다.

탕!

어디선가 총성이 울렸다. 어쩌면 그리 멀지 않은 곳에서 들려오는 것인지도 몰랐다. 경애는 움찔했지만 곧 아무렇지 않은 얼굴로 발걸음을 옮겼다. 총성은 이제 철새의 울음처럼 때가 되면 돌아오는 무언가였다.

저 먼 하늘 높이, 독수리 떼가 불안하게 맴도는 1947년 1월의 어느 날이었다.

그 겨울의 일요일 오후, 나는 시간의 경계를 넘었다.

2월 들어 어렴풋한 봄기운이 느껴지던 때였다. 그러나 자동차로 두어 시간을 달려 도착한 철원은 여전히 황량한 겨울이었다. 잿빛 하늘을 완고하게 가르는 산맥 아래, 서리 내린 벌판에는 독수리들에게 바쳐진 소들의 시체가 나뒹굴었고 음산한 까마귀 울음이 주술처럼 떠돌았다.

그 벌판의 끝에 거대한 묘비가 있었다. 총탄 자국이 흉터처럼 아로새겨진 웅장한 건물의 이름은 조선로동당 철원군 당사. 내가 아는 현실과 시간의 경계 안에 그런 이름이 실존할순 없었다.

그곳은 강원도 철원군 철원읍 관전리. 민간인 통제선 바로 안쪽의 잊혀진 땅이었다.

광장을 내려다보는 웅장한 3층 석조 건물은, 그 형태는 거의 온전했지만 폭격의 흔적이 역력했다. 마치 폭격의 와중에 시간이 정지해 버린 것처럼. 건물 오른편으로는 민통선 입구의 군 초소가 있고, 건물 앞을 지나는 2차선 도로에는 신호등 하나 없이 먼지만 자욱했다. 건물 뒤편의 야산과 맞은편의 산줄기도 평범하기 그지없었다.

어째서 이런 곳에 이토록 웅장한 건물을 세웠던 걸까. 불현듯 그런 의문이 들었다. 당사 앞의 관광 안내판에는 대략 이런 설명이 적혀 있었다.

철원군 북조선로동당에서 완공한 러시아식 건물로 1,850평방 미터의 면적에 지상 3층의 무철근 콘크리트 건물이다. 건물을 지을 당시 성금으로 마을당 쌀 이백 가마를 거두고 주민을 강제 노역에 동원하였으며, 비밀 유지를 위해 공산당원만으로 내부 공사를 진행했다. 한국 전쟁이 일어나기 전까지 공산 치하에서 반공 활동을 하던 많은 인사들이 이곳으로 잡혀 와 고문과 학살을 당하였고, 당사 뒤편의 방공호에서 사람의 유골과 철사 등이 발견되었다.

조금 떨어진 곳에 안내판이 하나 더 있었다. 수채화풍으로 그린 철원군 복원도였다. 조선로동당 철원군 당사를 시작으로 철원역까지, 안개 낀 도시처럼 흐릿한 그림이지만 분명 번화한 거리였다. 그 거리의 풍경을 보니 비로소 이 웅장한 건물의 존재를 납득할 수 있었다.

이른바 '안보 관광' 코스를 따라 민통선 안까지 들어가 보니 그 영화로운 과거의 흔적이 남아 있었다. 안간힘을 쓰듯 형태를 유지한 얼음 창고나 금융조합, 간신히 주춧돌만 드러나 있는 남국민학교나 제사공장, 그리고 회색빛 돌 더미들이 봄 농사를 준비하느라 붉은 속살을 드러낸 논밭을 가로지르고 있었다. 폭격으로 무너진 건물의 잔해가 지금은 논두렁 밭두렁이 된 것이다. 마침내 한 줌 흙으로 돌아간다는 우리네 삶처럼 그렇게.

그때부터 나는 시간의 경계 저편의 철원을 찾아다녔다. 책을 읽고 논문을 뒤졌으며 영상물도 보았다. 때로는 지도를 더듬고 철원군 복원도 사진을 돋보기로 들여다보았다. 그러다 철원으로 달려가 어르신들을 붙잡고 무작정 말을 걸어 보기도 했다. 혹시 원래 철원 분 안 계세요? 그렇게 물으면 다들 대번에 손사래를 쳤다. 없어. 아무도 없어. 폭격으로 죽거나 북으로 갔지.

그러던 어느 날, 한 노인을 만났다. 나를 시간의 경계 너머로 이끈 철원군 복원도를 그린 장본인이었다. 노인은 태어난 그 땅, 그러니까 민통선 너머에서 농사를 지으며 살고 있었다. 일제 식민 통치기에 태어나 조선인민공화국을 거쳐 전쟁의 와중에는 미 군정의 통치하에 있었고 이제 대한민국이라는 울타리에서 살고 있었다. 일생 동안 무려 네 나라의 백성 노릇을 한 것이다.

나는 군 초소에 신분증을 맡기고 민통선 너머로 들어가 노인을 만났다. 시간의 흐름조차 멎어 버린 어둑한 집에 마주 앉아 분단의 장벽 아래 묻혀 있던 이야기를 들었다. 그리고 통금 시간에 쫓겨 마을에서 나와 다시 조선로동당사로 갔다. 철원군 복원도 앞에 섰을 때, 사위는 이미 어두웠다. 하지만 나는 보았다. 시간의 경계 너머, 그 번화하던 거리를 오가는 사람들을 보았다. 코오피 봉지를 끌어안고 잔달음질 치는 경애를, 금지된 서적을 품고 무거운 걸음을 떼는 기수를, 자존심 드높은 얼굴을 치켜들고 인력거에 오르는 은혜를. 그 하루하루를 힘겹게, 그러나 뜨겁게 살아가던 사람들을.

도둑처럼 찾아왔다던 해방의 그날, 이 거리를 거닐던 사람들은 무엇을 꿈꾸었을까. 새 조국 건설의 망치 소리가 드높던 그날, 희망의 주춧돌을 놓기 위해 땀 흘리던 사람들은 무엇을 꿈꾸었던 걸까. 그리고 그들은, 그날의 꿈들은 모두 어디로 갔을까.

나는 그 꿈을 복원하고 싶었다. 그 거리를, 그 거리에서 살아가던 사람들을 복원하고 싶었다. 이 땅의 현대사가 시작된 그날의 꿈을 복원해 내고 싶었다. 남에서도 북에서도, 힘을 가진 사람들로 인해 잊혀져 버린 그들의 목소리를 되살려 오늘의 내게, 우리에게 들려주고 싶었다. 다가올 세상을 만들어 갈 이들에게 들려주고 싶었다.

나는 통일을 당위로 받아들이는 사람일 뿐이다. 솔직히 말하자면 절절하게 통일을 꿈꾼 적도 없고 갈 수 없는 북녘땅을 애타게 그리워한 적도 없다.

그러나 철원에서 시간의 경계를 넘은 뒤, 나는 그날을 꿈꾼다. 한라에서 백두까지 쉼 없이 달려갈 수 있는 그날을, 그렇게 대륙 저편의 세상 끝까지 마음껏 달려갈 수 있는 그날을 꿈꾼다. 그날이 오면, 잊혀진 그 땅에서 한바탕 진혼의 노래를 부르고 싶다. 스러져 간 꿈들을 위해, 선한 넋들을 위해.

이 한 편의 이야기는 그 진혼곡의 첫 소절이다. 부디, 모두 평안하기를. 어제의 사람들도 오늘의 사람들도.

DMZ의 눈부신 신록이 그리운 6월

이현

그 겨울의 일요일 오후, 나는 철원에서 시간의 경계를 넘었다.

『1945, 철원』과 『그 여름의 서울』의 작가의 말을 이렇게 시작했다. 그때의 나는 그렇게 생각했던 것 같다. 1945년의 철원으로부터 이제 우리는 얼마쯤 멀어져 있다고, 그러니 『1945, 철원』은 이미 지난 어떤 시대에 대한 소설이라고.

그런 걱정을 했던 기억도 난다. 머지않은 미래에 남북 간의 교류가 자유로워지게 되면 당시의 철원과 서울을 그린 소설의 한계나 오류가 드러나지 않을까. 분단과 전쟁에 대한 이 비장한 이야기가 곧 철 지난 노래로 읽히게 되지 않을까. 그러니까 그것은 걱정, 또한 기대였던 것이다.

그로부터 십여 년이 지난 올봄의 어느 새벽, 난데없는 스마트폰 경보음에 놀라 잠에서 깼다. 대피할 준비를 하라는, 어린이와 노약자가 우선 대피할 수 있도록 하라는 지침까지 덧붙은 경계경보였다. 무심결에 일단 포털에 접속했더니 북한에서 미사일을 쏘았다는 속보가 있었다. 경계심은 사라지고 가벼운 짜증이 일었다. 그나마 미사일이 아닌 어설픈 경보에 대한 짜증이었다. 전 세계가 속보로 다루는 북한의 미사일은 내게, 아마도 대부분의 우리에게 『1945, 철원』의 마지막 장면에서 경애가 들었던 총성과 다르지 않은 것 같다.

어느덧 철새의 울음처럼 때가 되면 돌아오는 무언가.

경애는 총성에 놀라 움찔했지만 곧 아무렇지 않은 얼굴로 발걸음을 옮겼다. 은국은 북쪽에서 밀려드는 포성에도 밴드부 모임을 하러 학교에 갔다. 그리고 나는 스마트폰 알림음을 진동으로 바꾸고 다시 잠자리에 들었다.

우리는 여전히 그 시간에 갇혀 있다. 경계를 넘었다는 지난 내 작가의 말은 지나친 낙관이었던 것만 같다. 분단은 공고하며 전쟁은 가능성 있는 미래로 우리의 현재와 공존하고 있다. 단지 남북 간의 문제만이 아니다. 기수가 고민했던 빈부의 격차는 여전하며, 자신의 기득권을 당연하게 여기던 은혜 또한 어디서나 쉽게 만날 수 있다. 살아남아야 한다는 이유로 악의 주구가 된 미애들은 얼마나 많은가. 정의를 위해 나섰으나 결국 스스로 전쟁의 선봉이 되고만 승애들은 또 어떠한가. 은국과 봉아가 길을 잃고 그만 위험천만한 순간으로 몸을 던지는 것은 어쩌면 당연한 결과인지도 모른다.

경애가, 이 땅의 수많은 경애들이 그토록 묵묵히 오늘을 살아 내고 있음에도 불구하고.

2022년의 한스 크리스티안 안데르센상에서 『1945, 철원』은 심사위원단의 번역 추천 도서 중 하나로 선정되었다. 그해 나는 IBBY(국제 아동청소년도서 협의회) 총회에서 『1945, 철원』을 소개하는 간단한 프레젠테이션을 했는데, 아랍 에미리트에서 온 한 참가자가 이렇게 물어 왔다.

"이 소설은 그 시대의 상처를 치유하기 위한 것이겠지요?"

아니라고 대답하는 수밖에 없었다. 치유를 말하기에 우리의 상처는 너무도 현재 진행형이다. 도대체 무엇이 어떻게 잘못되었는지 제대로 들여다본 적도 없는 것 같다. 1945년 8월 15일, 해방의 기차가 힘차게 기적을 울리며 달려오던 철원으로부터 80년 가까이 흐른 지금까지도.

1945년의 철원에 그 실마리가 있다고 믿으며 썼다. 긴급한 경보음을 전하는 마음으로 그 여름의 서울을 썼다.

그로부터 십 년, 다시금 쓴다.

빼앗지 않아도 풍요로울 수 있고 올라서지 않아도 존엄할 수 있는 세상을 꿈꾸며, 그리하여 이 땅의 아이들이 더불어 평화로울 수 있기를 바라며, 더 이상 이 행성의 어디에서도 포성이 울리지 않기를 기원하며.

그 여름 일본의 패망을 예상했던 이들에게도 해방은 도둑처럼 찾아온 기쁨이었다. 그 여름에 전쟁을 계획했던 이들에게도 그 결과는 상상치 못한 참혹함이었다.

그러니 조금 더 두려워하고, 조금 더 꿈꾸어 볼 일이다. 믿건대, 우리에게는 경애들이 있으므로.

2023년, 다시 그 여름의 서울

이현